陈云民生思想探析

CHENYUN MINSHENG SIXIANG TANXI

田志杰 著

华文出版社
中央文献出版社

图书在版编目（CIP）数据

陈云民生思想探析/田志杰著．—北京：华文出版社：中央文献出版社，2011.8

ISBN 978-7-5075-3532-7

Ⅰ．陈…　Ⅱ．田…　Ⅲ．陈云（1905～1995）-经济思想-研究
Ⅳ．①F092.7

中国版本图书馆CIP数据核字（2011）第159685号

陈云民生思想探析

著　　者：田志杰
责任编辑：吴素莲　李庆田
出版发行：华文出版社
社　　址：北京市西城区广外大街305号8区2号楼
邮政编码：100055
网　　址：http：//www.hwcbs.com.cn
投稿信箱：hwcbs@126.com
电　　话：010-58336252　010-58336270
经　　销：新华书店
印　　刷：北京市媛明印刷厂
开　　本：148×210　1/32
印　　张：6
字　　数：170千字
版　　次：2011年8月第1版
印　　次：2011年8月第1次印刷
标准书号：ISBN 978-7-5075-3532-7
定　　价：25.00元

序

陈云是中国共产党的卓越领导人之一，是伟大的无产阶级革命家、政治家，杰出的马克思主义者，新中国财经工作的开拓者和奠基人。作为中国共产党第一代和第二代中央领导集体的重要成员，陈云在其一生中，忠实地践行着一个共产党员“真正为人民谋福利”的思想。他饱含着浓浓的民生情怀，始终以改善民生为己任，在长期的实践中形成了丰富的民生思想。就学术界的研究状况而言，自 1995 年陈云逝世以来，特别是 2005 年陈云诞辰 100 周年纪念活动以来，学者们对陈云生平和思想的研究相当活跃，推出了大量研究成果，但关于陈云民生思想的研究还是比较薄弱的。田志杰同志将陈云关于民生问题比较零散的言论、观点和主张，从不同角度、不同侧面进行系统的专题研究，全方位构建陈云民生思想的理论体系，写成《陈云民生思想探析》一书。总体来看，本书的研究有以下特点：

资料基础扎实。作者不仅认真研读了《陈云文选》、《陈云年谱》、《陈云文集》、《陈云同志文稿选编》、《陈云传》等文献资料，而且就学术界对该问题研究的现状作了比较全面的了解和把握，这些使本书的写作建立在充分占有材料的基础上。

研究内容有深度。这主要表现在对陈云民生思想的基本内涵作了系统、深入的挖掘、梳理和总结，即从政治角度看，民生问题的解决关系到革命的成功和社会主义事业的巩固和完善，由此将民生问题提到政治的高度来认识。从经济角度看，改善人民生活是经济工作的根本出发点和落脚点，为此提出了“大力发展生产”的基本主张，“有利于人民”的根本出发点，“保生产，削基建”的基本方略，以及“一要吃饭，二要建设”的民生理念。这其中，既有对经济工作的总体把握，又有非常细致的综合平衡思想，使民生问题落到实处。从解决途径看，要通过多业并举来化解民生难题，强调农业和粮食问题是保障民生的基础，要切实关心群众的柴米油盐等基本生活问题，要大力发展轻工业、商业和对外贸易，不断满足人民需求。从社会角度看，稳定与和谐的社会环境是人民安居乐业的保障，为此必须采取措施积极促进就业，不断减轻民负，实施赈灾救济，改善社会福利，构筑保障民生的安全网。

研究方法多样并具有较强的理论性、现实性。首先是比较研究的方法，作者一方面把陈云民生思想和传统民生思想及孙中山民生思想进行横向比较，指出陈云民生思想对前人的继承和超越，是真正为人民谋福利的新型民生思想；另一方面又进行了纵向比较，即通过革命、建设和改革不同时期陈云民生思想的发展演进，揭示陈云民生思想具有与时俱进的理论品质。其次是整体综合与部分分析相结合的方法。陈云对民生问题的关注涉及政治、经济、社会生活等各个领域，既有宏观上的国家政策和计划的制定，又有微观层面的衣食、就业、稳定、教育、社会福利和灾荒救济等内容。本书作者在研究中，既把陈云民生思想作为一个整体，将其置于特定历史环境下来考察，又对研究对象的各个部分作出具体分析，由此凸显出陈云民生思想的整体架构、丰富内涵和重要历史地位。再次是史论结合，论从史出的方法。作者在叙述陈云民生思想的理论渊源、发展历程和基本内涵的基础上，概括了陈云民生思想的基本特点，指出，陈云民生思想在其整个经济思想体系中居于核心地位。它以实事求是为哲学基础，蕴含着丰富的科学发展思想，具有鲜明的实践特性。关于陈云民生思想的理论价值，作者指出，陈云民生思想体现了中国共产党全心全意为人民服务的根本宗旨，极大地丰富了毛泽东思想和邓小平理论。这些分析和总结，使本书的研究具有一定的理论高度。这种高度还表现在，作者把陈云民生思想与当前和谐社会建设中的突出民生问题相联系，探讨其现代价值，认为，陈云民生思想给我们多方面的启示，无论是他强调执政党应把维护人民利益、不断改善民生始终放在首位的政治出发点，还是提出解决民生问题根本上要靠科学发展的战略眼光，抑或是他为创建稳定和谐的社会环境而采取的切实有效的措施，都将作为一种思想的和精神的财富，对我们今天化解民生难题，更好地贯彻落实科学发展观，早日实现全面建设小康社会的战略目标，具有重要的借鉴和参考价值。

本书是在作者硕士学位论文的基础上写成的。志杰作为高校教师于2006年考入陕西师范大学，在职攻读硕士学位。我作为指导教师，曾与他就日常学习，特别是毕业论文的选题和写作问题作了充分交流，在此过程中，我每每都会被他的谦虚、儒雅和坚韧所感动，因为我深知，就原有的专业基础、繁忙的工作生活以及将届不惑之年龄来说，他需要克服种种困难才能完成学位论文工作。这篇论文在毕业答辩时受到了好评，论文评阅专家和答辩委员一致认为，本文选题新颖、结构合理、资料翔实、论述深刻、逻辑连贯，是一篇有相当理论深度和学术价值的优秀硕士学位论文。受此鼓舞，志杰在毕业以后，又于繁忙的工作之余对论文作了扩充和深化，终成此书。由这个过程足可见志杰在治学方面的严谨作风、刻苦精神和顽强毅力，在此，我祝愿志杰同志在无涯的学海中继续耕耘、不断收获。

王晓荣

2011年7月6日

（王晓荣系陕西师范大学政治经济学院教授、博士生导师）

前　言

今天的中国，随着社会主义市场经济的日益发展，改革已进入攻坚阶段。经济体制的深刻变革，引发利益格局的不断调整，既给我们的发展带来巨大的活力，也使许多深层次的矛盾和问题日益凸显。民生问题即是其中一个比较突出、日益受到关注的问题。自十六大以来，中共中央对社会建设就极为重视，尤其是党的十七大报告，专门列出一章论述“加快推进以改善民生为重点的社会建设”。上至中央，下至地方，无论是专家学者，还是普通百姓，整个社会对民生问题的关注达到前所未有的高度。作为构建和谐社会的切入口，民生问题成为当今社会一个热点问题。

作为中共第一代和第二代领导集体的重要成员，陈云在其七十多年的革命生涯中，忠实地践行着一个共产党员“真正为人民谋福利”的思想。作为中国共产党内尤为关注民生的领导人之一，早在民主革命时期，陈云就曾指出，“共产党人是主张改善民生的”。而他作为新中国财经工作的开拓者和奠基人之一，新中国成立后长期主管的又是与民生密切相关的经济工作。他终其一生都在为改善百姓生活而殚精竭虑，奋斗不止。

陈云在长期的革命、建设和改革开放实践中，形成了一整套丰富的思想，而民生思想作为其中最光彩夺目的一个亮点，尤为值得深入研究和探讨。近年来，学术界对陈云生平和思想的研究，相当活跃。无论从内容的广度和深度、方法的灵活多样上，还是视角的新颖独特上，都达到较高的水准。但研究范围更多地体现在经济思想、党建思想和哲学思想等方面，对陈云民生思想的研究涉及不多。学术界对陈云在某一时期、某一方面的民生主张、观点的论述，散见于近年来发表的学术论文论著中。而对其民生思想进行全面系统地挖掘、整理和研究，目前还是陈云思想研究中的薄弱环节，仅仅是刚刚起步，尚缺乏全面、系统、深入的研究成果。

通过对陈云相关文献资料的挖掘、梳理、探讨和研究，既使我了解到目前学术界的研究成果以及存在的缺憾，同时也为本文的研究提供了素材和借鉴，更重要的是陈云拳拳的爱民之心、浓浓的民生情怀深深地震撼着我、鼓舞着我。在前辈研究的基础上，我力求有所突破，以期抛砖引玉。

本书共分四章。第一章为起点，从陈云民生思想的形成入手，探讨其理论渊源和形成发展历程，把握其历史背景和发展脉络。陈云民生思想是对中国传统民生思想和孙中山民生思想的扬弃，是对马克思主义唯物史观的继承和发展，它历经中国革命、建设和改革开放三个不同时期，在实践中不断形成、丰富、发展和深化。第二章作为全书的主体部分，主要从政治、经济、社会生活和实现路径四个层面，较为系统地概括了陈云民生思想的基本内涵。从政治角度看，民生问题的解决程度既是革命能否成功的关键，又是社会主义事业能否巩固和完善的关键，因而将民生问题提到政治的高度。从经济角度看，他把群众的利益和需求作为经济工作的根本出发点和落脚点。为此，他提出“大力发展生产”的基本主张，“保生产，削基建”的基本方略，“一要吃饭，二要建设”民生理念。其中既有对经济工作的总体把握，又有非常细致的综合平衡思想，使民生问题落到了实处。从解决途径看，他主张农业、轻工业、商业和外贸等多业并举来化解民生难题，并把农业和粮食问题作为解决民生问题的首选路径而常抓不懈，强调“无农不稳”、“无粮则乱”。从社会角度看，他把创建稳定和谐的社会环境作为人民安居乐业的保障，采取切实有效的措施积极促进就业，不断减轻民负，实施灾荒救济和社会福利，以此来保障基本的民生。第三章概括了陈云民生思想的特点，陈云民生思想立足于中国国情，具有很强的实践性，既构成其经济思想体系的核心，又蕴含着丰富的科学发展思想。第四章分析总结陈云民生思想的理论价值和现实意义。它充分体现了中国共产党全心全意为人民服务的根本宗旨，极大地丰富了毛泽东思想和邓小平理论。对陈云民生思想的研究，对于提高党的执政能力，促进科学发展，不断改善民生，推动和谐社会建设都将起到积极的作用。

研究陈云民生思想，不仅是陈云思想研究的一个重要组成部分，而且，这些研究成果必将深化我们对中国特色社会主义建设规律的认识，对今天在构建和谐社会过程中遇到的一些民生难题的破解将起到借鉴和启示作用。对我们正确处理改革、发展和稳定的关系，全面推进经济建设、政治建设、文化建设与和谐社会建设，实现全面建设小康社会的奋斗目标具有重大的指导意义。

由于客观条件和学术水平的限制，对陈云民生思想研究这一重大的理论课题，我只是尽自己绵薄之力，做了一点粗浅的尝试，谨希望以此取得抛砖引玉之效。

田志杰

2011 年 2 月 6 日

目　录

第一章 陈云民生思想的形成和发展

陈云是党和国家卓越的领导人，是伟大的无产阶级革命家、政治家，杰出的马克思主义者，新中国财经工作的开拓者和奠基人之一。作为中共第一代领导集体和第二代领导集体的重要成员，陈云在其七十多年的革命生涯中，忠实地践行着一个共产党员“全心全意为人民服务”的宗旨，同时也给我们留下了大量的宝贵的思想财富，其中蕴含着丰富的民生思想。

陈云民生思想直接源于马克思主义唯物史观，同时又对中国传统民生思想和孙中山民生思想予以继承和改造，历经革命、建设和改革开放三个不同时期而形成、发展并不断深化。

第一节 陈云民生思想的理论渊源

恩格斯说过，任何新的学说，都“必须首先从已有的思想材料出发，虽然他的根源深藏在物质的经济的事实中”。[①] 陈云民生思想，是对中国古代民本思想的扬弃，是对孙中山民生思想的改造和超越，是对马克思主义唯物史观的继承和发展。

一、对中国传统文化中民本思想的扬弃

“民生”一词，最早出现于《左传》。《左传·宣公十二年》中说：“民生在勤，勤在不匮。”《辞海》中对于“民生”的解释是“人民的生计”。民生，简而言之，就是人民的生存、生活和生计问

---

① 马克思，恩格斯：《马克思恩格斯选集》第3卷，［M］. 北京：人民出版社 1995年版，第355页。

题。它既包括民众的衣、食、住、行、用，还包括生、长、老、病、死等方面。[①] 民生思想就是为满足广大人民群众的生存和发展需求，在解决他们的生计与生活问题诸方面而形成的系统化的观点、主张和思想理论。

在中华民族悠久深厚的历史文化中，蕴含着丰富的民本思想。这就为陈云民生思想的形成提供了理论资源。相传尧舜禹时期，就有重民思想。但自商周以来，受原始宗教影响，“天命神权”的“神本”思想一直居于主导地位。国之兴亡，人之祸福皆属天意。

而“君权神授”的观念又使人们自然而然地形成了“君本”思想。此后两千多年的封建社会，“君本”思想一直占统治地位，但在一些思想家和明君圣主的思想中仍然闪耀着“民本”思想的光芒。先秦的思想家孔子提出“仁者爱人”、“宽则得众”的仁政思想，并首先指出“民以食为天”，要求统治者关注百姓的基本生存。他指出，民“不患寡而患不均”，统治者要协调社会利益关系，注意社会公平问题。孟子尤为关注百姓生活，他认为“民之所欲，天必从之”。[②] 其“民贵君轻”思想，充分体现了对民众作用和地位的重视。他还提出“制民之产”，为百姓提供生活上的保障。荀子强调，要谈民生先顺民心，“礼以顺人心为本”[③]，同时提出了“君舟民水”的思想。老子认为，应该“以百姓心为心”，主张通过“损有余而补不足”来消除贫富分化。[④] 墨子认为，统治者应使“黎民不饥不寒”。管子指出，为政之道在乎“顺民心”。后世的思想家们不断发展完善了民本思想。《左传》中的曹刿指出“小惠未遍，民弗从也”，[⑤] 告诫鲁庄公不要忽视给臣民的物质利益这一根本。南

---

① 邓伟志，卜佳慧：《民生论》[J].《上海大学学报》(社会科学版) 2008 年第 4 期。

② 孔颖达：《十三经注疏·春秋·左传正义》，[M]. 北京：中华书局 1980 年版，第 1604 页。

③ 《荀子·大略篇》。

④ 《道德经》原七十七章。

⑤ 《左传·庄公十年》。

宋理学大师程颢、程颐兄弟极力推崇“为政之道，以顺民心为本，以厚民生为本”[①] 的思想。朱熹提出“足食为先”的观点，要让百姓服从统治，先要让他们丰衣足食。清末的左宗棠在《学治要言》一书中指出“为政先求利民”[②]，而“兴利之道，首重民生”。[③]

在这些丰富的民本思想中，处处体现着对百姓基本生存和生活的关注。民生作为民本的前提和基础，要以民为本首先就必须关注民生，关注民生也就成为民本思想的首要内容。作为一种治国安邦的思想理念，中国古代民生思想也蕴含在博大精深的民本思想中，这些先哲们看到了人民群众的伟大作用，他们的主张得到了一些开明统治者的认可和接受，从而在一定意义上改善了百姓生活，稳定了统治秩序。但受历史和阶级的局限，它同时又成为一种“驭民”的权术，主要反映剥削阶级的意志和愿望，而且其中还有许多空想成分，在两千多年的封建社会从未成为主流思想，而往往沦落为明君圣主“爱民”的幌子，“愚民”的工具。

陈云运用历史观点和阶级观点，对历史上的民生思想进行了批判性继承。首先，他科学地界定了“民”的范围。在传统农业社会，自然经济占支配地位，受当时历史条件的限制，民生思想中的“民”主要指的是农民，尤其是春秋战国以前的奴隶社会，没有人身自由的奴隶，是被排斥在“民”之外的。而在陈云看来，我们今天的“民”，是最广大的人民群众。他说：“革命就是为了改善最大多数人民的生活。”[④] 这里的“最大多数人民”就是指“中国现在有几万万农民、有几千万手工业者、有几百万产业工人”。[⑤]“在从前的剥削制度下，多数人贫穷，少数人发财，国家是没有出路的。”而我们之所以要领导人民革命，就是因为“只有在社会主义制度下，才有大家富裕的可能。”[⑥]

---

① 程颢，程颐：《二程文集》卷五，[M]. 北京：中华书局，1981。

② 《左文襄公全集》“批札”，卷7，第10页。

③ 《左文襄公全集》“奏稿”，卷59，第69页。

④⑤⑥ 参见:中央文献编辑委员会:《陈云文选》第2卷 [M]. 北京：人民出版社，1995年版，第194、128、308页。

其次，传统民生思想对民生的关注，只是手段，而非目的，其根本上还是为了维护统治者的利益，为了维持专制秩序。而在陈云看来，“我们的目的不仅要打倒反动势力，而且是为了改善人民生活。”①“革命的目的是为了劳动者人人有吃有穿，而且要吃的较好，穿的较好。”②因而，人民的利益是始终需要维护的，他说：“搞经济建设的最后目的，是为了改善人民的生活。”③即使是“经济体制改革，也是为了发展生产力，逐步改善人民的生活。”④就连“搞国防建设，也是为了保障人民生活的改善。”⑤

第三，传统民生思想的主体是“君”而不是“民”。作为一种脱胎于君权社会的意识形态，多数思想还是在肯定“君主民客”的前提下提出的，存留着浓厚的官尊民卑的观念。在统治者眼中，“小民”、“贱民”、“草民”、“子民”的“好日子”都是“皇恩浩荡”、“爱民如子”的“君父”、“父母官”恩赐的结果。对明君与清官，民唯有感恩戴德，誓死效忠。陈云从唯物主义的群众史观出发，始终认为人民群众才是国家真正的主人，他指出：“没有人民，就没有英雄。”⑥“离开群众，世上是没有什么诸葛亮的。”⑦要论功劳的话，“头一个是人民的力量”。⑧所以，我们的一切工作都要“对党负责，对人民负责”。⑨而“共产党及其领导的人民政府，是真正代表大家，为大家‘当差’的，是遵循工人、农民和其他人民群众的意见办事的”。⑩“共产党员在民众运动中，应该是民众的朋友，而不是民众的上司，是诲人不倦的教师，而不是官僚主义的政客。”⑪基于这样的认识，因此，“我们共产党必须天天关心人民群众的切身利益”⑫，将改善民生作为一切工作的出发点和最终目标。

---

①②⑥⑦⑧⑩⑪ 参见：中央文献编辑委员会：《陈云文选》第1卷［M］. 北京：人民出版社，1995年版，第395、383-384、258、169、293、380、141页。

⑨ 《陈云年谱》下卷［M］. 北京：中央文献出版社，2000年版，第120页。

③④⑤⑫ 参见：中央文献编辑委员会：《陈云文选》第3卷［M］. 北京：人民出版社，1995年版，第280、350、280、33页。

二、对孙中山民生思想的改造和超越

孙中山的民生思想别具特色，不同于传统的民生思想，他从“民族”、“民权”的高度来看待民生问题。他认为，“民生就是社会一切活动中的原动力”。在他看来，“所以社会中的各种变态都是果，民生问题才是因”。[①] 面对着“既贫且弱”的祖国，他认为民生问题“就是要全国四万万人都可以得衣食的需要，要四万万人都是丰衣足食”。[②] 要解决这个问题，孙中山认为，办法是“一曰平均地权，二曰节制资本”。[③] 平均地权体现了孙中山对土地和农民的关注，“土地问题能够解决，民生问题便可以解决一半了”。[④] 节制资本包括限制私人资本与制造国家资本两个方面，其中心是发展资本主义。“要解决民生问题，一定要发达资本，振兴实业。”[⑤]体现了孙中山力图通过发展生产、振兴实业来解决民生问题的思想。孙中山还重视解决社会分配不公现象，认为这是制约民生的瓶颈问题。他指出：“最要紧的是均贫富”，[⑥] “我们要实行民生主义，还要注重分配问题。我们所注重的分配方法，目标不是赚钱，是要供给大家公众来使用。”[⑦]最终“就是要全国人民都可以得安乐，都不致受财产分配不均的痛苦”。[⑧] 辛亥革命后，随着革命形势的发展，孙中山进一步认识到：“我们要解决民生问题，如果专以经济范围来着手，一定是解决不通的。”“要民生问题能够解决得通，便要先从政治上来着手，打破一切不平等的条约。”[⑨] 地主对农民劳动成果的掠夺“这是一个很重大的问题。我们应该马上用政治和法律来解决，如果不能解决这个问题，

---

① 《孙中山选集》上卷，[M]. 北京：人民出版社，1956 年版，第 177 页。

② 《孙中山选集》[M]. 北京：人民出版社，1981 年版，第 630 页。

③⑤⑥⑦ 《孙中山全集》第 9 卷 [M]. 北京：中华书局，1981 年版，第 184、391、572、409 页。

④ 《三民主义》[M]. 湖南：岳麓书社，2000 年版，第 201 页。

⑧ 《孙中山全集》第 1 卷 [M]. 北京：中华书局，1981 年版，第 245 页。

⑨ 《孙中山文集》[M]. 北京：团结出版社，1997 年版，第 287 页。

民生问题无从解决”。①

孙中山的民生思想突出了作为历史主体的人的地位，以及维持人的生存的经济生活的重要性，体现了上升时期的中国民族资产阶级要发展资本主义的愿望。他看到了土地私有制的弊端，在晚年提出了“耕者有其田”的口号，但在实践中没有和农民革命运动紧密结合，不主张用革命的办法无偿没收地主的土地，始终没有提出彻底可行的土地革命纲领，因而也无法废除土地私有制度，解决民生的目标最终也无法实现。孙中山希望发展资本主义，使中国走上民富国强的现代化道路，但对资本主义引发的严重的社会危机和尖锐的阶级矛盾，充满了忧虑，他指出：“我们的民生主义，目的是在打破资本制度。……民生主义和资本主义根本上不同的地方，就是资本主义是以赚钱为目的，民生主义是以养民为目的。”② 如何兴其利而避其害，从根本上解决这些危机和矛盾？他片面地认为这是分配制度的缺失，而并未认识到这种分配制度本身是建立在资本主义生产资料私有制基础上的，未能透彻地揭露掩盖在落后的封建生产关系和等级制度下的阶级对抗和阶级斗争。

青年时期的陈云“觉得孙中山的道理‘蛮多’”③，深受孙中山民生思想的影响。但在长期的革命和建设实践中，在马列主义武装下，陈云自觉运用唯物史观和阶级斗争学说，吸收和借鉴了孙中山民生思想中关注人民生活，从政治高度来对待民生，通过大力发展生产来积累财富，注重社会公平等许多积极的内容，改造和克服了其中的消极成分。从而使其民生思想能紧扣时代节拍，从实际出发，内容更加丰富，更加科学，也更具有革命性。

三、对马克思主义唯物史观的继承和发展

马克思主义的经典文献中虽然没有明确提出“民生”这一概

---

① 《孙中山文集》[M]. 北京：团结出版社，1997年版，第527页。

② 《三民主义》[M]. 湖南：岳麓书社，2000年版，第221页。

③ 《陈云传》上卷 [M]. 北京：中央文献出版社，2005年版，第23页。

④ 《马克思恩格斯全集》第2卷 [M]. 北京：人民出版社，1957年版，第104页。

念，但在马克思主义基本理论中，蕴含着丰富而深刻的民生思想。马克思主义唯物史观充分肯定推动社会发展的主体是人民群众。人民群众不仅是物质财富的创造者，而且是精神财富的创造者，是社会变革的决定力量。马克思和恩格斯在《共产党宣言》中向全世界宣告："无产阶级的运动是绝大多数人的、为绝大多数人谋利益的独立的运动。"① 这些充分体现了马克思主义尊重群众、关心群众、正视群众的价值取向。如何才能为群众谋得利益，马克思主义认为，必须通过大力发展社会生产来满足群众的需求。恩格斯指出："社会的每一成员不仅有可能参加社会财富的生产，而且有可能参加社会财富的分配和管理，并通过有计划地组织全部生产，使社会生产力及其成果不断增长，足以保证每个人的一切合理的需要在越来越大的程度上得到满足。"② 列宁更明确地指出社会主义生产目的是："不仅满足社会成员的需要，而且保证社会全体成员的充分福利和自由的全面发展。"③ 马克思主义认为，民生问题的解决离不开发达的生产力，也离不开完善的生产关系和社会关系，因为"社会关系实际上决定着一个人能够发展到什么程度"④。我们所要追求的，也就是恩格斯所说的让"所有人共同享受大家创造出来的福利"⑤。马克思主义经典作家非常重视经济发展，但经济发展只是手段，人的发展才是目的。马克思说："人是人的最高本质"，"人的根本就是人自身"⑥。我们所追求的未来社会是"以每个人的全面而自由的发展为基本原则的社会形式"，⑦ "在那里，每个人的自由发展是一切人的自由发展的条件。"⑧

陈云早在商务印书馆工作期间，就接触到马克思主义。商务印书馆当时出版过《马克思的经济学说》、《马克思主义与唯物史观》等介绍马克思主义的书籍，他在入党前还看了《马克思主义浅说》、

---

①⑤⑥⑦⑧ 《马克思恩格斯选集》第1卷［M］. 北京：人民出版社，1995年版，第238、185、460、119、294页。

②④ 《马克思恩格斯选集》第3卷［M］. 北京：人民出版社，1995年版，第336、35页。

③ 《列宁全集》第6卷［M］. 北京：人民出版社，1986年版，第218页。

《资本制度浅说》等书籍，初步奠定了马克思主义基本理论基础。1935年8月，陈云第一次去苏联，在列宁学院系统地学习了马恩列原著及无产阶级经典作家的研究著述。列宁学院良好的学习条件，使他如鱼得水，进步很快。通过近一年的学习培训，陈云在理论上更加成熟，政治上更加坚定。1939年12月，陈云在《学习是共产党员的责任》一文中，指出要"把学习作为党员干部尤其是高级干部的一项任务"①。要不断学习马列主义的原理和思想方法。马克思主义这些蕴藏着丰富内涵的民生思想，给了陈云极大的启发。他说过，"离开群众，世上是没有什么诸葛亮的。"② 他还曾指出："解决商品供应不足的困难，根本办法是积极增加生产。"③ 他把社会主义生产目的通俗地概括为："搞经济建设的最后目的，是为了改善人民的生活"④等等。这些关于民生问题的思想主张，都从马克思主义理论宝库中汲取了充足的养分。马克思主义也成为陈云民生思想的直接理论来源。

第二节 陈云民生思想的发展历程

恩格斯指出："历史从哪里开始，思想过程就应从哪里开始，而思想过程的向前推进无非就是以抽象的和理论上前后一贯的形式反映历史过程……"⑤ 纵观陈云民生思想，从萌芽到发展再到深化，它的每一次充实、丰富、发展和完善，都是对中国革命、建设和改革开放实践经验的理论概括、总结与升华。

一、民主革命时期——初步形成

陈云的少年时代是在孤苦中度过的，他家家贫如洗，无田无

---

①② 参见：中央文献编辑委员会：《陈云文选》第1卷［M］. 北京：人民出版社，1995年版，第187、169页。

③ 参见：中央文献编辑委员会：《陈云文选》第2卷［M］. 北京：人民出版社，1995年版，第246页。

④ 参见：中央文献编辑委员会：《陈云文选》第3卷［M］. 北京：人民出版社，1995年版，第280页。

⑤ 《马克思恩格斯文选》第1卷［M］. 北京：人民出版社，1958年版，第351页。

产。苦难的生活使他对百姓的疾苦有切身的体会。求学期间，深受进步人士张行恭老师的影响，他逐步认识到老百姓苦难的根源，因而对帝国主义的殖民侵略，封建专制主义的压迫，有了强烈的反抗意识。康有为、梁启超的维新变革，孙中山领导的辛亥革命，尤其是"五四"运动的爆发，激发了他的爱国激情和民族主义情感。这为他以后投身革命，树立以解放苦难百姓为己任的崇高使命打下了深厚的思想基础。在此后的商务印书馆工作期间，陈云开始接触马列主义，并加入中国共产党，随后自觉投身于工人罢工和武装斗争中，开始了为"改善民生"而不懈奋斗的革命生涯。

民主革命时期，实践经历使陈云深刻认识到，解决民生问题必须和推翻反动统治，建立人民政权结合在一起。这也成为这一时期陈云民生思想的一大特点。他指出，"要使工人了解到，不彻底推翻地主资产阶级的统治，工人阶级就不能解放自己。因此，要把争取日常利益的斗争和争取革命完全胜利最密切地结合起来。"① 如果不能彻底地推翻中外反动统治，建立属于人民的政权，那么，对民生问题而言，"要彻底解决这些问题是不可能的，即使是部分地解决了，也是不能持久的"②。人民群众的支持和参与是中国革命胜利的决定性因素。要取得群众的支持，就不能脱离群众，"对于一个人数不多的共产党来说，最大最严重危险之一，就是脱离群众"③。我们必须充分发动群众，因为"充分发动群众是开展一切工作的关键"。④ 而只有"改善群众生活才能发动群众"，⑤ 因而我们要"用极大的注意去关心和讨论群众的切身问题"。⑥"凡是有关工人切身利益的一切问题，我们都要关心，都要帮助解决。"⑦ 因为只有工人的经济状况改善了，基本生存和生活问题，在一定范围和一定程度的解决了，才能提高工人的觉悟，发挥工人参加

①②④⑤⑥⑦　参见：中央文献编辑委员会：《陈云文选》第 1 卷［M］. 北京：人民出版社，1995 年版，第 10、362、162、166、168、361 页。

③　《列宁选集》第 4 卷［M］. 北京：人民出版社，1972 年版，第 589 页。

革命的积极性。而“工人积极性的提高，是巩固和发展苏维埃政权的重要条件”①。中国革命胜利的实践表明，人民政权的建立，是改善民生最重要的政治保证，而人民群众的支持和参与，是革命成功的不竭源泉和动力。

二、社会主义建设时期——发展完善

这一时期，陈云民生思想随着社会主义建设的展开不断发展完善。在他看来，改善民生是我们革命的目的。而革命成功，人民民主政权的建立，又为民生改善提供了可靠保障。与此同时，有效地解决民生问题又事关政权的稳固和社会的稳定，二者之间是相辅相成的关系。为此，陈云首先把解决民生问题作为维护政权稳定的关键。他曾经感慨地对身边的同志说：“同志们，我们花了几十年的时间把革命搞成功了，千万不要使革命成果在我们手里失掉。现在我们面临着如何把革命成果巩固和发展下去的问题，关键就在于要安排好六亿多人民的生活，真正为人民谋福利。”② 只有稳固的人民政权才能保证民生改善。同时，不断改善民生也是党的执政目的。要在有限的条件下，采取各种措施，首先保证老百姓基本的民生之需。陈云受命于危难之际，纵横于没有硝烟的战场，在领导经济建设的实践中，提出了一系列适合时代特点的民生主张。为了保证民生主张能落到实处，他指出，民生问题是关系人民群众生活的大问题，“解决这个问题，应该成为重要的国策”③。国民经济计划的制定“要从有吃有穿出发”。他把“有利于人民”作为经济工作的出发点和落脚点，指出经济工作要坚持“一要吃饭、二要建设”的原则。他认为，要解决商品供应不足的困难，满足老百姓的民生需求，“根本办法是积极增加生产”。④ 吃和穿是人类两项

---

① 参见：中央文献编辑委员会：《陈云文选》第1卷［M］. 北京：人民出版社，1995年版，第8页。

②③ 参见：中央文献编辑委员会：《陈云文选》第3卷［M］. 北京：人民出版社，1995年版，第210、210页。

④ 参见：中央文献编辑委员会：《陈云文选》第2卷［M］. 北京：人民出版社，1995年版，第246页。

最基本的生存需求，也是陈云始终关注的，“改善生活，吃还是第一位。”① 因为在他看来“这样的问题，是国家大事。”② 而这些基本需求的满足都依赖于农业生产，因此，解决农业和粮食问题就成了陈云解决民生问题的首选路径，并给予高度重视。针对基本建设投资规模过大、增速过快的状况，他坚持从人民利益出发，通过理智的分析和冷静的思考，指出：“在财力物力的供应上，生活必需品的生产必须先于基建，这是民生和建设的关系合理安排的问题。”③ 从而得出“建设规模的大小必须和国家财力物力相适应”的著名论断。

三、改革开放新时期——深化拓展

民生问题是一个动态的过程，进入改革开放新的历史时期，随着经济社会的不断发展，人民群众在民生领域又有了新的需求。顺应历史的发展，“适合老百姓的要求”，陈云民生思想也随之不断丰富和深化。陈云在对老百姓衣食住行等基本生存问题持续关注的同时，开始关注较为深层次的、更为广泛的民生领域。一些事关百姓发展、人与自然和谐相处的新问题，逐步进入他的视野。

这一时期，对事关民生的住房、教育和医疗卫生等问题，陈云高度关注。针对职工低收入的情况，陈云指出在住房上政府要予以补贴。在教育问题上，他认为首先要加大对教育的投资，还要不断提高教师的社会地位和福利待遇。他告诫人们：“今后社会发展要靠教育，一定要把教育当做大事抓好。”④ 针对各行各业普遍实施改革，而任何改革或多或少都会引发社会震荡，进而影响百姓生活。陈云强调：“改革的步骤一定要稳妥，务必不要让人民群众的

---

①②③　参见：中央文献编辑委员会：《陈云文选》第 3 卷［M］. 北京：人民出版社，1995 年版，第 125、209、53 页。

④　中央文献研究室：《陈云年谱（1905-1995）》（下卷）［M］. 北京：中央文献出版社，2000 年版，第 446 页。

实际收入因价格调整而降低。"① 为此，他提出了"摸着石头过河"的改革主张，也就是既要改革，但是步子还要稳。针对企业实行承包制后，许多企业主为了追求高额利润，硬拼设备，带病运转，导致安全事故增多的现象，陈云更加关注企业的安全生产问题。他强调："企业一定要维护好设备，特别是关键设备，四个九不行，必须做到万无一失。"② 这一时期，针对社会上出现的贫富分化现象，陈云开始关注社会公平问题。在鼓励一部分人先富起来的同时，他认为应该是"生活水平多数达到中等……大体上差别不大。"③

这一时期，陈云对经济发展和民生关系的认识，达到一个新的高度。他把复杂的经济活动的终极目的，通俗易懂地概括为："搞经济建设的最后目的，是为了改善人民的生活。"④ "经济体制改革，也是为了发展生产力，逐步改善人民的生活。"⑤ 即使是"搞国防建设，也是为了保障人民生活的改善。"⑥ 经济发展作为民生保障的基础，此时，陈云更关注的是经济发展的质量和效益。他指出，我们的生产建设应该是"既要数量，又要质量。"⑦ "要把注意力集中到提高经济效益上来。"⑧ "冶金部要把重点放在钢铁的质量、品种上，真正把质量、品种搞上去，就是很大的成绩。"⑨ 同时，更重视经济的持续协调发展。在经济发展与人口增长的关系上，他提出要限制人口增长、实施计划生育，并指出"这个问题与国民经济计划一样重要。"⑩ 在人与自然的关系上，指出要重视对环境的保护和资源的有效利用。

此外，只要事关百姓生活，无论大事小情，像"儿童看戏难"、"冬贮大白菜"、"大龄青年婚姻"、"北京市民烧煤难"，甚至于对"永定河可能泛滥"、"苏联核动力卫星失灵"等对人民生活可能造成的影响等问题，陈云都表示出了高度的关注。

---

①②③④⑤⑥⑦⑧⑨ 参见：中央文献编辑委员会：《陈云文选》第 3 卷 [M]. 北京：人民出版社，1995 年版，第 337、336、254、280、350、280、122、380、254 页。

⑩ 中央文献研究室：《陈云文集》第 3 卷 [M]. 北京：中央文献出版社，2005 年版，第 466 页。

第二章　陈云民生思想的基本内涵

第一节　从政治角度看，民生问题是革命和建设的关键问题

民生问题是千百年来困扰中国人民首要的社会问题，历朝历代的农民起义和农民革命，都是因统治阶级漠视民生问题而引起的。在陈云看来，中国共产党领导人民革命，就是为了实现人民的解放，更好地维护人民利益。陈云民生思想的首要内容就是把民生问题与政治相联系，从“讲政治”的高度来看待民生问题，把能否解决民生问题，能否真正为人民谋福利，作为革命和社会主义建设事业成败的关键。

一、民生问题的解决程度是革命能否成功的关键

中国革命的实践证明，民心向背是革命成败的关键。而一个政党，要领导革命成功，必须得民心；而要获得民心，就得关注民生。民主革命时期，陈云从事过地方农民运动，领导过苏区工人的经济斗争，担任过中央组织部长，指导过东北根据地的建设。长期的革命实践使陈云深刻地认识到，革命成功和民生改善之间是一个相辅相成的关系。只有革命成功，才能为民生改善扫清制度障碍；也只有尽可能地改善民生，才能不断促进革命成功。因此，在有限的条件下，尽可能地关注民生，不断改善百姓生活，就成为革命成败的关键。

（一）只有“彻底消灭反动派”，才能“建设幸福的将来”

陈云指出，在旧中国，帝国主义的压迫和国民党反动派的专制统治，是阻碍民生改善的最大障碍。他说：“我们现在的生活还差得很远，要达到比较高的生活水平，还需要走一段很长的路。目前在这段路上的绊脚石就是国民党反动派，有它在，我们的生活休想到那步田地。”① 如果不能彻底地推翻国民党反动统治，建立属于人民的政权，并不断巩固这一政权，那么，对人民群众的切身利益而言，“要彻底解决这些问题是不可能的，即使是部分地解决了，也是不能持久的。”② 所以说，只有“消灭了反动派，我们才能全心全意来发展生产，建设我们幸福的将来。”③ 而“不打倒国民党就没有出路，这是历史作出的结论”④。

在这里，陈云已经深刻地认识到，只有通过民主革命，推翻阻碍民生发展的腐朽的制度根源，建立人民当家做主的国家，才能为改善民生提供可靠的政治保障，从而逐步解决中国的民生问题。因而，在陈云看来，要解决老百姓的生活问题，维护老百姓的切身利益，首先必须解决一个大问题，完成一件大任务，那就是只有打倒反动派，才能解放生产力，发展生产力，“我们大家的生活改善才有可能。”⑤ 因而，解决民生问题的前提，也是我们面临的首要任务，就是推翻专制统治。也正因如此，所以，陈云强调指出：“彻底推翻美帝国主义及其走狗国民党反动派在中国的统治，建立新民主主义的人民共和国，这是我们现阶段的总任务，最高的任务。至于工人的劳动时间问题，工资问题，组织工会自由问题，等等，比较起来，都是些小问题。推翻国民党反动统治这个大问题解决了，小问题都容易解决。”⑥

（二）充分发动群众是“彻底消灭反动派”的关键

无论是北伐战争、土地革命，还是抗日战争、解放战争，都离

---

①②③④⑤⑥ 参见：中央文献编辑委员会：《陈云文选》第1卷［M］．北京：人民出版社，1995年版，第384、362、384、362、380、363页。

不开人民群众。人民群众的支持和参与是中国革命胜利的决定性因素，所以，陈云指出："在组织群众的工作上，我们必须反对脱离群众的关门主义。"① 1939 年，陈云在《巩固党和加强群众工作》一文中曾援引了斯大林的一句话，"当布尔什维克保持同广大人民群众的联系时，他们将是不可战胜的——这可以认为是一个规律。"②正是基于这样的认识，陈云在革命战争时期就不断强调，革命要取得成功，离不开群众的支持，而要取得群众的支持，就不能脱离群众，就必须充分发动群众。"对于一个人数不多的共产党来说，最大最严重危险之一，就是脱离群众。"③ 为此，陈云总结了我们党近二十年革命斗争的经验教训，得出了这样的结论："历来的经验证明，没有一个脱离群众的党组织是巩固的。"④ "党脱离了群众，就成了光杆子的党，这样的党也是不能存在的。"⑤

1946 年 7 月 13 日，陈云在中共中央西满分局会议上，作了《发动农民是建立东北根据地的关键》的报告。针对东北当时敌强我弱的形势，陈云讲到，我们工作的总方针就是发动群众，因为"要站住脚，就得有群众。没有群众，地方虽大，离敌很远，也站不住；有了群众，地方虽小，离敌很近，可以站住。"⑥他在回顾分析长征途中为什么走了那么多地方，都没站住脚，而只有到了陕北才站住了的原因时指出，"主要是那里群众发动起来了"。他进而风趣地说："我们现在是'租房'，尚未造屋。群众不起来，干部恐怕要当'华侨'，十万主力也要打完的。"最后，他严正地告诫大家："有了群众，一切好办，可以有军队，清除土匪，经费供给也有来源。没有群众，一定失败，死无葬身之地。"⑦1947 年 2 月 7 日，陈云在辽东分局会议上作"怎样才能少犯错误"的讲话，其中指出，解放战争爆发后，蒋介石自以为三个月或者五个月就可以消灭共产党领导的人民军队，他为什么会做出这种错误的判断？原因

---

①②④⑤⑥⑦ 参见：中央文献编辑委员会：《陈云文选》第 1 卷 [M]. 北京：人民出版社，1995 年版，第 94、156、165、171、315、315 页。

③ 《列宁选集》第 4 卷 [M]. 北京：人民出版社，1972 年版，第 589 页。

“就在于他对我们的兵力是同群众密切结合的这一点缺乏估计，同时夸大了自己精锐武器的作用，忽视了自己军队的士气低落和同群众的严重脱离。”①

在担任东北局副书记兼东北民主联军副政委时，针对一些干部为人民服务的意识淡漠，对东北战争的尖锐性、长期性和残酷性认识不足的问题，1946年7月他在为中共中央东北局起草的决议中，提出严厉的批评：“不少人迷恋城市生活，缺乏下乡的决心，缺乏群众观点，干部中享乐腐化厌战的情绪在增长着，这是党内最危险的现象。”② 陈云不断地提醒党员和干部要真心实意同群众打成一片，不断“强调共产党员为人民服务的责任”。号召党员干部走出城市，丢掉汽车，脱下皮鞋，换上农民的衣服，到群众中去，并“确定以能否深入农民群众为考察共产党员品格的尺度”。③

而要联系群众、发动群众，党的各级组织就必须做大量的艰苦细致的解释、宣传和引导工作。早在1933年，陈云就指出：“党和工会必须在工人群众中进行详细的解释：工人阶级一方面要争取改善自己的生活；另一方面必须把发展苏区的经济，巩固工农联盟，巩固苏维埃政权，看成自己解放的根本任务。要使工人了解到，不彻底推翻地主资产阶级的统治，工人阶级就不能解放自己。因此，要把争取日常利益的斗争和争取革命完全胜利最密切地结合起来。”④ 只有调动起人民群众的革命积极性，才能把群众组织起来。中国革命的实践表明，人民群众的革命热情，是革命成功的不竭动力。

（三）“改善群众生活才能发动群众”⑤

不发动群众，中国革命就不可能取得胜利。那么，如何调动起人民群众的革命积极性，把群众团结起来，组织起来呢？

在陈云看来，要联系群众，发动群众，仅靠教育引导是远远不够的，关键是要关心群众的切身问题，帮助他们解决实际困难，给

①②③④⑤ 参见：中央文献编辑委员会：《陈云文选》第1卷［M］. 北京：人民出版社，1995年版，第342-343、311、312、10、166页。

他们看得见的物质利益。“农民是最讲实际的，他们的积极性是建筑在切身利益基础上的，得利越多积极性越高。”① 这同时也因为，“我们的目的不仅要打倒反动势力，而且是为了改善人民生活。”② 所以，要使群众起来，必须提高群众的政治、经济、文化地位，着力改善他们的生活。陈云曾动情地说道：“现在要研究有什么利可让农民得，农民有什么利益要我们去保护。”③ 1933 年 4 月，陈云刚到中央根据地工作不久，就已经认识到改善民生对于新生的苏维埃政权的重要性。针对苏区党和工会忽视对工人经济斗争的领导，不关注工人生活改善的现象，他曾做过严肃的批评：“忽视苏区工人当前这些最迫切的问题，妨碍了工人群众参加革命的积极性，是目前职工运动中危险的右的错误倾向。”④ 并且明确指出：“只有工人阶级地位改善了，才能提高工人的觉悟，发挥工人参加革命的积极性。”⑤ 而“工人积极性的提高，是巩固和发展苏维埃政权的重要条件。”⑥

延安时期，陈云在强调“改善群众生活才能发动群众”的同时，进一步指出：“经验已经证明，那个地方群众的生活改善了一些，群众就更加积极了，群众团体就更有组织了。如果那个地方没有注意改善民生，或者虽有改善民生的法令，但实际上没有实现，群众就照旧起不来。”⑦ 针对地方有些同志在这个问题上的模糊认识，陈云明确地告诫他们，如果党的基层组织“不关心群众的生活，不为群众的切身利益而斗争，置群众的痛痒于不顾，而要开展群众运动，要群众热烈起来与党与政府与军队一道艰苦奋斗，这是不可能的事。”⑧ 在陈云看来，“党与群众的联系，不在于发动多少次斗争。……也不在于组织多少群众团体和吸收多少会员（几乎所有大的群众团体现在都已遭受封闭），而在于党员去做许多有益于群众的社会公益事业。各种经济的、文化的以及政治的公益事业，到处可以做，到处可以取得社会的援助。”⑨

---

①②③④⑤⑥⑦⑧⑨ 参见：中央文献编辑委员会：《陈云文选》第 1 卷［M］. 北京：人民出版社，1995 年版，第 323-324、395、324、9、8、8、66、67、209 页。

而群众生活的改善，在陈云看来，绝不仅仅局限于减租减息、废除苛捐杂税等过度的剥削和不合理的负担，对群众政治、经济、文化和日常生活等许多方面任何细小的可能的改善，都不能忽视，都要尽可能的帮助。同时开辟多种途径，想方设法增加群众收入。他并且指出把基层党组织的注意力引向讨论和解决群众的切身问题，“是今天严重的任务”。因为“愈是多注意群众各方面生活之尽可能的改善，他们参加抗日的积极性就愈会提高。”① 而对于农民群众的生产生活方面的，诸如缺农具缺劳力，卫生条件不好，生了孩子养不活等，有的同志看来是很小的事情，陈云认为，这在群众自己看来却是很大的事。“我们不仅要帮助群众解决大的问题，也要帮助群众解决小的问题。”② 老百姓基本生存和生活问题，在一定范围和一定程度的解决，必然调动人民群众保护胜利果实的热情。“只有对群众切身问题有了很好的解决，才能把动员计划造起一种热烈的群众运动，为广大群众所拥护，并且高兴地去完成。”③

陈云在民生问题上最关键的是将政治宣传与生活关注相结合，将军事革命与经济问题相联系，将民生问题落实在关心群众生活，解决群众具体生活问题上。这样就将革命战争中的民生问题落在了实处，从而最大限度地争取民心，争取群众的支持和拥护，因为，“我们帮助了群众，群众就会积极、热情地来帮助党和政府的工作。”④ 这是中国革命制胜的法宝。陈毅元帅曾经指出，淮海战役的胜利是人民群众用独轮小车推出来的。实际上也正是来自于人民群众的这种积土成山、积水成渊般的支援，推动了中国革命的胜利。如果脱离群众，不关心群众疾苦，则群众一无心支持，二无力支持。

二、民生问题解决的好坏事关社会主义事业的成败

陈云始终认为，解决老百姓基本的民生问题，是我们孜孜以求的“目的”。他说：“革命的目的是为了劳动者人人有吃有穿，而且要吃的较好，穿的较好。”⑤ 人民的利益是始终需要维护的。民

①②③④⑤ 参见：中央文献编辑委员会：《陈云文选》第1卷［M］. 北京：人民出版社，1995年版，第159、173、169、173、383-384页。

主革命时期，我们动员群众参加革命，“革命就是为了改善最大多数人民的生活”①。而革命成功以后，人民群众又以满腔热情投入到社会主义建设中。他们作为物质财富和精神财富的创造者，作为推动社会变革的决定力量，执政党有责任和义务保障人民生活，维护人民利益。他曾经感慨地对身边的同志说：“同志们，我们花了几十年的时间把革命搞成功了，千万不要使革命成果在我们手里失掉。现在我们面临着如何把革命成果巩固和发展下去的问题，关键就在于要安排好六亿多人民的生活，真正为人民谋福利。”② 在陈云看来，对老百姓生存和生活等基本民生问题的解决，不仅仅是一个经济问题，更是一个重大的政治问题，事关党的执政地位和社会主义江山社稷的巩固问题。

早在新中国成立初期，虽然百废待兴，工作千头万绪，然而，陈云首先想到的是解决人民的吃饭问题，他说：“现在是我们管理国家，人民有无饭吃就成了我们的责任。”③此时的中国共产党人，已经深刻地认识到人民政府如果不能有效地解决民生问题，改善人民生活，新政权将无法巩固。如果我们不能“首先使工人生活有所改善，并使一般人民的生活有所改善，那我们就不能维持政权，我们就会站不住脚，我们就会要失败”④。1950 年 2 月 13 日，在全国财政会议上，陈云语重心长地指出：“我们胜利了，我们的各项工作是否搞得好，不仅关系到四亿七千五百万人的命运，而且对全世界人民的解放事业有着重要的影响。不看清楚这些，便不可能认识我们的责任。”⑤如果说，民主革命时期，我们党是局部执政，又是在艰苦的战争年代，民生问题的解决受到诸多条件的制约。那么，革命成功以后，“人民解放战争的胜利，中央以及各级人民政府的成立，已为改造国家经济创立了前提”⑥。作为执政党，能否避免

---

①③⑤⑥ 参见：中央文献编辑委员会：《陈云文选》第 2 卷 [M]. 北京：人民出版社，1995 年版，第 194、15、61、83 页。

② 参见：中央文献编辑委员会：《陈云文选》第 3 卷 [M]. 北京：人民出版社，1995 年版，第 210 页。

④ 《毛泽东选集》第 4 卷 [M]. 北京：人民出版社，1991 年版，第 1428 页。

陈云在延安时期就告诫我们的，“当权的党容易只是向群众要东西，而忘记也要给群众很多的东西”①。这将成为考验社会主义政权存亡的关键。因此，陈云从我国社会主义革命的目的和社会主义的根本特征出发，把安排好人民生活提到关系革命成果能否巩固和发展的高度。

陈云认为：“人民群众要看共产党对他们到底关心不关心，有没有办法解决生活的问题。这是政治问题。”② 1955 年，在谈到统购统销政策的必要性和重要性的时候，陈云指出，农村中种植经济作物、遭受各种灾害的缺粮农民、渔民、牧民、盐民、林民和船民等需要粮食供应的就有二亿多人，“如果对这二亿多人口的粮食供应和周转粮的卖买，政府不去管，听任私商、富裕农民去操纵，那末，使广大农民倾家荡产的资本主义就必然在农村中泛滥起来……”③ 人民群众的需求是多方面的，不仅仅是吃饭问题，因而，针对统购统销带来的生活消费品的质量下降、品种减少的弊病，陈云也毫不客气地指出：“人家说，什么叫社会主义，社会主义就是大路货，许多有特色的东西都没有了。现在大胖子买不到袜子，小孩子买不到皮鞋。难道说社会主义就应该是大路货吗？当然不应该是这样。”④

1956 年，我国进入全面建设社会主义新时期。陈云更加深刻地认识到：“我们这样的大国，搞建设不能出乱子。……我们肩上担负着六万万人的事，如果搞得天下大乱，要打我们的屁股。”⑤ 而此时，苏联模式的弊端在东欧社会主义国家进一步显现。当年 6

---

① 参见：中央文献编辑委员会：《陈云文选》第 1 卷［M］. 北京：人民出版社，1995 年版，第 173 页。

② 参见：中央文献编辑委员会：《陈云文选》第 3 卷［M］. 北京：人民出版社，1995 年版，第 209-210 页。

③④ 参见：中央文献编辑委员会：《陈云文选》第 2 卷［M］. 北京：人民出版社，1995 年版，第 276、333 页。

⑤ 中央文献研究室：《陈云年谱（1905-1995）》（中卷）［M］. 北京：中央文献出版社，2000 年版，第 356 页。

月，波兰西部城市波兹南发生了工人示威游行，游行群众与军警发生冲突，造成大量死伤。从10月下旬开始，匈牙利又爆发了更大规模的示威游行和流血冲突。中共中央密切关注事态的发展，同时，也深刻地认识到，经济上片面发展重工业，忽视农业和轻工业，不注意改善人民生活，是导致群众不满和发生动乱的主要原因之一。受国际因素的影响，再加上我国的第一个五年计划建设也是学苏联的，虽然我们受苏联模式的影响没有东欧国家严重，但也存在重建设、轻民生，在建设上不顾国力急躁冒进的倾向。正因为此，生活消费品紧张，人民不满。在国内各地也出现了不安定的苗头，这引起了陈云的高度关注。

此时，全国猪肉供应全面紧张，吃肉难已经影响到老百姓的身体健康，陈云尖锐地指出："我们设想如果在中国发生类似波兹南事件的话，那末，造成这种事件的原因将会是油脂和猪肉的供应不足。"① 对直接影响人民生活的粮食、猪肉、油脂及其他副食品的供不应求，如果不能采取有效措施加以解决，"这样下去 ，喊毛主席万岁的老百姓，恐怕也不喊万岁了。老百姓喊毛主席万岁，要看他有没有衣服穿，有没有饭吃。"② 他进一步从政治高度深刻指出，这些问题"已经不单纯是一个普通的商品脱销问题，而是影响党和人民关系的一个重要问题。……如果不采取有效的措施加以解决，矛盾会越来越尖锐"③。

1957年6月，《参考资料》转载了美国《新共和》杂志上的一篇文章说道："北京政权现在并不能牢靠地控制住大陆。工业产品、猪肉、棉花和煤缺乏，反映出一种严重的经济危机。"面对着帝国主义的幸灾乐祸，而在我们的领导干部中还普遍存在着只重视工业建设而忽视人民生活的错误倾向。陈云语重心长地告诫大家："如果只注意工业建设，不注意解决职工的生活问题，工人就可能闹

①② 中央文献研究室：《陈云传》上卷［M］. 北京：中央文献出版社，2005年版，第1060、1096页。

③ 《陈云同志文稿选编》（1956-1962年）人民出版社，1981年版，第14页。

事，回过头来还得解决。"[1] 他进一步指出："经济不摆在有吃有穿的基础上，我看建设是不稳固的。"[2]

而如何才能更好地维护人民利益呢？陈云认为，在制定国家政策和国家计划的时候，要把有利于民生问题的解决，作为执政党决策的重要依据。1962 年 3 月，在中央财经小组会上，陈云指出，事关五亿多农民和一亿多城市人口生活的民生问题是大问题，"解决这个问题，应该成为重要的国策"。首要的就是农业问题、市场问题。要落实这一国策，"其他方面'牺牲'一点，是完全必要的。"而且进一步强调"今年如此，今后也要如此，使人民的生活一年一年好起来"。[3] 1957 年，在制定第二个五年计划的时候，陈云强调指出："我们必须使人民有吃有穿，制定第二个五年计划要从有吃有穿出发。"[4] 虽然还只能是紧吃紧穿，但"如果我们不能解决人民的吃饭穿衣问题，我们的社会主义建设事业就站不稳，必然还要回头补课"[5]。

十一届三中全会吹响了改革开放的号角。在此前召开的中央工作会议上，针对七亿多农民的吃饭问题，陈云充满了忧虑。天下大定首先要把七亿农民稳定下来。在东北组的发言中，他告诫大家："新中国成立快三十年了，现在还有讨饭的，怎么行呢？要放松一头，不能让农民喘不过气来。如果老是不解决这个问题，恐怕农民就会造反，支部书记会带队进城要饭。"[6] 在 1979 年 3 月的中央政治局会议上，他充满感情地说道："革命胜利三十年了，人民要求改善生活。有没有改善？有。但不少地方还有要饭的，这是一个大问题。"[7] 针对农村一窝蜂大搞乡镇企业而忽视农业生产，尤其是粮食生产的状况，他再一次不无忧虑地指出："十亿人口吃饭穿衣，是我国一大经济问题，也是一大政治问题。"[8] 正是这种忧国忧民的赤子情怀，使古稀之年的他，以老骥伏枥的壮志，整顿"十年文化大革命"带来的混乱局面，并积极支持邓小平的改革开放，努力

---

①②③④⑤⑥⑦⑧ 参见：中央文献编辑委员会：《陈云文选》第 3 卷［M］. 北京：人民出版社，1995 年版，第 64、86、210、85、85-86、236、250、350 页。

为老百姓迎来一个“民生”的春天。

总之，在陈云看来，人民群众是中国革命和建设的基本力量，也是革命和建设取得胜利的根本保证，这已经为中国共产党成立以来的中国历史所证明。共产党和人民群众的关系，是建立在互动基础上的。一方面，党领导的革命和建设事业，离不开人民群众的支持；另一方面，涉及人民群众政治、经济和文化多方面的利益，尤其是生活福利上的利益，更需要共产党的关心和维护。把解决民生问题作为夺取政权和巩固社会主义的关键，既是陈云对中国革命和建设历史经验的总结，也是对人民群众与党的事业关系重要性的深刻认识，更是陈云深厚的民生情怀的高度体现。

第二节　从经济角度看，改善人民生活是经济工作的出发点和落脚点

陈云长期主管我国的经济工作，作为新中国财经工作的开拓者和奠基人，他是我们党内较早认识到经济工作重要性的领导人之一。陈云深知，大力发展生产、繁荣经济是解决民生问题的前提和基础。为此，在长期领导经济工作的实践中，陈云始终从人民的利益和需求出发来安排部署经济工作，他曾指出：“要把我国资本主义工商业和个体农业、手工业，改造成为这样一种有利于人民的社会主义经济。”① 同时，他把复杂的经济工作的落脚点用通俗易懂的话概括为：“搞经济建设的最后目的，是为了改善人民的生活。”② “经济体制改革，也是为了发展生产力，逐步改善人民的生活。”③

一、“大力发展生产”的基本主张

陈云认为，老百姓基本生活需求的满足，从根本上讲，是建立在生产发展、经济繁荣的基础上。马克思指出：“人们为了能

---

①②③　参见：中央文献编辑委员会：《陈云文选》第3卷［M］. 北京：人民出版社，1995年版，第12-13、280、350页。

够‘创造历史’，必须能够生活。但是为了生活，首先就需要吃喝住穿以及其他一些东西。因此，第一个历史活动就是生产满足这些需要的资料，即生产物质生活本身。”① 在陈云看来，作为首要的民生需求，老百姓的“吃饭穿衣，就是一件大事，一件难事”②。如何解决这件大事、难事？陈云指出，要满足老百姓的基本需求，“解决商品供应不足的困难，根本办法是积极增加生产”③。所以，我们把“眼光要放在发展经济上。要注意节省开支，但更要注意增加收入。节流很重要，开源更重要，所谓开源，就是发展经济”④。

（一）充分认识发展生产对改善民生的重要性

早在根据地时期，陈云就特别重视通过发展生产来改善人民生活。抗日战争后期，由于日寇频繁地扫荡封锁以及国民党反动派不断制造反共摩擦，党中央所在的陕甘宁边区在财经方面面临着严重困难。皖南事变之后，国民党掀起了新的反共高潮，停发军饷，外援也断绝。严峻的抗战形势和国民党当局的经济封锁，再加上自然灾害，使边区财政经济出现空前困难。伴随着物资匮乏、物价上涨、贸易入超、通货膨胀、财力不支等困难，边区军民“弄到几乎没有衣穿，没有油吃，没有纸，没有菜，战士没有鞋袜，工作人员在冬天没有被盖。国民党用停发经费和经济封锁来对待我们，企图把我们困死，我们的困难真是大极了”⑤。为加强对边区财经工作的领导，缓解严重的经济困难，1944 年 3 月，时任中央组织部部长的陈云，经毛泽东提议，临危受命，转任西北财经办事处副主任兼政治部主任。在毛泽东眼中，陈云是一位既重视经济工作、又懂得

---

① 《马克思恩格斯选集》第 1 卷［M］. 北京：人民出版社，1995 年版，第 79 页。

② 参见：中央文献编辑委员会：《陈云文选》第 1 卷［M］. 北京：人民出版社，1995 年版，第 256 页。

③④ 参见：中央文献编辑委员会：《陈云文选》第 2 卷［M］. 北京：人民出版社，1995 年版，第 246、18 页。

⑤ 《毛泽东选集》第 3 卷［M］. 北京：人民出版社，1991 年版，第 892 页。

经济工作的党性坚强的干部，由他来主持陕甘宁边区和晋绥边区的财政经济工作，再合适不过了。由此开始，陈云与财政经济工作结下了不解之缘。经过调查研究和反复思考，陈云指出，为了摆脱困境，必须大力发展生产。

1944 年 5 月 28 日，在边区会计人员训练班开学典礼上，陈云指出，抗日战争胜利在望，"现在革命已进入这样一个阶段，主要任务是组织人民生产"①。作为一个革命者，我们要适应这种形势需求，不做过时的革命家、空头的革命家，而要成为一个现实的革命家，那就需要我们"能为群众服务，解决他们的吃饭穿衣问题，"这样，"就是群众中间的领导者，就是一个十足的革命者。"② 为此，他积极贯彻中央"发展经济，保障供给"的方针，大力发展粮食、棉花、布匹、食盐等生产，他积极整顿边区金融秩序，要求边区银行按经济规律办事，实施支持农业生产和工业生产的放款原则。在领导财经工作时，他始终强调的一个重要原则方针就是"生产第一"。同时，充分运用市场流通规律等经济手段，辅之以必要的行政手段，大力发展边区贸易。陈云从主持边区财经工作开始，到抗战胜利时，仅用一年多时间，边区贸易上突破封锁，出入口基本平衡，金融上壮大边币，财政上厉行节约，市场不断繁荣，物价相对稳定，不仅扭转了以前入不敷出的局面，实现生产自给，还给边区留有足够一年用的家底。在有效地粉碎敌人封锁，保证边区物资供给的同时，极大地改善了边区人民的生活，使边区军民"丰衣足食"，为抗日战争的最后胜利，提供了坚实的保障。

解放战争时期，为改变当时东北财经工作极端的盲目状态，加强东北工业恢复的计划性，1948 年 8 月，陈云在给中央的报告中，提出要"把财经工作提到重要位置上来"。他认为："在目前情况下，需要把财经工作放在不次于军事或仅次于军事的重要位

---

①② 中央文献研究室：《陈云传》上卷［M］. 北京：中央文献出版社，2005 年版，第 392、392 页。

置上。"① 以便更好地指导生产，尽快恢复东北经济。上海解放后，就下一步的改造问题，陈云指出："改造旧上海，主要的是使生产事业得到恢复和稳步发展。"②

新中国成立初期，陈云进一步强调："我们面临着严重的斗争。这个斗争不仅表现在军事上，而且越来越表现在经济上。"③面对着一穷二白的烂摊子和饱经战乱的人民群众迫切要求改变现状的强烈企盼，共产党人面临着一场严峻的考验。新生的政权能不能站得住脚？"马上得天下"的共产党能不能"马上治天下"？对此，陈云坦率而自信地说："老百姓对我们是拥护的，对打倒国民党反动派，实行土地改革，是赞成的。但老百姓不仅在军事上、政治上看我们，他们还透过经济看我们，看物价能不能稳定，还饿死不饿死人。这些问题是老百姓关心的，也是对我们的考验。"④如何经受住这场考验，给人民交一份满意的答卷，当务之急，就是大力发展生产。"生产力的这种发展……之所以是绝对必需的前提，还因为如果没有这种发展，那就只会有贫穷、极端贫困的普遍化；而在极端贫困的情况下，必须重新开始争取必需品的斗争，全部陈腐污浊的东西又要死灰复燃。"⑤ 同样，陈云也认为："中国几百年来受人欺侮，从根本上说，是由于经济落后。现在全国解放了，人民民主政权建立了，如果还不进行大规模的经济建设，则中国革命的胜利是没有保障的。"⑥为此，各行各业都应该集中精力，投入到国民经济的恢复和建设中，即使是后方的部队、机关、学校人员，包括没有直接战斗任务的部队，在可能条件下，都要进行工农业生产，以自给一部分粮食和蔬菜。同时，一切可能节省的支出，要统统加以节省。

在以后的社会主义建设中，陈云依然高度重视生产的发展。20

---

① 参见：中央文献编辑委员会：《陈云文选》第 1 卷［M］. 北京：人民出版社，1995 年版，第 373 页。

②③④⑥ 参见：中央文献编辑委员会：《陈云文选》第 2 卷［M］. 北京：人民出版社，1995 年版，第 5、60、60-61、183 页。

⑤ 《马克思恩格斯选集》第 1 卷［M］. 北京：人民出版社，1995 年版，第 86 页。

世纪60年代，为了应对严重的饥荒，他果断提出了进口粮食的应急之策。但同时也深知，“我们这个国家，在粮食问题上的立脚点，当然要摆在自给上面。”① 如何实现自给呢？“根本的办法，还在于增加生产，特别是农业生产。”② 进入改革开放新时期，为了适应新的形势，遵循事物发展的规律，陈云积极推动经济体制改革，并以此作为“发展生产力，逐步改善人民的生活”③ 的必由之路。这充分体现了他通过大力发展生产来解决民生问题的价值取向。

陈云不仅自己重视经济工作，而且要求党员和领导干部也要重视并积极参与经济工作。这是因为，“我们的干部大多数过去长期在农村工作，经济知识很少。”④ “同一个普通资本家比较，还是外行。”⑤ 所以，“要从头学起”，“不学习，经济建设一窍不通，那就搞不成”。⑥ 他在主持陕甘宁边区财经工作期间，经常组织业务培训班，培养经济方面的专业人才。针对许多从战争中成长起来的党的领导干部，忽视经济工作，不愿从事经济工作的现象，他严厉地批评道：“应纠正某些党的组织和党员对革命工作抽象的狭隘的了解，以至轻视经济工作和技术工作，认为这些工作没有严重政治意义的错误观点。”以及“某些党员不愿参加经济和技术工作，及分配工作时讨价还价的现象”⑦。

（二）要大力发展生产，必须重视科技和人才

科学技术作为第一生产力，在促进生产方面具有不可替代的作用，为此，陈云尤为重视生产技术改造。他说：“我们过去搞手工业，靠两只手，现在是机器生产，技术很重要，没有技术就不能生产。”⑧根据地时期，在指导边区工业生产中，为迅速提高生产技术，他倡导了“归队运动”，“号召一切工业技术人员到工厂去，

①②③ 参见：中央文献编辑委员会：《陈云文选》第3卷［M］. 北京：人民出版社，1995年版，第141、156、350页。

④⑤⑥⑧ 参见：中央文献编辑委员会：《陈云文选》第2卷［M］. 北京：人民出版社，1995年版，第130、131、133、337页。

⑦ 参见：中央文献编辑委员会：《陈云文选》第1卷［M］. 北京：人民出版社，1995年版，第226页。

在现有基础上提高技术……努力发展工业生产。"[①] 正是因为科技的支持，边区许多工业实现了从无到有的发展，一定程度上满足了边区的自我供给，壮大了边区的经济实力。新中国成立后，陈云更加重视科技的作用。1949 年 12 月 25 日，在全国钢铁会议上，他指出："要建设好我们的国家，提高广大人民的生活水平，需要发展工业，这就需要技术。我们有勇敢战斗的精神，这很好，但还不够，还要掌握科学技术，并且发扬中国的优秀文化。"[②]

要大力发展科技，就离不开高素质的科技人才。在东北工作时期，陈云就指出："技术员、技师、工程师、专门家，是管理庞大复杂的近代企业中必不可少的重要人员。我们对于一切技术人员……都应给以工作，并在生活上给以必要和可能的优待，使他们发扬专长，为人民服务。"[③] 此时，随着人民解放军在东北战场上的节节胜利，东北解放区的范围不断扩大，先后接收了大批日伪留下来的工矿企业，其中不乏设备先进、规模巨大的企业。而长期以来，我们集中力量于战争和土改，对于现代的社会化机器大生产，有的几乎从未接触过，缺乏必要的经验。陈云深谋远虑，清醒地认识到，随着革命事业的迅猛发展和解放区的日益扩大，我们要走向城市，经济工作会越来越重要，其任务也会越来越繁重。所以，对于有一技之长的专门人才，我们必须重视。民族资产阶级作为文化程度高，知识分子多的一个阶级，正是因为"他们有知识，对我们有用处，对发展生产有好处"，[④]因此，新中国成立后，我们对资产阶级没有一律打倒，而是采取和平改造的政策。而"如果解放后资产阶级的工程师都不干了，我们就会经过一个相当时期的混乱"。[⑤]虽然从旧中国走出来，他们身上避免不了思想和作风上的不

---

① 中央文献研究室：《陈云年谱（1905-1995）》（上卷）[M]. 北京：中央文献出版社，2000 年版，第 386 页。

②④⑤ 参见：中央文献编辑委员会：《陈云文选》第 2 卷 [M]. 北京：人民出版社，1995 年版，第 46、337、337 页。

③ 参见：中央文献编辑委员会：《陈云文选》第 1 卷 [M]. 北京：人民出版社，1995 年版，第 355 页。

足，“但他们的专门技能或业务管理知识，无论目前或将来，对经济建设和人民企业都是需要的，我们许多共产党员还必须用心向他们学习这些知识和技能。”①

同时，陈云还要求，必须在企业中选拔培养我们自己的科技人才。他指出，我们的“一切经济企业同时必须十分注意提拔优秀的工人、职员，把他们培养成为新的生产、业务管理人员及技术人员”②。当然，对领导干部中，一些不重视人才的错误倾向，陈云也严肃地批评他们，“是对技术人员的工作的重要性估计不足，没有很好地支持和鼓励他们积极工作，没有利用一切可能帮助他们学习和提高……”③。

（三）发展生产，改善人民生活需要长期的艰苦奋斗

改善人民生活是执政党义不容辞的责任，而“改善的根本途径，是要在增加国家建设、发展生产、改善经营的基础上逐步前进”④。因为，“帝国主义和国民党反动派的统治留给人民的许多灾难，还待我们一步一步地消除，战争的创伤还待我们去医治，人民生活还有很多的困难。”⑤

在此，陈云不仅认识到发展生产对于改善民生的重要性，而且他还充分认识到，在我们这样一个经济基础薄弱的国家，要大力发展生产、繁荣经济，要不断改善人民生活，所面临任务的艰巨性、复杂性和长期性。新中国成立后，当全国人民为胜利而欢欣鼓舞的时候，陈云冷静地指出：“我们丝毫不能自满，因为我们的伟大事业还在将来，我们在经济战线上的任务是很多、很重大的。”⑥1951年4月，他在部署当年财经工作要点时，告诫全党要搞经济建设，“我们需要做的准备工作一大堆，背上压的东西很重，时间又很少，

---

①② 参见：中央文献编辑委员会：《陈云文选》第1卷［M］. 北京：人民出版社，1995年版，第357、359页。

③⑤⑥ 参见：中央文献编辑委员会：《陈云文选》第2卷［M］. 北京：人民出版社，1995年版，第187、100、100页。

④ 参见：中央文献编辑委员会：《陈云文选》第3卷［M］. 北京：人民出版社，1995年版，第42页。

要紧张地工作，才能够适应这个情况。这个准备工作，不仅中央要做，而且各地区也要做”[①]。1957 年 4 月 29 日，针对市场物价上涨，给人民生活带来不同程度影响的问题，陈云在答新华社记者问中说道：“这充分说明，像我国这样一个经济落后而正在进行建设的国家，人民生活水平只能在生产发展的基础上逐步提高。我们必须进行长期的艰苦奋斗。”[②]

老百姓基本衣食住行的满足和提高，从根本上讲，是建立在生产发展、经济繁荣的基础上。物质财富的积累，社会的发展与进步，都离不开生产力的发展这一前提条件。作为解决民生问题的前提和基础，陈云大力发展生产的主张，符合马克思主义关于历史活动的第一要义是物质生产活动的基本观点，适应了当时中国的国情，充分体现了社会主义的本质，也为解决民生问题找到了根本出路。

二、“有利于人民”的根本出发点

马克思、恩格斯在《共产党宣言》中向全世界宣告：“无产阶级的运动是绝大多数人的、为绝大多数人谋利益的独立的运动。”[③]毛泽东也曾指出，领导阶级及其政党要实现对其他阶级和政党的领导，其中一个重要条件，就是“对被领导者给以物质福利”[④]。同样，陈云作为一位伟大的无产阶级革命家，在革命、建设和改革开放的各个历史时期，始终把是否“有利于人民”作为经济工作的根本出发点，把群众基本的生存和生活问题作为经济工作的重点，把人民是否满意作为评价经济工作的标准。他曾经说过，“群众工作千头万绪，究竟应该从哪一点做起呢？”“不是别的，就是从维护群众自己的利益出发”。[⑤] 确立了这样的出发点，就需要在经济工作

---

① 参见：中央文献编辑委员会：《陈云文选》第 2 卷［M］. 北京：人民出版社，1995 年版，第 137 页。

② 参见：中央文献编辑委员会：《陈云文选》第 3 卷［M］. 北京：人民出版社，1995 年版，第 62 页。

③ 《马克思恩格斯选集》第 1 卷［M］. 北京：人民出版社，1995 年版，第 283 页。

④ 《毛泽东选集》第 4 卷［M］. 北京：人民出版社，1991 年版，第 1273 页。

⑤ 参见：中央文献编辑委员会：《陈云文选》第 1 卷［M］. 北京：人民出版社，1995 年版，第 164 页。

中“怎样对于老百姓有利，怎样对于革命有利，就怎样办”①。

1946年6月，解放战争全面爆发。7月，时任中共中央东北局副书记兼东北联军副政委的陈云，针对当时党内对战争目的含混不清的认识，他为中共中央东北局起草的决议中，向全党全军明确指出：“自卫战的目的，是为实现经济上政治上军事上的民主而斗争。”其中，“在经济上，是为劳苦人民争得土地、房屋，以及分粮、减租、减息、增加工资、免除失业、发展生产的民主而斗争。”②

新中国成立初期，经济领域五种经济成分并存，有人主张消灭私人资本。如何正确对待私人资本，尽快统一人们的思想，关系到国民经济的恢复和“一五”计划的顺利实现。陈云高瞻远瞩地指出，在对待私人资本的问题上，依据的标准应该是是否“有利于人民”。陈云深知，由于中国经济落后，而且长期受到战争破坏，仅靠国营经济是无法满足人民多样化的需要，必须恢复私营工商业，并让它得到一定的发展。1950年6月，在党的七届三中全会上，他指出：“五种经济成分是兼顾好，还是不兼顾好？当然是兼顾好。因为私营工厂可以帮助增加生产，私营商业可以帮助商品流通，同时可以帮助解决失业问题，对人民有好处。”③在随后的全国政协一届二次会议上，陈云再次指出：“为着发展商品的交流，国家允许私人资本经营商业，这也是对于国家和人民都有利的。”④1951年7月，在统战工作会议上，他进一步强调指出：“我们欢迎的，是有利于国计民生的私营工商业的发展。这种发展不但对新民主主义经济有利，对将来搞社会主义也有利。害怕这种发展是错误的。”⑤在陈云看来，私人资本的存在，虽然有其弊端，但从全局来看，从长远来看，还是合理的，因为它适应了当时中国落后的生产力状况，因而，对于有益于国计民生而不是操纵国计民生的私人资本主义经

---

①③④⑤ 参见：中央文献编辑委员会：《陈云文选》第2卷［M］. 北京：人民出版社，1995年版，第296、92、103、149页。

② 参见：中央文献编辑委员会：《陈云文选》第1卷［M］. 北京：人民出版社，1995年版，第310页。

济的存在和发展，人民政府是应该予以保护的。正是因为陈云正确地执行了公私兼顾、统筹安排的政策，不仅团结了大批的工商业资本家，使他们自愿接受社会主义改造，而且加速了国民经济的恢复和发展。随着三年国民经济的恢复，资本主义经济经历了深刻的变革，中国逐步向社会主义过渡。1955 年，对资本主义工商业的社会主义改造全面启动，陈云作为领导改造小组的组长，坚决贯彻中央关于对资本主义进行赎买的政策。1956 年 11 月 28 日，在全国公私合营企业工会基层干部大会上，他作了“为什么要对资本主义企业实行赎买政策”的讲话。在讲话中，陈云分析了这一政策的合理性，因为它能“使全国在社会主义改造中得到太平，这是重要的事情。如果不实行赎买，可能造成混乱和不安，损失将更大，对工人、对人民更不利”①。

伴随着三大改造的基本完成，社会主义建设全面启动，社会主义经济建设的根本出发点和落脚点应该如何定位？在党的八大上，陈云对这一重大问题作了明确的答复，社会主义生产的目的应该是有利于人民、有助于改善民生。他说：“我们应该采取正确的方针指导企业的生产和经营。就是说，我们必须使消费品的质量提高，品种增加，工农业产量扩大，服务行业服务周到，而决不是相反。”他进而指出：“要把我国资本主义工商业和个体农业、手工业，改造成为这样一种有利于人民的社会主义经济。”②可见，陈云经济思想的根本出发点就是“有利于人民”，就是真正为人民谋福利。

基于这样的出发点，在领导经济工作的实践中，陈云始终在思考，要“有利于人民”，要为人民谋福利，做到“每件工作都要对他们有利益”，③ 那么，人民最大的、最需要的“利”是什么？“老百姓需要什么东西，也要摸清楚。”④ 这就是陈云一直倡导的搞经济

①② 参见：中央文献编辑委员会：《陈云文选》第 3 卷［M］. 北京：人民出版社，1995 年版，第 40、12-13 页。

③④ 参见：中央文献编辑委员会：《陈云文选》第 2 卷［M］. 北京：人民出版社，1995 年版，第 128、135 页。

建设，要有充分准备，要有计划，要注重调查研究。为此，吃和穿作为首要的民生需求，陈云倍加关注。三年困难时期，为了应对严重的饥荒，解决粮食和其他生活消费品供应全面紧张的问题，化解全国性的严重经济困难。陈云经过三个月的实地调查，果断提出了进口粮食的应急之策。据当时在粮食部工作的杨少桥回忆，在“左”的思想影响下，进口粮食是不敢设想的，很多人认为吃进口粮是修正主义。陈云并不理会什么修正主义，他始终坚信，“改善生活，吃还是第一位”①。

穿衣，在人民生活中是仅次于吃饭的一件大事。在新中国成立初期国民经济的恢复中，纺织业也被作为投资的重点。但纺织业的发展还远远不能满足人民的需求，“现在纱厂不是不能开工，而是全国五百二十万纱锭远不够需要。如果不再增加几百万的纱锭，人民将不满意。为解决人民穿衣的需要，所以要增加纺织工业的生产力”②。针对第一个五年计划经济发展不平衡的教训，在党的八届三中全会上，陈云指出：“为了老百姓的吃饭穿衣，搞化肥，搞化学纤维，治涝，扩大灌溉面积，都要花很多钱，这是必要的。我们必须使人民有吃有穿，制定第二个五年计划要从有吃有穿出发。”③三年困难时期，针对当时棉花不能在短期内增产，城市人民面临不能维持衣着的最低必须量的现状，陈云致信时任国务院副总理兼国家计委主任的李富春，建议成立一个“穿衣问题小组”，由计委一位副主任任组长，专门研究解决穿衣问题，并提出了具体建议。

陈云把“有利于人民”作为经济工作的根本出发点，只有这样，我们在社会主义经济建设中，才会时刻关注“老百姓需要什么东西”，而且不仅要看到老百姓今天需要什么，还要通过调查研究，突出前瞻性，适应他们发展着的需求，了解他们明天需要什么。“要看到，今后几年农民的购买力会大大地提高。现在工业品不够，

---

①③ 参见：中央文献编辑委员会：《陈云文选》第3卷［M］. 北京：人民出版社，1995年版，第125、85页

② 中央文献研究室：《陈云传》上卷［M］. 北京：中央文献出版社，2005年版，第766页。

就要注意发展，并且进行调查，看看老百姓需要什么东西"。[①] 我们才会在经济发展过程中，采取各种措施来平抑物价，稳定人民生活，因为，"这种涨价的形势如果不加制止，人民是很不满意的。"[②] 也才会在经济发展基础上不断改善人民生活，满足人民需求，维护人民利益。而人民的利益和需求一旦得到尊重和满足，他们的主人翁意识就会不断增强，投身革命和社会主义建设的积极性就会空前高涨，在推动各项事业发展的同时，为民生的进一步改善提供强大的精神动力和坚实的社会基础。

三、"保生产，削基建"的基本方略

新中国在成立后的短短几年时间里，很快医治了战争创伤，完成了国民经济的恢复和发展，三大改造取得巨大成效，社会主义工业化也开始起步。这些成就，极大地鼓舞了广大干部群众的建设热情。然而，在一个生产力水平低下、经济基础薄弱的农业国，要实现工业化，首先必须从发展钢铁、有色金属、原材料、能源、机械制造、交通等基础工业和设施入手。而国家有限的物力、财力如果过多地倾向于基本建设的话，那么，和人民生活密切相关的轻工业和农业的发展，势必受到影响。新中国成立以来，我国的经济建设曾多次发生过热现象。虽然每一次的经济过热表现并不完全一样，但其根本原因是一致的，那就是基本建设投资规模过大、增长速度过快，超过有限资源的承受能力，也超过国民收入的增长，导致社会总需求和总供给出现了不平衡。这涉及马克思主义一个基本理论问题。马克思在《资本论》第二卷中，系统地阐述了社会再生产理论，揭示了社会化大生产的运动规律。马克思认为，要保证社会再生产能够顺利进行，社会必须将社会总资本按一定的比例分配到各个经济部门，也就是说，生产生产资料的部类和生产消费资料的部

① 参见：中央文献编辑委员会：《陈云文选》第 2 卷［M］. 北京：人民出版社，1995 年版，第 136 页。

② 参见：中央文献编辑委员会：《陈云文选》第 3 卷［M］. 北京：人民出版社，1995 年版，第 277 页。

类必须保持协调的比例关系。因为，两大部类互为条件、互相制约。只有比例合适，才能维持社会总供给和总需求的平衡，也才能使整个社会经济实现可持续发展。

在我国国民经济基础薄弱状况下，既要保证基本建设的发展，又要满足人民生活之需，在马克思社会再生产理论的指导下，陈云提出了综合平衡思想，以正确处理社会生产两大部类之间的平衡问题，解决生产和消费的关系。他坚持从人民利益出发，通过大量的调查研究和理智的分析思考，提出"建设规模的大小必须和国家财力物力相适应"的著名论断。陈云认为，如果我们能"首先考虑民生，基本建设就不至于摆得过大"①。所以，在处理民生和基本建设关系的时候，他要求，"在财力物力的供应上，生活必需品的生产必须先于基建，这是民生和建设的关系合理安排的问题。"②

从这一原则出发，不同时期，他在注重基本建设的同时，始终关注影响老百姓生活的生产行业的发展。早在 1951 年，陈云就指出，基本建设投资要避免主观随意性，投资必须从国际国内的客观条件出发，量力而行，不能搞"情绪投资"，"即以国家投资去照顾某些人的情绪，这是完全违背我们经济建设的目的的"③。"一五"计划后期，他坚决反对 1956 年的冒进，主张适当压缩基本建设投资规模。"大跃进"期间，他不赞成脱离实际的高指标，反对只重数量的"多"、"快"、"省"，不重质量的"好"等种种错误倾向。在此基础上，如何使用有限的物资，陈云提出了"保生产，削基建"的基本建设主张，即"物资要合理分配，排队使用。应该先保证必需的生产和必需的消费，然后再进行必需的建设"④。

---

① 中央文献研究室：《陈云年谱（1905-1995）》中卷［M］. 北京：中央文献出版社，2000 年版，第 356 页。

②④ 参见：中央文献编辑委员会：《陈云文选》第 3 卷［M］. 北京：人民出版社，1995 年版，第 53、53 页。

③ 参见：中央文献编辑委员会：《陈云文选》第 2 卷［M］. 北京：人民出版社，1995 年版，第 116 页。

1955年下半年，全国出现了批判“小脚女人走路”的所谓反“右倾保守主义”。1956年，《人民日报》发表的元旦社论提出“又多、又快、又好、又省”的社会主义建设的方针。在反对保守主义以及要加快速度，在较短时间获得更大成绩的思想指导下，全国各行各业都提出了不切实际的高指标。生产建设中不分轻重缓急的冒进势头，导致基本建设一再追加投资。国民经济在失衡的状态下运行，出现了全面紧张。各地市场物资供应普遍紧张，许多商品供不应求，人们不得不排长队购买，甚至出现了投机现象，人民群众的基本生活已经受到影响。对社会主义的生产建设高潮，陈云是高兴的，同时又是清醒的。他已经敏锐地认识到这是违反客观规律的，并旗帜鲜明地予以反对。在制定1957年的国民经济计划时，八届二中全会确定了“保证重点，适当压缩”的方针。围绕这样的方针，短短二十多天时间里，陈云连续三次主持国务院常务会议，讨论削减1957年的基本建设投资问题。对基本建设规模的压缩，在陈云看来，“主要是为了维持最低限度的人民生活的需要，避免盲目扩大基本建设规模，挤掉生活必需品的生产”①。1957年1月18日，在各省、自治区、直辖市党委书记会议上，陈云提出“适当压缩基本建设投资额”，对原来的计划指标和错误政策进行修正。他说：“现在马跑得太快，很危险，这样骑下去，后年、大后年更危险。”② 陈云认为：“在原材料供应紧张的时候，首先要保证生活必需品的生产部门最低限度的需要，其次要保证必要的生产资料生产的需要，剩余的部分用于基本建设。”③他说：“过去照顾基本建设多，照顾生产少。应该是先保证必须的生产，其中主要是保证最低限度的民生，有余力再搞基本建设。这样搞，基本建设再冒也冒不了多少。”④正是在陈云的坚持下，会议最后决定将1957年基本建设投资由243亿元压缩到114

---

①③　参见：中央文献编辑委员会：《陈云文选》第3卷［M］. 北京：人民出版社，1995年版，第53、53页。

②④　中央文献研究室：《陈云年谱（1905-1995）》（中卷）［M］. 北京：中央文献出版社，2000年版，第356、356页。

亿元。

1957年以后，经济建设中的高指标、高速度、浮夸风等违反客观规律的“左”倾错误继续泛滥。1957年10月的八届三中全会，揭开了批评反冒进的序幕。由于“左”倾错误的干扰，陈云的正确主张并未落实，作为反冒进者，他也被认为是“右倾”、“保守”，而被迫违心地做了检讨。“大跃进”中，“左”倾错误进一步蔓延。由于片面强调经济增长，忽视了人民生活的改善，严重挫伤了人民群众生产的积极性。在1959年的庐山会议上，毛泽东充分肯定陈云“先市场，后基建，先安排好市场，再安排基建”的思想。回顾“大跃进”带来的经济失衡、市场紧张、人民生活水平下降等惨痛教训，毛泽东不无感慨地说道：“现在看来，陈云同志的意见是对的。要把衣、食、住、用、行五个字安排好。这是六亿五千万人民安定不安定的问题。”①

三年困难时期，国民经济面临着更加严峻的形势。1962年国民经济计划如何安排，是关系到当时乃至今后几年国民经济调整最紧迫、最关键的问题。为了统一领导国民经济调整工作，中央决定重新设立中央财经小组，陈云再次出任组长。摆在他面前的一项最紧迫的任务，就是调整1962年年度计划。陈云认为：“现在调整计划，实质上是要把工业生产和基本建设的发展放慢一点，以便把重点真正放在农业和市场上。材料的分配，要先满足恢复农业生产的需要。”② 在陈云看来，对投资过大的基本建设必须“砍”，“‘砍’到国家财力、物力特别是农业生产所能承担的程度才定下来”③。1962年3月7日，在中央财经小组第一次会议上，他以壮士断腕的决心指出：“我看今年的年度计划要做相当大的调整。要准备对重工业、基本建设的指标‘伤筋动骨’。重点是‘伤筋动骨’这四个字。要痛痛快快地下来，不要拒绝‘伤筋动骨’。现在，再不能犹

---

① 中央文献研究室：《陈云传》（下卷）［M］. 北京：中央文献出版社，2005年版，第1182页。

②③ 参见：中央文献编辑委员会：《陈云文选》第3卷［M］. 北京：人民出版社，1995年版，第208、214页。

豫了。”[①] 他还曾经在中央政治局会议上尖锐地指出：“过去说，指标上去是马克思主义，指标下来是修正主义，这个说法不对。踏步也可能是马克思主义。”[②] 所以，在满足人民基本生活的简单再生产得以维持的基础上，“有多大余力，就搞多少基本建设。今年如此，今后也要如此，使人民的生活一年一年好起来。”[③] 为此，中央调整了1962年国民经济计划。新调整后的计划，各项指标变得切实可行，使我国经济很快走出困境。

陈云提出的“保生产、削基建”的基本原则，从我国社会主义建设的实际出发，正确解决了基本建设和事关百姓生活的生产行业的关系问题。他关于“生产、基建有矛盾时应服从生产”、“决心把基建项目下马”的主张，从战略全局的高度来考虑国民经济的综合平衡，更好地发展日用必需品的生产，不断满足人民群众的需求。

四、“一要吃饭，二要建设”的民生理念

1956年社会主义改造基本结束以后，我国进入全面建设社会主义新时期，经济建设成为党和国家的中心任务。作为主管财经工作的领导者，一系列事关社会主义建设全局的重大原则问题，不可回避地摆在陈云的面前，社会主义生产的目的是什么？人民生活和经济建设孰先孰后？在陈云看来，“搞经济建设的最后目的，是为了改善人民的生活”[④]。本着这样的目的，在领导经济建设的实践中，如何处理好经济建设和人民生活的关系，在国民收入的分配中，如何处理积累与消费的关系，陈云高度概括为一句话，就是“一要吃饭，二要建设”。陈云认为，“吃饭”和“建设”之间应该是目的和手段的关系。“当人们还不能使自己的吃喝住穿在质和量方面得到充分供应的时候，人们就根本不能获得解放。”[⑤] 所以，“吃饭”是目的，“一要吃饭”；“建设”是手段，离开了这一手段，

---

①②③④ 参见：中央文献编辑委员会：《陈云文选》第3卷［M］. 北京：人民出版社，1995年版，第210、251、210、280页。

⑤ 《马克思恩格斯全集》第42卷［M］. 北京：人民出版社，1979年版，第368页。

片面地强调“吃饭”，“吃饭”的目的最终也没法实现，所以，“二要建设”。只有“既要建设又要人民，这样的建设才是可靠的。”①

陈云把“一要吃饭，二要建设”作为经济工作的“重要方针”，也作为他一生为之奋斗的目标。这一主张虽然通俗简短，却蕴含着深刻的治国理念，把民生和建设的关系做了合理的安排。他在不同时期不同场合反复阐明这个观点。陈云认为：“经济建设和人民生活必须兼顾，必须平衡。”② 首先，“要使十亿人民有饭吃。”③ 并以此作为经济工作大方针的一个方面。20 世纪 50 年代，由于全面经济建设刚刚起步，人们建设热情高涨，但在当时有限的国力下，国家过多注重建设而忽视人民生活，陈云指出：“只注意建工厂，不管职工吃的，那怎么行？过去只注意厂房和机器这些东西，没有很好地注意职工的生活需要，对蔬菜和其他副食品的供应抓得不紧。”④ 针对当时“建设不可靠，民生也不可靠”的现状，陈云认为，“经济不摆在有吃有穿的基础上，我看建设是不稳固的”⑤。建设不能搞得太多，进行建设不能以牺牲人民现有的生活水平为代价。1956 年八届二中全会，经周恩来总理提议，陈云兼任商业部部长。1956 年 11 月 19 日，他在“做好商业工作”的讲话中指出：“第一是吃饭，第二要建设。建设规模的大小必须和国家的财力物力相适应。”⑥ 1956 年 12 月 18 日，在国务院会议上，陈云再次明确强调：“应该是在照顾必需的最低限度的民生条件下来搞建设。在物资的分配上，首先应该照顾到必需的民生的生产，保证必需的民生，有余再搞建设。”⑦这就把人民生活放在第一位，同时表明了进行建设的最高原则界限，即在保证必需的民生基础上。陈云之所以在实践中不断强调农业的基础地位，特别重视农业的增产增收，把农业作为解决老百姓吃饭问题的首选，也正是基于

---

① 《陈云文集》第 3 卷［M］. 北京：中央文献出版社，2005 年版，第 135 页。

②③④⑤⑥ 参见：中央文献编辑委员会：《陈云文选》第 3 卷［M］. 北京：人民出版社，1995 年版，第 29、306、64、86、29 页。

⑦ 中央文献研究室：《陈云文集》第 3 卷［M］. 北京：中央文献出版社，2005 年版，第 134-135 页。

以上认识。

其次，“要进行社会主义建设，并以此作为经济工作大方针的另一方面”①。“吃饭”和“建设”之间是一个矛盾的对立统一体。就国民收入的分配而言，“吃饭”和“建设”既是一个相辅相成的关系，又是一个此消彼长的关系。陈云主张要在保证人民生活水平不断提高的基础上进行社会主义建设，绝不是说只顾吃饭，不要建设。在陈云看来，人民生活水平的提高和改善，是建立在社会主义现代化建设取得成效的基础上的。人民生活需要的相当数量和质量的物质财富，最终依赖于消费资料的社会生产。所以，在财力、物力有限的情况下，“在相当长的一段时间内，这种平衡大体上是个比较紧张的平衡。建设也宽裕，民生也宽裕，我看比较困难”②。所以，“我们的消费水平在目前不能无限制的提高，只能是逐步的提高。”③ 他历来认为，人民生活水平的改善和提高，是一个长期的过程，我们还必须进行长期的艰苦奋斗。早在1955年陈云就指出：“必须在进行建设的同时，尽可能提高人民的生活水平，这是人民革命和国家建设的最高的目的。但是又必须看到，生活水平的提高只能是一种稳步渐进的提高。我国是一个人口众多的国家，原来的生产水平很低，只有经过六万万人民自己克勤克俭的劳动，进行几个五年计划，大大提高我国的生产力，才有可能大大提高我国人民的生活水平。”④ 1979年，在国务院财经委员会的一次会议上，当谈到实现四个现代化目标时，他说过，不能把人民生活现代化和四化搞到一起。“当四个现代化实现的时候，在人民生活上必有提高，而且提高的程度不会小，但还不能与美、英、法、德、日等国相比，因为我国人口众多，其中大部分是农民，那样比是办不到的。”⑤

①②⑤ 参见：中央文献编辑委员会：《陈云文选》第3卷［M］. 北京：人民出版社，1995年版，第306、29、262页。

③ 参见：中央文献编辑委员会：《陈云文选》第2卷［M］. 北京：人民出版社，1995年版，第262页。

④ 中央文献研究室：《陈云文集》第2卷［M］. 北京：中央文献出版社，2005年版，第602页。

虽然我们搞建设的目的是不断提高人民生活水平，但如果片面地强调改善人民生活，只顾吃饭，那就会“吃光用光，国家没有希望”。如何处理这对矛盾关系，陈云认为，“人民的生活需要改善，可以改善，但改善的幅度要很好研究。还是那句话：从全局看，第一是吃饭，第二要建设。吃光用光，国家没有希望。吃了之后，还有余力搞生产建设，国家才有希望。只要把握住这一条就好。”①“因此，饭不能吃得太差，但也不能吃得太好。吃得太好，就没有力量进行建设了。”② 这里就包含着一个提高人民生活水平的原则界限：以不妨碍建设为前提。

陈云提出的“一要吃饭，二要建设”的重要方针，针对我国国民经济基础薄弱的状况，从战略全局的高度创造性地运用和发展了马克思主义再生产理论，揭示了社会主义生产的基本规律，也体现了社会主义生产的目的。它有效地协调了生产与生活、农业与工业、积累与消费的关系，是正确处理经济建设和人民生活关系的指导方针。“一要吃饭，二要建设”，既满足了人民生活之需，又保证了基本建设的发展；既维护了人民群众的当前利益、局部利益，又重视人民群众的长远利益、根本利益。能充分调动人民群众投身社会主义现代化建设的积极性。因为“吃饭”也好，“建设”也好，归根到底都是为了维护人民群众的利益。

第三节　从解决途径看，多业并举化解民生难题

一、农业和粮食问题是解决民生问题的首选路径

毛泽东曾经说过：“世界上什么问题最大？吃饭问题最大。”③陈云认为，农业问题、粮食问题就是民生问题，因为它们是关系老百姓吃饭穿衣的大问题。“老百姓都有了吃的穿的，可以说大的问

---

①② 参见：中央文献编辑委员会：《陈云文选》第 3 卷［M］. 北京：人民出版社，1995 年版，第 309、306 页。

③ 《湘江风雷》1958 年创刊号。

题解决了。"① 要解决吃饭穿衣问题就必须高度重视农业，就必须大力发展粮食生产。"农业始终是战略产业，粮食始终是战略物资，必须抓得很紧很紧，任何时候都松懈不得。"② 1957 年 9 月 11 日，陈云在《探索农业增产的有效途径》一文中深情地说道："对农业生产这件事情，我是比较有兴趣的，因为这是吃饭穿衣问题。同志们知道我是管这一套的，哪里没有粮食、棉花，我就要管。解放后八年来我忙什么呢？主要就是忙吃饭穿衣这个事情。"③ 这充分体现了一个无产阶级革命家深厚的民生情怀，一种对人民群众高度负责的强烈的事业心和责任感。

为此，陈云高瞻远瞩，在几十年的领导经济建设实践中，始终把发展农业和粮食生产作为解决民生问题的首选路径，作为时时刻刻挂在心头的大事来抓。

（一）农业是国民经济的基础，无农不稳

农业是国民经济的基础产业。作为一个传统的农业大国，在中国，农业的基础作用更是不言而喻。陈云非常重视农业发展，多次强调要把农业和农村发展作为一件大事来抓，因为农业问题是"关系五亿多农民和一亿多城市人口生活的大问题，是民生问题"④。他说："我们都是干革命的，搞社会主义的，对于这样关系全国六亿多人民的大事，关系整个社会主义建设的大事，是不能不关心的。"⑤ 他认为，在国民经济这盘棋中，农业和农村的发展是一枚重要的棋子。

1. 农业为工业及其他生产部门提供建设资金和基本的原材料，是它们得以存在和发展的必要条件。1951 年 5 月，在中国共

---

① 参见：中央文献编辑委员会：《陈云文选》第 1 卷［M］. 北京：人民出版社，1995 年版，第 172 页。

② 江泽民：《江泽民论有中国特色社会主义（专题摘编）》［M］. 北京：中央文献出版社，2002 年版，第 1200 页。

③ 中央文献研究室：《陈云文集》第 3 卷［M］. 北京：中央文献出版社，2005 年版，第 201 页。

④⑤ 参见：中央文献编辑委员会：《陈云文选》第 3 卷［M］. 北京：人民出版社，1995 年版，第 209、194 页。

产党第一次全国宣传工作会议上，陈云就提出："中国是一个农业国……发展农业仍然是头等大事。农业发展不起来，工业就很难发展。"① 任何国家的工业化，都需要庞大的资金积累。对于从战争废墟中走出来的新中国，这一积累过程显得更加艰难。当时的国际环境决定了社会主义工业化需要的资金主要依靠国内积累。马克思指出："一切资本的发展，按自然基础来说，实际上都是建立在农业劳动生产率的基础上。"② 而作为一个传统的农业大国，国内经济基础也决定了主要依赖于农业部门提供。在这种情况下，农业的基础作用就显得更为重要。因而，新中国成立伊始，在国民经济的恢复中，陈云认为应该优先恢复农业。"农业生产恢复的快慢，也直接关系到工业生产恢复的快慢"③。因为，这既由中国的国情决定，又因为农业是解决民生问题的首要选择，而且，"农业发展不起来，工业就很难发展。"④为此，陈云指出："工业化的投资不能不从农业上打主意。搞工业要投资，必须拿出一批资金来，不从农业打主意，这批资金转不过来。"同时，为了避免顾此失彼，出现忽视农业的倾向，他进而指出："但是，也决不能不照顾农业，把占百分之九十以上的农业放下来不管，专门去搞工业。"⑤因为"如果农业搞不好，就一定会扯我们前进的后腿"⑥。

农业除了为工业化提供资金积累外，工业生产所需要的原料也离不开农业。20 世纪 60 年代初，面对国民经济的困难局面，陈云临危受命，再次出任中央财经小组组长，主持国民经济的调整工作。1961 年 5 月，在中央工作会议上，他在认真总结了新中国成立以来国民经济发展经验教训的基础上，重申了自己一贯的主张："国民经济的基础是农业，农业好转了，工业和其它方面才会好。所以，工业不能挤农业，城市不能挤农村，而要让农

---

①④⑤　参见：中央文献编辑委员会：《陈云文选》第 2 卷［M］. 北京：人民出版社，1995 年版，第 143、143、97 页。

②　马克思：《资本论》第 3 卷［M］. 北京：人民出版社，1975 年版，第 885 页。

③⑥　参见：中央文献编辑委员会：《陈云文选》第 3 卷［M］. 北京：人民出版社，1995 年版，第 194、79 页。

业，让农村。”[①] 在这次会议上，针对干部群众中普遍存在的重工轻农的倾向，陈云深刻地指出：“农村能有多少剩余产品拿到城市，工业建设以及城市的规模才能搞多大。”[②] “文化大革命”结束后，人们以满腔热情投入现代化建设，陈云再次明确地提醒大家：“搞四个现代化，农业放在第一位，是因为农业不过关，工业就跑不快。”[③] 当然，农业和工业之间也是需要互动发展，为此，陈云指出：“对农业的投资是为了吃饭穿衣，但解决吃穿的问题并不只限于农业，投资应该包括为了农业的工业。”[④]因而，“氮肥工业的发展尽可能快些，使农业生产有较快的发展速度，这是完全必要的。”[⑤]

陈云认为，农业的基础作用不仅表现在它影响工业发展，而且影响国家财政收入的增长，影响整个国民经济的发展。“农业是国民经济的基础，在相当长的时期内，农业对财政对经济建设规模有很大的约束力。”[⑥] 他通过1954年和1956年因为农业歉收，直接导致随后的1955年和1957年的工业生产、财政收入和基本建设投资下降的事实，来充分说明“我国农业经济比重很大，农业生产和财政收入有很大关系。据国家经委估算，在国家财政收入中，与农业有关的收入，大约占百分之四十五。”[⑦]

2. 农业是人类的衣食之源，生存之本。吃和穿是人类两项最基本的生存需求，对一个政府来说，“这样的问题，是国家大事”[⑧]。而这些基本需求的满足都依赖于农业生产，对于这些事关人民群众生存和生活的大问题，“我们不切实想办法解决，群众是会有意见的。人民群众要看共产党对他们到底关心不关心，有没有办法解决生活的问题。这是政治问题”[⑨]。也正因为如此，在国民经济各部门中，作为提供生活必需品的最大的生产部门，农业的发

①②④⑤⑦⑧⑨ 参见：中央文献编辑委员会：《陈云文选》第3卷［M］. 北京：人民出版社，1995年版，第164、163、86、150、55、209、209-210页。

③ 中央文献研究室：《陈云年谱（1905-1995）》（下卷）［M］. 北京：中央文献出版社，2000年版，第209页。

⑥ 金冲及：《陈云与新中国经济建设》［M］. 北京：中央文献出版社，1991年版，第454页。

展必须保证。基于这样的认识，1962 年，针对大跃进和自然灾害引发的财政经济严重困难局面，在谈到对国民经济的调整时，陈云明确指出："今年的计划，特别是材料的分配，要先把农业、市场这一头定下来，然后再看有多少材料搞工业。""为了农业、市场，其他的方面'牺牲'一点，是完全必要的"①。

1957 年 9 月，在党的八届三中全会上，针对农业问题依然还是建设中的弱点，以及部分领导干部重工轻农的倾向，陈云语重心长地告诫大家："在座的很多同志是搞工业的，工业搞多了，农业搞少了，我们有没有责任？有责任。工业搞得多，但肚子都吃不饱，还不是要回过头来搞农业。"他进而不无忧虑地指出："如果我们只注意搞工业，不注意解决吃饭穿衣问题，搞了工业以后，老百姓没有饭吃，没有衣服穿，再回头来搞农业那就晚了。究竟回头搞好，还是先搞好？当然是先搞好。所以，应该对搞工业的同志讲清楚，工业占重要的地位，但老百姓要吃饭穿衣，是生活所必需的，经济不摆在有吃有穿的基础上，我看建设是不稳固的。"②1959 年初，大跃进的弊端还没有充分暴露出来，吃饭穿衣问题还没有显得那么紧张，但陈云已经敏锐地预见到危机的来临。在听完化工部的工作汇报后，他严肃地说："提醒你们一下，农业提出的问题无敌于天下，因为它关系到六亿八千万人的吃穿。"③"农民有了粮食，棉花、副食品、油、糖和其它经济作物就都好解决，摆稳这一头就是摆稳了大多数，七亿多人口稳定了，天下就大定了。"④

进入改革开放新时期，农业生产得到较快发展。但同时，随着乡镇企业如雨后春笋般地迅猛发展，以及新闻媒体的片面性、误导性的脱离实际的宣传，无工不富、重工轻农、弃农经商现象的普遍蔓延，晚年的陈云忧心忡忡。1985 年 9 月，在《中国共产党全国代表会议上的讲话》中，他中肯地告诫大家："发展乡镇企业是必

---

①②④　参见：中央文献编辑委员会：《陈云文选》第 3 卷［M］. 北京：人民出版社，1995 年版，第 210、86、236 页。

③　中央文献研究室：《陈云年谱（1905-1995）》（下卷）［M］. 北京：中央文献出版社，2000 年版，第 8 页。

要的。问题是无工不富的声音大大超过了无农不稳。无工不富招致农民弃农务工经商，不能不做应有的组织引导、合理调整，使工农有序、比例得当，反去渲染、难免蹈入无农不稳。”他进而指出：“现在有些农民对种粮食不感兴趣，这个问题要注意。”他严肃地提醒大家：“十亿人口吃饭穿衣，是我国一大经济问题，也是一大政治问题。”①

3. “城市的繁荣是农村经济转动的结果”，② 要不断加强城乡交流，实现城乡协调互动。陈云之所以多次强调要把农业和农村发展作为一件大事来抓，是因为农业和农村作为工业品巨大的消费市场，为工业和城市的发展提供了广阔的空间。1961 年 5 月 31 日，在中央工作会议上，陈云指出：“农村的情况好了，整个国家的经济情况也在好转。”③农业和农村，对工业和城市的推动作用如何实现？如何使城乡间有限的物资实现最优化的配置。陈云主张通过“城乡交流”的方式来实现城乡经济的协调发展。“所谓城乡交流，一是将农产品、土产品收上来，一是将城市工业品销下去。”他在部署 1951 年财经工作要点的时候，把城乡交流列为第一个问题。对于“为什么把城乡交流摆在第一位呢?”陈云认为，一是“因为我们接受过来的是一个破烂的旧中国，农业经济占主要地位。”二是因为“城乡交流有利于农民，有利于城市工商业，也有利于国家”④。

早在新中国成立初，陈云就指出城乡交流有利于城市与农村经济的良性互动。1950 年 6 月 5 日，在政协一届二次会议上，他说：“农产品有无销路和销得快慢，是一件有关民生的大事。”⑤它既可以保证城市生活必需品的供应，改善人民生活，又有效地解决了农村农副产品的销售问题，增加了农民收入。为了稳定当时严峻的物价狂涨势头，政府组织全国性的粮食大调运，陈云认为：“如果余粮区的公粮不运到灾区和大城市，而就地与农民竞卖，则粮价将大

①③ 参见：中央文献编辑委员会：《陈云文选》第 3 卷 [M]. 北京：人民出版社，1995 年版，第 350、160 页。

②④⑤ 参见：中央文献编辑委员会：《陈云文选》第 2 卷 [M]. 北京：人民出版社，1995 年版，第 118、127、105 页。

跌，造成谷贱伤农的情况。另一方面，大城市如果粮食不足，迫使工业品成本提高，其结果不仅大城市人民生活会发生困难，余粮区的农民也必然因粮食贱、工业品贵而受损失。”① 此后，在解决城市工商品滞销和生产过剩问题时，他又巧妙地“以收购农产品来增加农民购买力”② 的方式，来刺激农村这个广阔的消费市场，以此拓宽工业品的销路，解决制约城市工商业发展的“瓶颈”问题。而农民的农产品能够卖出去，其作用还不仅仅限于此，陈云指出：“农副土产品卖出去了，就增加了农民的购买力，促进城市工商业的发展，减少或消灭城市的失业现象，城市购买力也跟着提高。工商业繁荣，又增加了国家的税收，减少了财政上的困难，物价更趋稳定。”③ 这段论述从辩证的角度，运用全面、动态、联系的观点，展示了农产品购销对国民经济全局的层层推进。这样的城乡交流，其意义可谓深远。增加了农民收入，提高了农民购买力，促进了工业品的销售和工商业的繁荣，缓解了城市就业压力，稳定了市场物价，增加了国家财政收入，使国民经济走上良性运行的轨道。因而，陈云断言：“扩大农副土产品的购销，不仅是农村问题，而且也是目前活跃中国经济的关键。”④ “所以城乡交流是一件大事，要动员全党的力量去做”⑤。

当然，陈云同时也认识到，农村对城市的推动作用是建立在农村可承受的限度基础上的。对“大跃进”运动中出现的城市人口发展过快等一系列问题，陈云认为，其中的重要原因之一就是因为城乡发展出现了不协调。为此，他告诫大家说：“我们应该吸收历史的经验教训，要根据现在的生产水平，准确地估计现在能生产多少粮食，农村需要留多少，又能够调到城市多少，这笔账要算一算。”⑥ 这个账不仅全国要算，每一个省也要算。否则就会出现由于1957年多购七十多亿斤粮食，而导致农民挨饿的现象。这将不仅影响到农民

---

①②③④⑤ 参见：中央文献编辑委员会：《陈云文选》第2卷［M］. 北京：人民出版社，1995年版，第81、90、118、118、128页。

⑥ 转引自任永全，李海民：《求实的典范，律己的楷模——记陈云1960年的河南之行》，河南党史网，网址：http：//www.hndsw.com.cn，理论天地。

的利益和农村的发展，同样也将制约工业的发展和城市的繁荣。

正是因为农业在国民经济中的重要的基础作用，陈云才对农业给予高度重视。他不仅自己重视农业，而且要求其他领导干部，从思想上重视农业，在工作中支援农业。1957 年 9 月 24 日，在八届一中全会上，陈云要求“地方要切实掌握资金的投放方向。我们认为，地方资金投放的主要方向，也就是地方大部分的钱，应该投向与发展农业生产有关的方面，例如化肥工业、兴修水利、可垦荒地的开垦等”①。1960 年 11 月 25 日，他提出：“我主张管工业的管一管农业，管农业的管一管与农业有关的工业，像化肥、农药、农机具等。”② 1962 年 2 月，在国务院各部、委党组成员会议上，为了统一大家的认识，他明确要求中央所有部委的负责同志，“都来研究一下农业问题，是很必要的。农业问题是全国的大事，对各部委的工作都有关系”③。在会上，陈云坚持了他一贯倡导的实事求是的工作作风，要求各部门要结合自身工作实际，从本部门工作特点出发，对如何服务农业、支援农业，进行专题研究，以促进农业生产的稳步发展。

（二）粮食是基础中的基础，无粮则乱。

“民以食为天”，吃饭是老百姓首要的民生需求，因而，陈云始终关注解决民生最基本的物资——粮食的生产。在他看来，农业重要，而农业中的粮食更重要。粮食不仅是维持生存的第一需要，也是稳定市场、保证国家建设的重要物资，因而，“粮食工作极为重要，它绝不仅仅是一项单纯的经济工作，而且也是一项重要的政治工作。”④高度重视农业的基础地位和粮食增产问题，是贯穿陈云民生思想的一条主线。在《陈云文集》第二卷所收录的新中国成立初关于国民经济恢复发展的文稿、讲话共一百二十六篇，其中就有六

①③④ 参见：中央文献编辑委员会：《陈云文选》第 3 卷 [M]. 北京：人民出版社，1995 年版，第 76、194、73 页。

② 中央文献研究室：《陈云传》（下卷）[M]. 北京：中央文献出版社，2005 年版，第 1215 页。

十二篇谈到粮食问题。他曾经风趣地讲道："人是要吃饭的，不能天天靠吃马列主义过活，一天不吃饭，肚子就饿得哇哇叫。"① 所以，几十年来，陈云始终将农业增产和粮食问题放在极其重要的战略地位给予高度重视。

1. 粮食问题是农村工作和农业生产的中心问题。陈云的重农思想首先表现在对粮食问题重要性的认识上。他说："农业问题，主要是粮食问题，粮食稳住了，其他都能稳住。"② 粮食作为一种特殊的物资，是任何其他物资无法取代的。在工农业生产中，粮食具有广泛的用途，除了人们的口粮外，牲畜的饲料和工业生产也需要耗费大量的粮食。而我国人多地少，农业生产力低下的具体国情，使得粮食的地位显得愈加重要。1955 年 2 月，在全国财经会议上，针对粮食工作的重要性，陈云强调指出："粮食问题已成为农村工作和农业生产的中心问题，粮食是农民的命根子，粮食紧张了，各种工作就一定紧张，同农民的关系也就必然紧张。"③ 1956 年以后，陈云用了相当多的时间和精力到农村调研，对农村人多地少、农业生产率增长不快的现实状况有了充分的了解，对农业的发展状况进行了理性的分析。1957 年夏，针对粮食供销矛盾的现状，在如何进行合理调整的讲话中，他再一次强调指出："粮食问题是最重要的问题。"④ 在随后召开的全国粮食工作会议上，他作了"重视粮食工作"的重要讲话。他全面分析了粮食的重要性，呼吁全党都要重视粮食工作。他说："粮食工作是一项关系全国人民切身利益的重要工作。我们不仅要向五亿多有余粮的农民征购粮食，而且要向一亿城镇居民和一部分农村缺粮人口供应粮食。……总之，它同全国每一个人都有切身的利害关系。"⑤

---

①⑤ 参见：中央文献编辑委员会：《陈云文选》第 3 卷［M］. 北京：人民出版社，1995 年版，第 33、72-73 页。

② 中央文献研究室：《陈云年谱（1905-1995）》（下卷）［M］. 北京：中央文献出版社，2000 年版，第 210 页。

③④ 中央文献研究室：《陈云文集》第 2 卷［M］. 北京：中央文献出版社，2005 年版，第 587、186 页。

1960年11月，在“工业要拿出一些力量支援农业”的讲话中，陈云再次强调粮食的丰产丰收不仅对其他农产品和轻工业品，而且对整个国民经济建设都会产生重要影响。他说：“根本问题是粮食。粮多，其他农产品才能多起来，轻工业品也就多了，吃穿用就可以松动些了。”① 因而，在今后相当长一个时期，“农村的一切工作，不论是生产、互助合作、党的建设都要围绕粮食这一中心环节来进行”②。

陈云的这些论述阐明了这样一个道理，粮食生产是农村工作和农业生产中的重中之重，因此，我们必须高度重视粮食生产，要把它摆在全党和全国工作大局中来思考和谋划。

2. 粮食定，天下定；无粮则乱。陈云认为，市场和物价的稳定是衡量经济稳定的重要指标。“稳定物价不仅有经济意义，而且有政治意义”③ 所以，稳定市场物价，“这是一件很好的事情，与全国人民的生活都有关系。”而“物价稳定靠什么，头一个就是粮价稳定。”④民以食为天，食以粮为主。粮食是解决民生的最基本的要素，是市场物价稳定的关键与核心。所以，“为了把市场维持得好，必须密切注意粮食的供应。”⑤毛泽东曾经强调指出：“要注意，不抓粮食很危险。不抓粮食，总有一天要天下大乱。”⑥ 同样，陈云指出：“粮食是战略物资，我们经常控制着一百亿斤粮食，什么杜鲁门、李鲁门，统统不怕。假如碰到荒年，全国有几千万人口没有粮食吃，统统需要国家供给，也可渡过。”⑦

其实，自主管全国财经工作以来，陈云始终把粮食作为稳定工作的重中之重来抓。对“粮价稳定是一切稳定的关键”，早在新中国成立之初，陈云就有了深刻的体会。新中国成立前后，严重影响人民生活和社会稳定的几次剧烈的物价波动都与粮食问题有着密切的关

---

①②④ 中央文献研究室：《陈云文集》第3卷［M］. 北京：中央文献出版社，2005年版，第305、204-206、190页。

③⑤⑦ 参见：中央文献编辑委员会：《陈云文选》第2卷［M］. 北京：人民出版社，1995年版，第126、119、130页。

⑥ 《毛泽东文集》第7卷［M］. 北京：人民出版社，1999年版，第199页。

系。当时由于中外反对派的破坏和封锁，再加上自然灾害的影响，在一些大城市，尤其是作为经济中心的上海，投机资本操纵市场、控制物价，导致市场物价剧烈波动，粮食供应显得尤为紧张，新生的人民政权面临着严峻的挑战。陈云认为，要稳定物价，首先要稳定粮价。在以陈云为首的中财委领导下，人民政府同不法资本家和投机商人进行了“米棉之战”。这场战役，保障了人民生活，稳定了社会局势，维护了政权的稳固。对于这场战役的胜利，陈云感受最深的就是：“有了粮食，控制上海物价就有了相当把握了。”①

随后，在领导国民经济的恢复、社会主义改造、社会主义建设及改革开放不同历史时期的经济建设实践中，陈云都反复强调这一观点。1951 年 6 月 13 日，他在给黄克诚、王首道并中南财经委“粮价稳定是物价稳定的关键”的电文中，充分肯定了粮价稳定的重要性。他指出：“粮价稳定是一切稳定的关键，此关一破，有全局难收之险。”②国民经济经过三年的恢复，取得巨大的成就。1953 年，我国开始实施第一个五年计划，国民经济进入大规模建设时期。随着基本建设投资规模的扩大，就业人数大幅度增加，社会工资量也随之增加，城市和工业生产对粮食的需求量大增。与此同时，农村居民由于生活水平的提高，对粮食的食用量也增多，再加上自由市场的存在和投机商的囤积居奇，推波助澜，使得粮食的供求之间出现了矛盾。而自然灾害又使得粮棉减产，生活消费品的供应出现了紧张，老百姓最基本的吃穿出现了问题。1957 年夏，陈云在“合理调整粮食供销矛盾”的讲话中，再次强调指出：“粮食毕竟是一个重要的东西，是保证物价稳定绝不可少的东西。物价稳定靠什么？头一个就是粮价稳定，第二个是有衣服穿。吃饭、穿衣这两样稳定了，老百姓就说物价稳定了。如果粮食价格不能稳定，粮食发生动摇，那么整个物价就动摇了；如果粮食动摇了，整个五

---

① 参见：中央文献编辑委员会：《陈云文选》第 2 卷［M］. 北京：人民出版社，1995 年版，第 17 页。

② 中央文献研究室：《陈云文集》第 2 卷［M］. 北京：中央文献出版社，2005 年版，第 257 页。

年计划建设就会动摇。所以，粮食是稳定物价最重要的一种物资，是经济建设中必不可少的物资，没有粮食就不能建设。”① 1957 年 9 月，在全国粮食工作会议上，他反复陈说利害，强调粮食的稳定，不仅关系到市场的稳定，而且还影响整个国家建设。他告诫大家："粮食是稳定市场、保证建设的最重要的物资，现在没有任何物资比粮食更为重要的了。我们讲市场是否稳定，主要的是指粮食局势和粮食价格是否稳定。粮食的局势和价格如果不稳定，整个市场物价就不可能稳定，国家建设就无法进行。”②

三年困难时期，由于“大跃进”和自然灾害的影响，农业大面积减产，粮食和生活消费品的供应全面紧张，有些地方甚至出现浮肿病、饿死人的严重情况。比起其他商品的缺乏，粮食的缺乏更重要。1959 年 4 月，陈云在《给中央财经小组各同志的信》中指出："我国粮食问题还没有过关。粮食定，天下定；粮食紧，市场紧。粮食现在仍然是稳定市场最重要的物资，一定要做好这一方面的工作。”③ 1961 年 5 月 30 日，陈云在“做好外贸工作”的讲话中指出："总之，当前只有首先抓好粮食，整个局势才能稳定，同农民的关系才能缓和，而且多种经营也才能好转。没有粮食是最危险的。”④

尽管家庭联产承包责任制的实行，极大地激发了农民生产的积极性，粮食总产有了很大提高。但垂暮之年的陈云，依然关注着粮食问题。在陈云的心目中，“钢铁是硬的，我看粮食更硬。”⑤ 1982 年 11 月 16 日，他再次告诫人们：“对粮食生产决不能放松。”“如果粮食库存不断下降，一旦城市用粮接不上，哪怕断三天，就会闹乱子。因此，我们必须在粮食问题上立于不败之地。”⑥ 1985 年 9

---

① 中央文献研究室：《陈云文集》第 3 卷 [M]. 北京：中央文献出版社，2005 年版，第 190 页。

②③④⑤ 参见：中央文献编辑委员会：《陈云文选》第 3 卷 [M]. 北京：人民出版社，1995 年版，第 73、125、157、258 页。

⑥ 中央文献研究室：《陈云年谱（1905-1995）》（下卷）[M]. 北京：中央文献出版社，2000 年版，第 310 页。

月 23 日，《在中国共产党全国代表会议上的讲话》中，他以忧国忧民之情，将粮食问题提到了政治的高度，他说："十亿人口吃饭穿衣，是我国一大经济问题，也是一大政治问题。'无粮则乱'，这件事不能小看就是了。"①

"粮食定，天下定；粮食紧，市场紧。"、"无粮则乱"，这是陈云对粮食与稳定关系最精辟的概括。他时刻提醒并告诫人们要深刻理解粮食问题的严峻性，对粮食问题任何时候都不能掉以轻心。

3. 粮食问题的彻底解决是一个长期的过程。陈云曾经指出，在相当长的一个时期内，我国的粮食紧张状况是不可能彻底解决的。他说："粮食不充足，是我国较长时期内的一个基本状况。"②针对有些同志在粮食问题上麻痹大意的思想，他严厉地指出："对于粮食，大家却认为没有问题，我认为这是必须提醒注意的。我们很多错误，往往是由于疏忽。"③

陈云的担忧不是多余的，在陈云看来，我国粮食紧张的状况是由国情决定的。我国的农业生产不同于苏联、美国型的国家，它们地多人少，而我们是地少人多。除去内蒙古、新疆、西藏、青海以外，全国百分之九十四的人口，只占全国百分之四十的土地。新中国成立后，尽管党和政府采取了很多措施，极大地解放了农村生产力，农业生产和粮食产量都得到提高，但农业基础设施依然薄弱，农业科技含量还很低，机械化程度落后，化肥使用量不高，加上洪涝等自然灾害频发等因素，从总体上看，我国的粮食生产和供应一直处于偏紧的、不宽裕的状态。

为了解决粮食问题，寻找粮食增产的办法，1955 年 5 月下旬，陈云到上海、苏州等地农村继续对粮食统购统销情况进行实地调研。在苏州调查时，他同该市主要领导同志作了三次谈话，了解苏州地区的粮食情况，其中对粮食的供求矛盾的见解显示出他的远见

---

①　参见：中央文献编辑委员会：《陈云文选》第 3 卷［M］. 北京：人民出版社，1995 年版，第 350 页。

②③　参见：中央文献编辑委员会：《陈云文选》第 2 卷［M］. 北京：人民出版社，1995 年版，第 217、119 页。

卓识。他希望大家能充分认识到，中国粮食问题的出路不是短时期就能够解决的。他说："粮食问题的紧张情况在十五年到二十年内是不可能彻底解决的，因为粮食增产赶不上需要的增长。所以，在二十年内我们的工作是离不开粮食问题的。农村的一切工作，不论是生产、互助合作、党的建设都要围绕粮食这一中心环节来进行。谁想带着一副白手套企图不沾染粮食问题而去进行农村各项工作，谁就要犯严重的错误。"① 正是因为认识到了解决粮食问题的重要性、长期性和艰巨性，他才在粮食问题的解决上，耗费了大量心血。而且，他在多次的南下北上到各地调研的时候，总不忘提醒地方领导重视粮食问题。邓力群同志后来回忆道："他每年要花很多的时间来抓粮食工作。他几次说过，我们的地方党委可以叫做'粮食党委'，就是说，地方党委每年都要用很大的力量来部署粮食工作。"②

十一届三中全会后，农村改革率先进行。得益于党的好政策，再加上连续几年风调雨顺的好年景，农产品尤其是粮食供应紧张的状况，得到了明显的好转。陈云并不因为这些而忽视粮食生产，在他心中，"粮食问题始终是一个大问题"。伴随着改革开放的发展，农村地区乡镇企业迅猛发展。"无工不富"、"无商不活"的声音掩盖了"无农不稳"、"无粮则乱"的声音，包括一些党内干部也认为"我国的粮食问题已经解决"，好像在粮食问题上可以高枕无忧了。此时的陈云，却以冷静的头脑，以一颗深沉的爱民之心，给我们留下了朴实的担忧："现在有些农民对种粮食不感兴趣，这个问题要注意。"③ 1988 年，他在同浙江省有关领导谈话时，再次表示了在粮食问题上的担忧："我们这些人在世时，粮食过不了

---

① 中央文献研究室：《陈云文集》第 3 卷 [M]. 北京：中央文献出版社，2005 年版，第 204-206 页。

② 中央文献研究室：《陈云传》（下卷）[M]. 北京：中央文献出版社，2005 年版，第 950 页。

③ 参见：中央文献编辑委员会：《陈云文选》第 3 卷 [M]. 北京：人民出版社，1995 年版，第 350 页。

关。……下一代人如果在科学上没有突破，粮食也很难过关。”① 所以，“粮食工作就必然是个广泛的艰巨的群众工作，而且这样的群众工作要长时间地做下去。全党同志特别是所有做财经工作的同志，必须深刻认识这一点。”② 即使改革开放三十年后的今天，重温陈云当年的话，如警钟犹响，我们依然不能掉以轻心。

4. 采取多种措施，发展粮食生产，满足人民需求。正是缘于对事关民生的农业和粮食问题的重要性，比其他人有更深刻而清醒的认识，陈云才会在粮食问题的解决上不遗余力。要保证粮食供应，在陈云看来，首先，农业发展要优先保证粮食的生产。为了防止农民因经济作物偏低的公粮负担，而盲目扩大经济作物的播种面积，保证必要的粮田，陈云要求有关部门要“公布经济作物的公粮负担额及经济作物与粮食的适当比价”，保证“粮食播种面积只能增加，不能减少”③。1980 年 12 月 16 日，在中央经济工作会议上，陈云作了题为《经济形势与经验教训》的讲话，他将粮食依然排在农业生产的第一位，他指出：“不能因为发展经济作物而挤了粮食产量。粮食还是第一位。人不吃饭，牲口不喂料，是不行的。”④

其次，通过发展农业科技，不断提高粮食单产。多年来，陈云在实践中不断研究探索粮食增产的办法和农业发展的途径。他先后研读了六十多本农业方面的书籍，对照我国国情，分析了主要农业国发展农业和粮食的做法。他认为，苏联、美国农业增产主要靠扩大耕地面积，而我国在播种面积有限的情况下，应参考地少人多的日本、联邦德国等国家，以提高单位面积产量为唯一正确的方针，而如何才能提高单位面积产量？1957 年 9 月 24 日，陈云在党的八届三中全会上作了《解决吃穿问题的主要办法》的讲话，他分析了

---

① 中央文献研究室：《陈云年谱（1905-1995）》（下卷）［M］. 北京：中央文献出版社，2000 年版，第 412 页。

②④ 参见：中央文献编辑委员会：《陈云文选》第 3 卷［M］. 北京：人民出版社，1995 年版，第 74、280-281 页。

③ 参见：中央文献编辑委员会：《陈云文选》第 2 卷［M］. 北京：人民出版社，1995 年版，第 159 页。

当时的形势，指出解决农业生产和粮食问题的办法，“归纳起来，一个是化学工业，一个是水利，这两项，可以对农业增产起很大作用”[①]。他进而提出“大规模发展化肥是农业增产最快、最重要的一条”，[②]因此，他指出：“今后，我国农业增产的主要出路，在于增加化肥，养猪积肥，提高单位面积产量，而不再开荒”。[③]除了高度重视化肥工业的发展外，针对农业基础设施薄弱的状况，陈云指出，国家财政对农业发展的投入重点在水利。“水利建设是治本的工作，是百年大计”，“要增加农业生产，必须做好这件事”。[④]所以，“修整水利，力争丰收，这是农业工作中的第一个问题。”[⑤]事实证明，大力发展水利事业直接改善了农业生产的条件，促进了农业增产。除此而外，陈云还主张通过改良农业技术，发放农业贷款等措施，以及积极的农业政策，来调整农业生产和布局，合理开发农业资源，不断促进农业和粮食生产的大发展。

第三，要保证粮食供应，不仅要抓生产，还要抓分配和管理。“粮食分配同农业生产有直接的关系”。[⑥]分配的好与不好，直接影响农民的生产积极性，影响农业的发展。所以，“在粮食分配方面，要照顾国家和农民两个方面的利益。如果只顾国家需要，而不顾农民的需要，就会影响农民的生产积极性，不利于农业生产以至整个国民经济的发展。如果不顾国家的需要，只是片面地强调农民的需要，就会影响城镇居民的口粮供应，就会妨碍国家的建设。”[⑦]为此，在陈云的具体指导参与下，国家通过统购统销使有限的粮食实现合理的分配。同时，陈云还指出，丰年要储备粮食以防止和应付水旱灾害。1952年1月，在给中共中央的报告中，陈云指出：“由于今后若干年内我国粮食将不是宽裕的，而且城市人口将逐年增加，政府还须有粮食储备。”[⑧]除此而外，还要修筑铁路以保障粮食调剂，他说：“丰年积谷和修筑铁路这两条解决了，粮食就不会

①②③⑥⑦　参见：中央文献编辑委员会：《陈云文选》第3卷［M］. 北京：人民出版社，1995年版，第79、79、80、73、73页。

④⑤⑧　参见：中央文献编辑委员会：《陈云文选》第2卷［M］. 北京：人民出版社，1995年版，第141、130、160页。

恐慌。”①

作为事关民生最重要物资的粮食，在陈云的心目中，其重要性是不言而喻的。正是由于对粮食问题的高度重视和切实有效的粮食增产措施的实施，我们才得以化解了一次次危机，渡过了一道道难关。陈云也才敢于自信地说：“那些幸灾乐祸，幻想我们发生粮食危机的人们，是注定要失望的。与他们的预料相反，我们将不但能战胜灾荒，而且在我们面前出现的，将是多年未有过的粮价平稳的局面。”②

二、大力发展轻工业，不断满足人民需求

在国民经济体系中，轻工业作为一个重要产业，承担着繁荣市场、增加出口、扩大就业、满足人民消费需求、提高人民生活质量的重要任务，在经济和社会发展中起着举足轻重的作用，是一个和民生改善具有密切关系的行业。1956 年 11 月，陈云在讲到为什么要对资本主义企业采取赎买政策时指出：“资本主义企业中最主要的部分是生产人民日用品的轻工业。”而这些生产日用品的轻工业的发展，“对国家经济和人民生活很重要。有了日用工业品与农民交换农产品，可以加强工农联盟；有了日用工业品和农产品，可以供应城市人民的需要，稳定市场物价。”③ 正是因为轻工业对民生改善有如此重要的作用，陈云在领导经济工作实践中，对轻工业发展给予极大的关注，也形成了一系列关于轻工业发展的思想主张。

（一）合理调整比例关系，促进轻工业和重工业协调发展

新中国成立后，鉴于当时的国际国内形势，借鉴苏联的经验，我国“一五”计划确立了优先发展重工业的战略方针。在优先发展重工业的同时，陈云对轻工业生产也极为重视。他说：“如果我们只办重工业工厂，不办轻工业工厂，老百姓等着要东西，没有东西

①② 参见：中央文献编辑委员会：《陈云文选》第 2 卷［M］. 北京：人民出版社，1995 年版，第 142、83 页。

③ 参见：中央文献编辑委员会：《陈云文选》第 3 卷［M］. 北京：人民出版社，1995 年版，第 36 页。

供给他们，他们就不满意。"[①] 而内忧外患、百废待兴的新中国，既要优先发展重工业以实现工业化，又要通过发展轻工业来满足人民生活需求。在这两难的选择面前，陈云认为，经济建设要保证重点，但也要照顾一般，况且重点也并不等于重工业，还应该包括与人民生活关系密切的轻工业。他指出："轻工业中有关人民生活迫切需要的建设项目，在一定地区内或者一定时间内，就是重点。"[②] 为此，在陈云看来，首先要解决的一个问题就是要处理好轻工业和重工业的比例关系。

1954 年 6 月，在给中央所作的关于第一个五年计划的几点说明中，陈云指出，轻工业的增产，面临的最大的制约因素是原料问题。"轻工业的原料，一方面来自农业……一方面来自重工业……在这些原料还不能大量增产以前，增加轻工业的投资是没有多大用处的，因为原料供不上，工厂开了也是白开。"[③] 同时，我们又要看到，"轻工业现在还有很大后备力量，生产设备利用率很低，只要稍加调整，就可以增产很多。"[④] "不仅就生产能力来说，轻工业有很大的潜力，而且就资金来说，也有很大后备力量"[⑤]。所以，陈云认为，"一五"计划规定的轻重工业之间的比例是适宜的，当前的轻工业有着巨大的发展潜力和广阔的发展前景。在这个说明中，陈云还分析指出到 1957 年"一五"计划最后一年，生活消费品和社会购买力之间将存在几十亿元的差额，在陈云看来，"这个差额是不算小的"。他进一步指出："在短期内要完全消灭商品供应与社会购买力之间的差额是不可能的。但这种差额不能过大，过大了就可能发生市场上的抢购现象，或农民不出卖农产品。"[⑥] 因此，陈云认为，"一五"计划期间，要随着重工业的发展，相应的建设轻纺工业，并充分地合理地利用原有轻工企业，发挥它们的潜力，不断增加生产能力，满足城乡人民对轻工业品日益增长的需要。为此，

---

①③④⑤⑥ 参见：中央文献编辑委员会：《陈云文选》第 2 卷 [M]. 北京：人民出版社，1995 年版，第 135、239、239、240、244 页。

② 《人民日报》1959 年 3 月 1 日。

他在强调发展大工厂的同时，不要忘记事关老百姓衣食住行的小工厂，要保留相当数量的小工厂。他曾形象地指出："我们要有主力军，还要有游击队。要有大工厂能进行大规模的生产，也要有小工厂能进行多品种的小规模的生产，以适应消费者的需要。"① 实践表明，轻工业在"一五"期间的发展并不慢，年产值增长率达到百分之十四点三，利税增长2.8倍，在基本满足人民生产生活需要的同时，还为国家建设提供了100多亿元的积累。

1956年，我国进入全面建设社会主义新时期。而此时，由于波兰、匈牙利事件的影响，再加上我国的第一个五年计划建设也是学苏联的，虽然我们在受苏联模式的影响上没有东欧国家严重，但生活必需品的供应依然紧张。从1956年下半年起，我国许多城市也发生多起工人罢工、请愿和学生罢课、请愿事件。农村因为要闹退社而包围、殴打区乡干部和合作社主任的事件多次发生。其他社会主义国家的惨痛教训，我们国内的现状，以及许多还没有暴露出来的问题，不能不引起包括陈云在内的中共中央高层的关注和忧虑。在这样的背景下，事关民生改善和社会安定的轻工业的重要性就是不言而喻的。

1957年初，"一五"计划即将结束，陈云根据毛泽东在《论十大关系》中提出的方针，并结合当时国民经济发展的实际情况，对重工业、轻工业和农业的投资比例作出新的安排。1月18日，陈云在各省、自治区、直辖市党委书记会议上的讲话中，强调了轻工业生产的重要性和保证轻工业优先发展的必要性。他指出："在原材料供应紧张的时候，首先要保证生活必需品的生产部门最低限度的需要……主要是为了维持最低限度的人民生活的需要，避免盲目扩大基本建设规模，挤掉生活必需品的生产。在财力物力的供应上，生活必需品的生产必须先于基建，这是民生和建设的关系合理安排的问题。"② 在陈云看来，社会主义工业化建设需要优先发展重工

① 中央文献研究室：《陈云文集》第3卷［M］. 北京：中央文献出版社，2005年版，第86页。

② 参见：中央文献编辑委员会：《陈云文选》第3卷［M］. 北京：人民出版社，1995年版，第53页。

业，但片面的发展重工业而忽视轻工业和农业，国民经济将陷入畸形的发展状态，这无论是对国民经济的持续发展，还是对人民生活的改善都是无益的。为此，陈云认为，在今后的发展中，“重工业投资当然仍占多数，但轻工业和农业投资的比重要增加，为轻工业和农业生产服务的重工业的投资也要增加。这样，工业建设的速度一时看来似乎是慢了，但实际上不会慢，可能加快。”①

（二）充裕的市场供应，是满足人民需求的保证

新中国成立初期，百废待兴的中国一穷二白、物资匮乏，陈云已经深刻地意识到，“我们工业品增加的速度是很小的，过去中国农民没有用多少工业品，将来如果每家买一块玻璃，三亿八千万农民，七千万到八千万家，要七八千万块玻璃，这个玻璃厂就没有。”② 所以，陈云非常清醒地预见到，“今后几年农民的购买力会大大地提高。现在工业品不够，就要注意发展，并且进行调查，看看老百姓需要什么东西”③。陈云深知，随着人民生活水平的提高，对日用工业品的需求会不断增加。而要保证人民群众正常的生产生活，对轻工业企业，无论国营还是私营，能维持生产的尽可能地维持生产，有困难的需要扶持的，国家尽力扶持，尽可能地不让这些厂家倒闭。新中国成立初期调整工商业工作中的主要内容，就是解决私营工商界面对的困难和问题。当时，轻工业部党组对部长黄炎培工作侧重点有意见，认为过多地倾向于私营工商业。在陈云看来，轻工业部更多地注意私营，倒是有益的，因为，目前的私营工商业是有利于人民的。

社会主义建设时期，陈云指出，我们搞建设的目的，归根到底是为了满足人民的需要。1956 年 8 月，他在国务院会议上说道：“目前，办工业、办商业、办手工业，都要为消费者服务，为消费

① 参见：中央文献编辑委员会：《陈云文选》第 3 卷［M］. 北京：人民出版社，1995 年版，第 56 页。

②③ 参见：中央文献编辑委员会：《陈云文选》第 2 卷［M］. 北京：人民出版社，1995 年版，第 136、136 页。

者打算，为消费者便利着想。"[①] 经过三年困难时期，国民经济面临着严重的困难局面。1962 年 2 月 26 日，陈云在国务院各部、委党组成员会议上，针对财政经济方面存在的困难，专门强调要"尽可能增产人民需要的生活用品。"[②] 因为"人民有了钱，总要使他们能够买到东西，才能心情舒畅。没有这一条，只搞高价商品，老百姓是要骂娘的。"[③] 3 月 7 日，陈云在《中央财经小组会议上的讲话》中指出，只有"商品供应量大于购买力，才能使消费者有选择的余地"。[④] 同时，他还指出，为了保证商品供应量超过购买力，过去我们每年都要算一次账，购买力多少，商品供应有多少。因为有些商品不一定适应消费者的需要，所以，一百元的购买力，要有几百元的商品供应。而如果"商品供应量同购买力不适应，市场就不能稳定，甚至造成通货膨胀。"[⑤] 这里所说的"商品"，除农产品外，主要就指轻工业产品了。要解决好市场问题，就需要大力发展农业和轻工业。

随着社会的发展进步，人民群众的需求也不断丰富，而我国生产力发展水平的多层次，也使得人民群众的需求呈现多样性，这就要求轻工业生产必须"适应人民消费方面的多种多样和经常变化的需要"。[⑥] 为此，在轻工业领域，要鼓励八仙过海，各显神通。大工厂和小工厂、集体经济和家庭经济各有优势，具有互补性，大工厂可以进行大规模生产，小工厂可以进行品种丰富的小规模生产，所以，对事关百姓需求的轻工业不顾实际、盲目的合营、集中，陈云是不赞成的。"如果把许多小工厂合并成为大工厂，就它们适应市场需要来说，不会有小工厂分散生产的时候那样灵活。"[⑦] 陈云还以染色布为例分析道，在小型的染厂里，一个品种可以只染五六十匹布，因此可以随时生产出更多的花色品种。但是大型染厂因改变生产程序的工程大，每个品种至少要染三百到五百匹布，很难满

---

① 中央文献研究室：《陈云文集》第 3 卷［M］. 北京：中央文献出版社，2005 年版，第 99 页。

②③④⑤⑥⑦ 参见：中央文献编辑委员会：《陈云文选》第 3 卷［M］. 北京：人民出版社，1995 年版，第 201、201-202、215、215、7、7 页。

足人民群众多样化的需求。有人认为，把小工厂合并成为大工厂，产量就会提高，陈云指出："许多生产日用消费品的工厂，并厂以后产量之所以提高，主要是因为商品品种规格减少、产品单纯了。"① 所以，在陈云看来，我们应该"纠正从片面观点出发的盲目的集中生产、集中经营的现象"②。因为，"这种'合理化'不能适应人民消费的需要，因此，我们不应该鼓励这种错误的合并。"③

（三）积极采取各种措施，大力发展轻工业生产

要增加日用工业品的生产，陈云认为，必须采取适当的措施，积极安排恢复和发展轻工业生产。首先，合理分配有限的资源，保证轻工业生产必要的原料供应。这是保证轻工业发展的前提。为此，陈云指出："在安排工业生产的时候，应该专门拨出一部分原料和材料，安排日用必需品的生产。"④ 必要的时候，"要从重工业方面转移一部分原料、材料给轻工业，再进口一部分原材料。"⑤ 总之，为了保证轻工业的发展，要"根据实际可能，能多给一点就多给一点。……管年度计划，首先就要安排好农业和市场"⑥。

其次，通过改组企业和改进经营方式，不断促进轻工业品生产。1958 年，由于"大跃进"和人民公社化运动，造成了国民经济各部门之间比例关系失调，生产下降，出现了通货膨胀现象，日用必需品和副食品市场供应十分紧张，针对这种情况，1959 年 4 月，陈云在《给中央财经小组各同志的信》中指出："原来生产小商品的工厂，如果已经改行，应该让它们'归队'，恢复生产。"⑦ 特别是针对农村人民公社原有的手工业合作社，由于改变为地方国营工厂或合作工厂，统一安排生产任务，不能单独生产和经营，老百姓急需的大量的小商品停止生产了。陈云认为，现在应该进行重新改组，组织它们重操本行。在地方工业部门领导下，实行独立核算，自负盈亏，以便发挥这些手工业者的积极性，通过公社帮助他们解决原料和产品销路的困难，增加各种农村手工业品的数量和品

---

①②③④⑤⑥⑦ 参见：中央文献编辑委员会：《陈云文选》第 3 卷 [M]. 北京：人民出版社，1995 年版，第 7、6、7、126、201、209、126 页。

种。从以上足以看出，经济调整时期，陈云把增加人民群众所需要的轻工业品的生产和供给，作为缓解供求紧张、满足人民生活需要的大事来抓。

最后，通过发展化学工业，来缓解轻工业品不足的状况。衣食住行中，穿衣是仅次于吃饭的第二件大事。陈云认为，解决老百姓的穿衣问题，从农业方面来看，通过增加棉花产量，出路不大。原因是为了解决吃饭问题，使得粮田扩大而棉田减少了，所以，短期内大量扩大棉花播种面积很困难。而全国普遍地提高棉田的单位面积产量，也是困难的。其他的如蚕丝和麻等也不可能有效地解决穿衣问题。通过对各种植物纤维生产条件的研究，陈云得出的结论是：仅靠发展植物纤维是有限的，要从根本上解决穿衣问题，必须另辟蹊径。所以，经过反复研究比较，陈云指出："今后解决穿衣问题的主要出路在于发展化学纤维。"① 所以，大力发展化学工业，将成为解决穿衣问题的最佳方案，他说："化学纤维今后能大量生产，解决穿衣问题的出路在此。我们都要研究，争取多种多样。"②也正是由此开始，我国的化学纤维工业随之起步。

由此可以看出，陈云关于轻工业和重工业之间合理的比例关系，通过各种措施大力发展轻工业，满足人民群众不断增长的多样化的生活需求等思想主张，紧紧围绕人民群众的切身利益，力求有效解决民生问题。它适应了当时我国生产力的发展水平和人民群众的愿望，必然会得到人民群众的支持和拥护，所以，陈云坚信，"中国的轻工业，有很大的前途，一定会有很大的发展。"③

三、商业工作是老百姓的大事，必须抓紧抓好

1944 年 3 月，陈云由中央组织部长转任西北财经办事处副主任兼政治部主任，主持陕甘宁边区和晋绥边区的财经工作。一个党务

---

①② 参见：中央文献编辑委员会：《陈云文选》第 3 卷 [M]. 北京：人民出版社，1995 年版，第 81、82 页。

③ 参见：中央文献编辑委员会：《陈云文选》第 2 卷 [M]. 北京：人民出版社，1995 年版，第 136 页。

工作者要去搞财经商务工作，一些同志对他能否胜任表示担心，但陈云对此充满信心。上任伊始，在主持西北财经办事处例会时，他就做了“学会做共产党的商人”的讲话，提出了政工人员由搞财经的“外行”变为“内行”的重要思想，号召大家“学会做共产党的商人”。此后他长期主管我国的经济工作，期间，从1956年开始，又兼任近两年的商业部部长。几十年的实践证明，陈云在“做共产党的商人”方面确实是内行。作为主管经济工作的领导者，陈云深刻地体会到：商业工作同市场流通和人民生活密不可分，在经济工作全局中具有十分重要的地位和作用，所以，商业工作是关系百姓生活的大事。1956年11月19日，他在商业部扩大的部务会议上强调指出：“商业工作天天同人民群众打交道，管吃、穿、用，管油、盐、柴、米。不要看不起这些，这是人民的大事。……长江大桥是大，建设很有必要，但商业关乎六万万人的日常生活，不能说是小事情，不重要。”[①] 作为同市场流通和人民生活密不可分的商业工作，做得好，可以缓解建设和民生这对矛盾，做得不好，会加剧这对矛盾，其重要性是不言而喻的。为此，一直以来，他都十分重视和民生息息相关的商业工作，对于商业工作在保障人民生活，统筹经济发展全局中的重要地位和作用，陈云是深有感触的。也正因为如此，在长期的革命和建设生涯中，陈云才会对商业工作充满兴趣、充满信心，也由此和商业工作结下了不解之缘；才会对商业工作给予高度重视，多次要求商业部门尽职尽责，并采取各种手段和措施，不断维护人民群众的切身利益，化解事关国家建设和人民生活的商业难题；才会要求商业工作者提高认识，端正态度，内强素质，外树形象，努力做好商业工作。

（一）从事商业工作必须坚持三大观点

在陈云看来，商业工作搞得好不好，就是要看具体工作做得怎么样，要看关系人民生活的各种日用品供应紧张的问题解决得怎么

① 参见：中央文献编辑委员会：《陈云文选》第3卷［M］. 北京：人民出版社，1995年版，第33-34页。

样，说到底还是要看人民群众的需求是否得到满足。1956年12月至1957年1月间，陈云在关于商业工作的几次讲话中，反复强调并系统提出加强商业工作的政治观点、群众观点和生产观点。他说："我们是从事社会主义商业工作的，不能没有政治观点、群众观点和生产观点。"①

1. 商业工作必须树立群众观点。陈云认为，群众观点是商业工作中首先要坚持的观点。要做好商业工作，首先必须树立为人民服务的群众观点。只要心中装着人民，时时刻刻维护人民的利益，就一定能做好商业工作。我们的商业工作，无论是出发点，还是落脚点，都是为了维护人民群众的利益，满足人民群众生产生活需求。陈云指出，商业工作中的群众观点，包括服务群众和依靠群众两个方面。在服务群众方面，陈云认为："商业工作的好坏，直接关系到六万万人民群众的切身利益，关系到广大的城乡人民对我们是否满意。"② 他说："过去我们搞商业，是为了打倒反动派，取得革命胜利，建立人民政权。现在搞好商业，稳定人民经济生活，有利于建设社会主义。我们是商人，但不是普通的商人，而是从事商业工作的革命家。"③

陈云深知，在以往的商业工作中，还有"许多不利于人民的地方。我们国营商业做生意是'独此一家'，很有点'独霸'的味道"，"国营商业是'亦官亦商'，老百姓难以对付我们。"④ 他还举了两个例子，一是听山西省委书记说，有个老太婆织了一点布，为了换点零花钱，拿到集市去卖，当地的干部说她违法，吓得老人家丢下布就跑了。再一个是，一些粮食收购单位搞大秤进、小秤出。这样的话，粮食仓库里就有不少"溢余"粮食，这些都侵犯了农民的利益。

这些做法虽然和商业系统人员成分复杂、政策水平不高有关，然而说到底，还是因为没有牢固树立为人民服务的群众观点。总

①②③④ 参见：中央文献编辑委员会：《陈云文选》第3卷［M］. 北京：人民出版社，1995年版，第44、44、33、30页。

之，“脱离人民群众的事情很多”。那么，我们搞商业的目的是什么？仅仅是为了赚钱吗？陈云明确地指出：“我们商业工作的目的是为人民服务，资本主义商业的目的则是为个人赚钱。我们不是看哪种商品销得快，就提高哪种商品的价格。我们做的许多事，私商不会去做。四川的粮食赔钱运到上海去，私商不会干。我们的商业也是要赚钱的，但赚钱也是为了人民的利益。”① 既然我们的商业工作是为了人民的利益，所以，陈云要求商业部门必须改掉那些使群众有“一肚子气”的毛病。

此外，商业工作中的群众观点还要解决依靠群众的问题。1957年1月9日，陈云在商业部党组会议上再次讲到，从部长、副部长等领导开始要解决依靠群众的问题。陈云讲道：“疑难不决的事情，要请教群众。没有这一条，不能算马克思主义者。我们在工作中，不仅要依靠组织，更主要的是要依靠群众。这应该成为我们的一个口号。”②

2. 商业工作必须坚持生产观点。陈云一直认为，商业工作中要体现群众观点，维护群众利益，满足群众需求，就必须有充足的市场供应。针对市场供应紧张状况，1954年7月陈云就告诫全党：“我们对于由许多商品供不应求所造成的市场紧张状况和市场上存在着的不稳定的可能性，必须引起充分的注意。”③而更重要的是，首先要找准商品供应紧张的原因，“这样就不会只在内部吵架，而不从整个财经工作上找原因。只在内部吵架，打破头也解决不了问题”④。市场上的物资供应紧张，归根结底是由生产不足决定的。因此，陈云指出：“商品供应紧张不是天上掉下来的，而是全国财政贸易和经济建设情况的反映。”⑤ “简单地从商业一个方面来找供应紧张的原因是不行的，还要从全国的经济情况特别是财政情况来找原因，只有这样才能说明问题。”⑥

---

①③④⑤ 参见：中央文献编辑委员会：《陈云文选》第2卷［M］. 北京：人民出版社，1995年版，第332、246、29-30、27页。

②⑥ 参见：中央文献编辑委员会：《陈云文选》第3卷［M］. 北京：人民出版社，1995年版，第46、28页。

作为一个马克思主义者，陈云对马克思主义政治经济学进行过深入的研究。马克思主义告诉我们，社会再生产包括生产、交换、分配和消费四个相互联系的环节。其中，生产的发展是首要的最基础的环节，也是起决定作用的环节。生产不仅决定人们消费的对象和消费方式，而且还决定人民消费的质量和水平，同时，它还为消费创造动力。所以，在马克思主义看来，从一定意义上说，人类社会的历史就是生产发展的历史。人们消费所需要的一切商品和服务都靠社会生产才能创造出来，物质资料的生产就是人类社会赖以生存和发展的基础。

所以，陈云历来主张，要做好商业工作，仅仅靠商业工作本身是不能彻底解决问题的，搞商业工作不能没有生产观点。“搞商业的人，只管市场、不问生产的年代，已经过去了。例如，现在钢铁、纸张供应不足，但如果只注意到这一点，是不行的，还必须看到国家计划和生产的情况，这是第一位的，商业是第二位的。我们必须重视这个问题。这是我们区别于一般商人之所在。”① 正因为如此，他非常重视通过正确的建设方针、切实可行的国民经济计划和国家的财政预算的安排和调整，来不断促进生产发展。这也说明了在非常时期，中央之所以安排中共中央、国务院主管经济工作的副主席、副总理陈云兼任商业部长，不仅源于他对商业工作有丰富的领导经验，而且还在于他负责商业工作更有利于从全局高度统筹各方，做好商业工作。

陈云兼任商业部长后，首先面临着解决事关吃饭问题的粮食、猪肉、油脂及其他副食品供应紧张的问题，其中最紧迫的是落实八届二中全会关于解决猪肉供应紧张的问题。他通过三方面狠抓猪肉供应紧张，首要的一方面工作，就是解决猪的增产问题。陈云一抓到底，亲自主持起草了《关于发展养猪生产的决定》（草案），特别着重解决以下四个问题：一是解决猪的饲料供应问题；二是本省

---

① 参见：中央文献编辑委员会：《陈云文选》第3卷［M］. 北京：人民出版社，1995年版，第44页。

区收购价格应该提高多少的问题；三是针对收购价格提高后，税收下降和销售价格上调的问题；四是针对税收不降、销价不提，如何解决国营商业机构的赔本问题。结合各地的意见，尤其是主要产猪省专业会议的讨论结果，中共中央和国务院于1957年2月28日正式出台了《关于发展养猪生产的决定》。除了继续贯彻“私有、私养、公助”的方针外，重点解决养猪所需饲料和生猪收购价格这两个重要问题。对饲料问题，《决定》要求各农业生产合作社，统一计划饲料的耕种面积，负责安排饲料的生产和分配；同时利用当地的可能条件尽量发掘饲料的潜力，开辟饲料来源，切实保证生猪生产发展的饲料供应。对生猪收购价格，《决定》指出，针对养猪成本增加的新情况，为了刺激生猪发展，保证养殖户获得一定的利润，应提高收购价格。同时，每收购一头，给养殖户留肉八至十五斤，凭证领取，一年有效。随后，又降低屠宰税，并结合各地条件，酌量增加一定数量的自留地解决饲料问题。这些政策措施，极大地调动了广大农民养猪的积极性，生猪生产迅速扩大。到1975年年底，生猪的存栏数增加到一亿四千五百九十万头，比1956年底增长百分之七十三点六，扭转了1954年6月以来逐年下降的趋势。

在吃饭问题上，除了有效地解决猪肉的生产和供应外，在解决粮食、油脂、蔬菜及其他副食品问题上，陈云还采取了一系列办法，很快扭转了这些事关百姓生活的基本物资供应紧张的状况。市场供应量不断增加，从而不断满足了人民需求，改善了人民生活。

3. 商业工作必须坚持政治观点。陈云认识到，国营和集体商业部门，在发展生产，稳定市场，改善群众生活，推动社会主义改造等方面，功不可没。但是，随着社会主义改造基本完成，社会主义制度和计划经济体制逐步确立，国营和集体商业在社会经济活动中“亦管亦商”的地位，使其滋生了垄断的毛病、独霸的味道，从而导致市场不活。商业工作不能顺应新形势，无法满足人民群众多方面的需求，引起了群众的不满。在一届全国人大三次会议上，有些代表曾对此提出批评。形势的发展要求不断改进、完善商业工作。陈云担任商业部部长后，在总结七年来的商业工作时，曾经指出，商业工作有成绩，也有失误。他说："有人说，商业工作天天挨骂。我看，挨骂有不好的一面，但也有好的一面。一有错就有人骂，容易改正。如果人家天天喊万岁，一出错就是大错。商业工作有不少唱对台戏的，这可以促使我们改进。"① 为了适应形势的发展，满足群众的需求，针对商业工作中存在的问题，陈云采取了一系列的解决措施和办法。

首先，改变"集权太多，分权太少"的商业管理体制。陈云认为，新中国成立以后，为了同私人资本主义作斗争，迅速恢复国民经济，需要统一财经工作，实行计划经济，这些都要求集中。"但是，集中不能过分，必须考虑到我国人多、地大、各地情况不一样这个事实。"② 为此，陈云主张，就商业工作而言，要把一部分权力下放到地方，尤其是下放到县。"县里有权有利，商业问题就解决了一大半。现在，担子全压在我们身上，下面有问题我们看不见，也不能解决，有什么好处。"③ 他还举了一个例子，通过在山西太谷县试点，把四个公司划归县里管理，县委的积极性被调动起来，下大力气抓好商业工作，销不出去的商品销出去了，收不起来的东西收起来了。一年下来，全县收入增加了十万元，所以，"我们常说，政策要根据当地的实际情况具体化，谁来'化'？主要是县委。"④ 他说，如果"县委能有个副书记管商业工作，县委会能够时常讨论商业工作，我看就'天下大定'了"⑤。

其次，不拘一格，重用有经验、懂管理的业务人才，甚至于商业资本家。1956 年 7 月 21 日，在一次重要商业会议上，陈云强调要使用有经验、懂业务的批发商。针对 1954 年实行全行业公私合营时，对批发商采取了打乱分配的处理办法，陈云指出："现在看来，如果在实行全行业公私合营时，对批发商原封不动地加以使用，那就比打乱分配好得多。好在这些批发商还没有死，现在可以

①②③④⑤　参见：中央文献编辑委员会：《陈云文选》第 3 卷［M］. 北京：人民出版社，1995 年版，第 33、31、31、31、30 页。

把他们再找回来。"① 针对当时商业部门中，许多领导者忙于繁杂的日常事务，无法静下心来，立足全局和长远，来考虑一些大事、要事和战略问题。陈云举例说道："过去旧商人中，有一种头戴瓜皮帽、手拿水烟袋的，他们专门考虑'战略性问题'，比如什么货缺，应该什么时候进什么货。"② 所以，陈云认为："看来，我们的县商店，也应该有踱方步专门考虑'战略性问题'的人。"③

在陈云看来，要搞好商业工作，我们"可不可以从资本家那里找到一些有用的经验，来改进我们的商业工作呢？当然可以"④。对资本家在商业工作方面的经验和能力，陈云给予充分肯定。他说："在资本家的生产技术和经营管理的经验中，有相当一部分是好的。我们要把这部分好的东西当作民族遗产保留下来。"⑤ 他同时列举了他们的许多长处。比如，他们有鉴别商品好坏的能力，并且知道如何熟练地操作使用；他们熟悉商品的产地和销路；他们能迅速适应市场的需要，市场需要什么，很快就能供应上；他们会运输保管，而且在管理费用上能够做到精打细算，节约费用。

尽管资本家具有两重性，吸收资本家到商业部门工作，肯定会带来一些消极因素。但"吸收资本家参加工作是财富大，包袱小，好处多，坏处少"⑥。所以，陈云认为，我们不能因噎废食，"不用他们就是傻瓜，这不能说是懂政治"⑦。关键在于我们在资本家的使用上，要扬长避短。

最后，调整商业系统内部干群关系，加强民主管理。陈云历来坚持历史唯物主义观点，他指出，在商业系统中，"部长、局长、经理只能抓大的方面，具体执行还是靠二百五十万职工。"⑧ 因此，陈云在实际工作中，一直坚持走群众路线，他认为，在各项工作中都应该发动群众，依靠群众的力量。对于商业系统的二百五十万职工来说，只有依靠他们，充分发挥他们的积极性，才能不断搞好商

①②③④⑤⑥⑦ 参见：中央文献编辑委员会：《陈云文选》第2卷［M］．北京：人民出版社，1995年版，第334、334、335、335、335、338、337页。

⑧ 参见：中央文献编辑委员会：《陈云文选》第3卷［M］．北京：人民出版社，1995年版，第31页。

业工作。“如果认为他们什么都不懂，只能听指挥，像算盘珠子那样，拨一拨动一动，商业工作就肯定做不好。”①

要依靠群众就要相信群众，就必须充分发扬民主。如何发扬民主？陈云指出：“发扬民主可以采取职工代表会、店员代表会等形式，许多大事都要经过代表大会讨论，他们可以向上提出建议，撤销厂长和经理。”② 总之，职工代表会作为企业民主管理的基本形式，可以保障群众都能有充分的民主权利，从而使职工以主人翁的身份参与企业民主管理，充分调动群众的积极性，保障群众的主人翁地位。他说：“商业系统只要把二百五十万人组织起来，每个人都有责任感，就不怕‘天下大乱’。这是一个重大的政治问题。”③

陈云为改进商业工作所采取的这些措施，也正是群众观点在商业工作上的体现，也是正确处理国家建设和人民生活的关系在商业领域的具体落实。陈云倡导的商业工作必须具有政治、群众和生产“三大观点”，商业工作要结合“为生产服务，为人民生活服务”以及商业工作要贯彻“发展经济，保障供给”的方针，以后被归结为“一个方针、两个服务、三大观点”，曾经作为商业工作乃至财贸工作的基本指导思想，被广大财贸系统的职工奉为座右铭，对财贸领域的工作长期起着指导作用。

（二）稳定市场、平抑物价是商业工作的重要使命

陈云曾经说过，“解决商品供应不足的困难，根本办法是积极增加生产。”④ 但是生产的增长不是一朝一夕的事。在供不应求的情况下，如何保障有限的商品能够合理地流通，就成了解决问题的关键。而这些问题的解决，离不开市场。作为联系生产和消费的纽带，市场上，商品交流是否通畅、市场物价稳定与否，牵涉千家万户，影响面很大。在 1962 年 3 月 7 日中央财经小组会议上，陈云

①②③ 参见：中央文献编辑委员会：《陈云文选》第 3 卷［M］. 北京：人民出版社，1995 年版，第 31、31、32 页。

④ 参见：中央文献编辑委员会：《陈云文选》第 2 卷［M］. 北京：人民出版社，1995 年版，第 246-247 页。

就曾指出："农业问题、市场问题，是关系五亿多农民和一亿多城市人口生活的大问题，是民生问题。解决这个问题，应该成为重要的国策。"① 而如果市场不活或者市场混乱，不仅影响生活必需品的购、销、调、存，还会影响到它们的生产和供应，影响到物价的稳定，而市场上"物价稳定，金融巩固，是促进工商业繁荣、活跃商品交流的重要条件"②。所以，陈云指出："市场的稳定是进行经济建设的必要前提。因此，在供不应求的情况下，继续保持市场的稳定，以保证经济建设的顺利进行，是商业工作的重要任务。"③

要有效地抑制通货膨胀，稳定市场物价，首先必须正确地分析不同时期导致物价上涨的原因。总体而言，陈云认为，市场物价不稳的主要原因一般有：一是相对于过快增长的社会购买力，生产显得不足。"若干消费品供不应求的根本原因，是因为人民购买力增长的速度日益超过这些消费品生产增长的速度。"④20 世纪 60 年代初期，国民经济遭遇严重困难。1962 年 2 月，陈云在分析当时通货膨胀的主要原因时指出，在人民需求增长的情况下，"农业、轻工业减产，国家掌握的商品少，这两方面不能平衡"⑤。所以，物价才会上涨。二是为了化解庞大的财政赤字，导致"钞票发得太多"⑥。比如，造成新中国成立初物价上涨和市场不稳的一个重要原因就在于，当时局部战争还在进行，需要庞大的军费开支和行政费用支出；国家建设开始起步，国民党留下大量的公职人员需要安置。国家财政面临严重困难，为了缓解困难，通货发行过多。如陈云所言，"币值下跌、物价上涨的主要原因，是政府的财政赤字庞大，因而钞票发行过多。"⑦1957 年 1 月，陈云在分析 1956 年比上一年物资数量增加的情况下，却发生了供应紧张的现象时，明确指出，"原因就在于财政和信贷多支付了近三十亿元。"⑧三是经济总量失衡。由于过度投资，导致总需求增长过快，总供给和总需求不

---

①⑤⑥⑧ 参见：中央文献编辑委员会：《陈云文选》第 3 卷［M］. 北京：人民出版社，1995 年版，第 210、196、196、50 页。

②③④⑦ 参见：中央文献编辑委员会：《陈云文选》第 2 卷［M］. 北京：人民出版社，1995 年版，第 120、246、258、34 页。

平衡。“各方面都要上，样样有缺口，表面上好看，挤来挤去，胖子挤了瘦子，实际上挤了农业、轻工业和城市建设。”① 四是投机活动猖獗。尤其是新中国成立前后的那次物价暴涨。旧中国的工商业因脱胎于帝国主义、封建主义和官僚资本主义的母体中，也就注定了它必然充满半殖民地半封建经济的特点。许多重要工商业都被帝国主义及四大家族所操纵控制以至于垄断。这就迫使许多私营工商业为了生存，不得不依附于大垄断财团，在经营活动中依赖性、投机性和盲目性也就在所难免。尤其是国民党败退台湾之前，工业凋零、农业歉收、物资匮乏、财政枯竭、金融混乱、市场动荡、物价暴涨。长期的恶性通货膨胀，更使投机盛行。部分城市解放后，旧社会遗留下来的投机商人和投机资本积习难改，他们无视新中国的成立，低估了人民政府的力量，乘人民政权刚刚建立立足未稳，乘机兴风作浪，抢购、套购，囤积拒售，哄抬物价，扰乱市场，牟取暴利，掠夺财富，妄图由他们继续操纵市场。

陈云深知，“物价的波动，只能打击生产，使经济停滞。”② 也必然使市场陷于动荡不定和严重失控的局面，“将不利于工农业生产的恢复，不利于市场的稳定，不利于经济建设的开展”③。也极大地损害了人民群众的利益。为此，针对不同时期不同原因的市场混乱和物价动荡，陈云主张采取多管齐下、综合治理的方法，稳定市场物价，促进商品流通，不断改善人民生活。

1. 加强宏观调控，稳定市场物价。1950 年 2 月，在全国财政会议上，陈云讲道：“为了战胜暂时的财政困难，在落后贫困的经济基础上前进，必须尽可能地集中物力财力，加以统一使用。”④在随后长期的财经工作实践中，陈云更加深刻地认识到，经济落后的国家一方面要实现工业化，一方面要稳定市场物价，安定人民生活，使国民经济平稳健康发展。要在国家建设规模和人民生活之间

---

①③　参见：中央文献编辑委员会：《陈云文选》第 3 卷［M］. 北京：人民出版社，1995 年版，第 237、196 页。

②④　参见：中央文献编辑委员会：《陈云文选》第 2 卷［M］. 北京：人民出版社，1995 年版，第 58、61 页。

实现平衡，就必须对关系国计民生的重大商品实行宏观调控，尤其是在资源有限的情况下。所以，陈云要求，“做商业工作的同志不能单纯注意物价、利润等商业工作本身的问题，主要地还要注意国家建设规模和人民生活平衡的问题。”① 不断加强国家对市场的宏观调控。

早在抗战后期，在陕甘宁边区和晋西北边区，在和国民党的贸易战中，陈云就曾成功地通过对重要物资的宏观调控，打赢了一场没有硝烟的战役。当时边区对外贸易形势极为不利，一方面，敌人动用五十万军队对陕甘宁及其他敌后根据地，进行全方位的军事和经济封锁，并断绝一切来自国际的物资援助，妄图“不让一粒粮、一尺布进入边区”，以困死我边区政权；另一方面，边区过去在对国统区贸易上，多采用分散经营的方式，力量集中不起来，有时虽有统一的议定，却从未真正实施。这种不健全的贸易方式，导致边区在对国统区的贸易中，处于被动状况，形成了低价出、高价进的入超局面。针对这种状况，陈云强调要改变过去分散的经营方式。在他的领导下，边区政府对重要的出口物资，实行统一管理、销售。比如，通过“囤盐提价”斗争，统一食盐的生产、运输、销售、外贸，有效地提升了盐价，保护了边区出口。通过采取集中的贸易方式，统一内外贸易，对重要出口物资和主要的进出口口岸进行统一管理，突破了敌人的全面封锁，实现了出口货物的旺销和进出口收支的逐步平衡，为稳定边区人民生活、满足战争需要提供了充足的保障。

新中国成立后，在领导国民经济的恢复和随后的经济建设中，陈云始终关注着百姓的生活需求。1953 年是我国实施第一个五年计划的第一年。历经长期战乱，国民经济刚刚恢复，大规模经济建设又紧锣密鼓地展开，国家财力捉襟见肘。1953 年当年国家就增加了六百多万城镇人口，社会总需求迅速扩大，人民群众日常生活

---

① 中央文献研究室：《陈云文集》第 3 卷［M］. 北京：中央文献出版社，2005 年版，第 114 页。

急需的粮食、食油、布匹、蔬菜等若干种重要生活必需品供不应求，出现了排队购买现象。在这些紧缺商品中，粮食作为维持生存和稳定人心的最关键物资，也是关系国民经济发展的重要战略物资，其供求紧张状况尤为严峻。由于自由市场的存在和投机商人的推波助澜，从1952年下半年起，许多地区出现抢购粮食的现象。到1953年上半年，粮食紧张局势愈演愈烈，抢购风迅速由局部向全国各地蔓延。国家在财力和物力都有限的情况下，既无力与投机商高价竞购粮食，也难以给城镇居民提供补贴。这样一来，即使在产粮区，国家也收购不上粮食。粮食部门购少销多，逆差急剧扩大。一些城市的粮食已经严重不足，如北京、天津的面粉就到了不得不配售的地步。在受灾地区、小城镇已发生混乱现象。粮食问题作为第一个五年计划建设开始时就遇到的复杂而棘手的突出难题，摆在了中国共产党人的面前。

陈云也认识到，粮食、棉花、食油作为保障民生的重要生活必需品，尽管生产量增加了，但人民群众的生活改善了，消费量也增加了。这种供求之所以出现不平衡，“正是由于城乡人民的收入增加了，才使产量增加了的粮食、油料、肉类、布匹发生了供不应求的现象”①。也就是说，“这些消费品的产量增加了，但是人民购买力增加得更快”②。

那么，在这种情况下，要解决百姓最基本、最重要的吃穿问题，“增加生产是解决供不应求问题的根本办法，但是产量是不能立刻大量增加的。就现在条件来说，解决消费品供应问题的办法有两种：一种是听任这些消费品被囤积居奇，抢购涨价，那末，得到好处的将是投机商人，亏的是广大的消费者。另一种办法是实行计划收购和计划供应，这种办法既保证商品所有者得到了合理的出卖价格，也保证消费者用正常的价格买到一定数量的消费品。因此，无论对于商品出卖者或广大消费者都是有利无害的，仅仅对于投机

①② 参见：中央文献编辑委员会：《陈云文选》第2卷［M］. 北京：人民出版社，1995年版，第259、258页。

者不利，因为他们无法投机倒把了。我们采取后一种办法是完全正确的"①。当生产无法在短时间内迅速增长，难以满足人民需求的情况下，如何对有限的物资进行宏观控制，再通过合理配置，以稳定市场物价，保障人民生活，就成了解决问题的关键。

为此，陈云主持制定和实施了"统购统销"政策。其基本精神是：对农村余粮户实行计划收购；对城镇居民和农村缺粮户实行计划供应；由国家严格控制粮食市场，严格私商自由经营粮食；实行在中央统一管理下，由中央和地方分工负责的粮食管理体制。在陈云看来，"对粮食、油料、棉花、棉布的计划收购和计划供应无疑是一种重大的措施，它关系到全国人民生活中最重要的吃饭和穿衣的问题，也关系到我国城乡经济生活的许多方面"②。历史表明，陈云主持制定和实施的统购统销政策，是正确的创造性的战略决策，是当时粮食等生活必需品严重供不应求的情况下，调剂供需矛盾的最佳方案。作为特定历史条件下的产物，统购统销政策，在保障人民生活、保证部队、出口、救灾等特需，支持工业化建设、维护经济和社会稳定等方面起到了积极作用。统购统销政策的实施，对加强国家的宏观调控，保持市场物价稳定，推动国民经济的社会主义改造，具有重要意义。正如陈云1954年9月23日，在全国人大一届一次会议上总结此项政策的执行情况时指出的，"计划收购和计划供应对我们国家目前的情况来说，是很必要的。只有采用这种办法，才能保证我国人民生活日益增长的需要，才能制止投机活动，保证市场物价的稳定，才能使发展国民经济的第一个五年计划得以顺利进行"③。

在陈云领导经济建设的几十年时间里，市场上多次出现商品供应不足，物价上涨现象。而在稳定市场物价上，陈云最值得大书特书的浓墨重彩的一笔，就是新中国成立前后，在关乎新政权稳定、保障人民生活和满足战争需求的关键时刻，在全国范围内，平抑物

①②③ 参见：中央文献编辑委员会：《陈云文选》第2卷［M］. 北京：人民出版社，1995年版，第259-260、255-256、256页。

价、稳定市场，打赢了一场没有硝烟的战役。

1949 年 4 月-1950 年 2 月，在不到一年的时间内，全国就出现了四次大规模的物价上涨风。其中，1949 年 10 月-11 月的第三次最为严重。1949 年春，华北地区春旱，青黄不接，市场上物资短缺尤其是粮食短缺，投机商人认为有机可乘，大肆抢购套购和囤积粮食，引起市场粮食价格的急剧上涨，并波及其他商品。同时，上海、北京等地投机商人串通一气，南北呼应。他们用电话互通行情，共同行动，集中资金同时抢购粮食、棉纱、五金、化工等商品，造成上述商品的价格每天以百分之二十～百分之三十的速度上扬不止，形成新中国成立前后来势最猛、范围最广、幅度最大的一次涨价风。从全国范围看，1949 年一年之内，物价指数平均上涨十九倍。对新中国成立初的那场物价狂潮，陈云深有感触："从十月中旬开始的币值下跌和物价上涨，对全国人民，尤其是对几百万军队和依靠工资生活的劳动人民所造成的损失，是很大的。"①

当时，市场物价的动荡，除了不法商人的投机之外，根本上还在于缺乏充裕的物资供应。所以，陈云指出："想以少量物资，稳住物价，必然消耗了实力，物价仍不能稳住。"② 在生产不足，一时无法满足市场需求的时候，要增强对市场的控制力量，必须通过国营贸易公司调配、控制事关民生的重要物资，并适时集中抛售以平抑物价。为此，陈云指出："粮食、纱布是市场的主要物资，我掌握多少，即是控制市场力量之大小。"③ 1949 年 11 月 13 日，在为财经委起草的《制止物价猛涨》的指示中，他要求："东北自十一月十五日至三十日，须每日运粮一千万至一千二百万斤入关，以应付京津需要。东北及京津贸易公司须全力保证装卸车，铁道部则应保证空车回拨。"④ 同时，他进一步要求，"目前各地贸易公司，除必须应付门售者外，暂时不宜将主要物资大量抛售，应从各方调集主要物资于主要地点，并力争于十一月二十五日（至迟三十日）

---

①②③④　参见：中央文献编辑委员会：《陈云文选》第 2 卷［M］. 北京：人民出版社，1995 年版，第 34、30、59、30 页。

完成；预定十一月底十二月初于全国各主要城市一齐抛售。”①

在以陈云领导的中财委严密细致的安排部署下，上海、汉口、西安、重庆等地统一行动，各国营专业公司准备和掌握了大量的粮食、棉布、棉纱、煤炭等主要物资，并调集到重要地点。商场如战场，面对变幻莫测的市场和复杂棘手的经济局势，陈云坐镇北京，运筹帷幄。他要求各地必须随时向中财委及贸易部报告各种物价信息，依据最新信息来确定各地抛售的物资和合理的价格。那段时间，北京、天津、上海、武汉、广州、西安、大连等几个大的市场，每晚都有电话汇报市场粮食卖出多少，买进多少，当日价格，资本家的吃进、吐出情况。人民政府对制止市场物价上涨已做好了充分的心理准备和充裕的物资准备，建立了强有力的统一指挥机构，以静待时机，予投机资本致命一击。

在选择抛售时机上，陈云采取了十分慎重的态度。虽然当时国家掌握了相当数量的粮食、棉纱和棉布，以这样的实力可以削弱涨价风，但如果抛售的时机不成熟或方式不当，特别是当物价还在猛涨时抛售，有可能成为杯水车薪，导致功亏一篑。11 月 7 日，为平稳物价，上海市贸易部门集中抛售大米九百一十一万斤，相当于平日市场销售量的十倍，但很快为投机商人抢购套购一空。这足以显示投机资本的能量及其在涨价风中的猖狂了，也完全证明了选择抛售时机很重要。陈云具体分析了市场上商品和货币的流通情况，认识到上海之所以连续平价抛售粮食和纱布，结果不仅没有稳住物价，反而使大量游资涌进上海抢购，根本原因就在于物价综合指数还没有达到必要的界限，导致投机商人低价购入，坐待高价抛出。到 11 月中旬，物价已涨了两倍，猛涨的势头已过，涨势渐趋稳定。此时，通过收缩银根、调运粮棉、抛售物资来稳定市场物价的时机已经成熟。11 月 13 日，陈云在为中财委起草的指示中指出：“在目前物价已经涨了两倍的情况下，稳住的可能已经存在，各地均应以

---

① 参见：中央文献编辑委员会：《陈云文选》第 2 卷［M］. 北京：人民出版社，1995 年版，第 31 页。

全力稳住。”①

11 月中下旬，当市场物价在投机商人哄抬下已达到顶点之时，中财委连续发出指示，指导各地集中时间、集中物资统一向市场抛售。一场有目的、有组织、有步骤的制止物价猛涨、打击投机商人的战斗打响了。大量粮食、棉纱、棉布涌入市场。许多投机商人错误地估计了形势，低估了人民政府的力量，他们认定物价还将上涨，不惜以高利拆借巨款，继续吃进。但具备雄厚实力的国营公司，通过对重要商品实行集中控制、统一调度，手中掌握了大量物资，适时把集中起来的物资敞开抛售，商品价格日见下降，投机资本防不胜防，措手不及，无法吞下。在市场规律的作用下，物价暴跌。从 11 月 25 日起，全国各地国营商业连续集中抛售十天后，粮、棉等商品价格下跌百分之三四十。在物价急剧下降的情况下，囤积商品已无利可图，而且会越囤越亏损，于是投机资本把原来囤积的商品纷纷抛出。当各方都抛售时，市场上商品越来越多，价格越来越低。很多投机商人的资本是用高息向私人银行、钱庄借来的，由于其所囤积的商品亏本，同时还要向银行、钱庄支付高利息，结果是两面挨耳光，不少投机商人因亏累过多而破产。许多私人银行、钱庄也因贷给投机商人的款项无法收回而纷纷倒闭。

通过对关系国计民生的粮食、棉花等重大商品实行集中控制、统一调度和适时抛售，在打击投机资本的同时，有效地稳定了市场物价，保障了人民生活。

2. 通过财政手段和经济手段，实施综合治理。陈云指出：“在一个统一的国家之内，力争市场物价稳定，非常重要。这是财政问题，也是经济问题。”② 在新中国成立初期的稳定市场物价中，陈云深刻地体会到，打击投机资本，刹住涨价风，这些都是临时应急的治标之策，而釜底抽薪的治本之道在于增加收入，压缩开支，争取财政收支平衡，从根本上解决物价上涨、市场不稳问题。陈云主

---

①② 参见：中央文献编辑委员会：《陈云文选》第 2 卷［M］. 北京：人民出版社，1995 年版，第 30、114 页。

张通过必要的财政手段和经济手段，实施综合治理。

（1）统一全国的财经管理，治标更治本。新中国成立初期，全国财经还没有走向统一，中央财政缺乏坚实的基础，这在客观上影响了物价的稳定。陈云在领导稳定物价的实践中，切身地体会到，"由于全国财政经济困难，收支机关脱节，金融物价不稳，要求我们必须有进一步的统一管理。"① 如果全国不改变过去那种各个根据地、解放区分割，财政工作分散管理的格局，依旧各自为政，甚至相互封锁，要能稳住物价是不可想象的。而新中国成立初期稳定物价斗争的胜利，也为随后的全国财经统一做了初步尝试。

早在 1949 年 7、8 月间的上海财经会议期间，陈云就曾考虑过财经工作的统一领导问题。但因思想认识还不成熟，仅在货币的发行、棉花、棉纱、棉布及土产等有限的领域进行了统一。从 11 月开始，在平抑第三次涨价风的过程中，中财委曾指挥各大城市统一行动，指导财政、银行、贸易等部门协同作战的同时，相继召开财经各部门的专业会议，陆续实现了税政、粮政、盐政、路政、邮政和水政等多个领域的初步统一。此时，随着人民解放军的节节胜利，全国统一在望。陈云认为，统一财经的时机已经逐步成熟，他充满自信地说："全面统一，只是一个时间的问题，而且为时不远，会很快实现的。中财委将召开一系列的会议，部署这一方面的工作，大家都要朝着统一的方向努力。"②

1950 年 2 月 13 日，第一次全国财政会议在北京举行。在开幕式上，陈云作了"关于统一财政经济工作"的讲话。他首先分析了当前财政经济的基本情况，指出财政收支的这种不平衡必然波及金融物价。为此，他提出公粮、税收一定要征齐；组织编制委员会和仓库清理委员会；财经一定要统一。尽管财经统一会面临许多困难和问题，但不统一则困难更多、问题更大。他说："实行统一所遇到的困难小，为害亦小；由不统一而来的金融、物价风潮的困难

①② 参见：中央文献编辑委员会：《陈云文选》第 2 卷［M］. 北京：人民出版社，1995 年版，第 68、46-47 页。

大，为害亦大。因此，应该克服统一中可能出现的小困难，避免由于不统一而产生的物价混乱等大困难。”① 在随后的讨论中，陈云提出了三个方案，第一个是维持现状，第二个是后退一步，第三个是统一收支，简单地说，就是“停”、“退”或者是“进”。三个方案，请与会同志讨论。大家普遍认为，退不行，停也不好，只有进才有出路。也就是说，财经工作必须由原来的分散经营，前进到基本上统一管理。会上强调统一财经工作包括：财政收支统一、公粮统一、税收统一、编制统一、贸易统一、银行统一。

为了解答广大干部、群众中的疑虑，推进财经统一工作的顺利进行，1950 年 3 月 10 日，陈云亲自为《人民日报》起草了《为什么要统一财政经济工作》的社论，有针对性地回答了大家普遍关心的一些实际问题。在谈到对于统一财经的必要性和重要性时，他强调指出：“这些统一在今天已经必不可少。如果国家收入不作统一使用，如果国家支出不按统一制度并遵守节省原则，如果现有资金不加集中使用，则后果必然是浪费财力，加剧通货膨胀。这样，不但有害于对战争和军政人员的供应，而且有害于国家经济和人民生活。”②

在陈云的领导下，财经统一工作进展得非常顺利。截至 1950 年 4、5 月份，“收支接近平衡，财政赤字极小，为了调剂军民需要和市场价格而必须掌握的几种主要物资，政府已有必要的准备。如果今后每月还可能增发少许钞票的话，主要也不是为了填补财政预算上的赤字。这一点，是与去年根本不同的。”③ 财政收支的基本平衡，金融物价状况的明显好转，使新中国的经济实力大为增强，不仅克服了当时严峻的财政困难，保障了有序的商品流通秩序，也从根本上保证了市场的稳定，维护了广大人民群众的利益。

（2）发行公债，整顿税收，回笼资金，平衡收支。几十年来，陈云在领导经济工作中，一贯坚持力争财政收支平衡的原则，对于

---

①②③ 参见：中央文献编辑委员会：《陈云文选》第 2 卷［M］. 北京：人民出版社，1995 年版，第 48-49、71、78 页。

稳定市场物价起了重要作用。1957 年 4 月，他在答新华社记者问时，明确重申："应该看到，如果我们的财政收支不能平衡，社会购买力和商品供应量之间不能大体平衡，物价就会乱涨，市场就会混乱，这对于经济的发展和人民生活的稳定都会带来十分不利的影响。"[①] 而"财政金融平稳了，市场物价的平稳便有了基础"[②]。"所以我们应该尽力避免物价波动中的金融因素，也就是力求在财政概算上，尽量多收，尽量少用，使其没有赤字。"[③]在陈云看来，要增加财政收入，仅靠增发钞票是不行的，因为，"钞票是物资的筹码，发行钞票必须有可以相抵的物资。"[④]所以，在物资供应不能很快增长的情况下，"继续多发票子，通货膨胀，什么人都要吃亏"[⑤]。1950 年底，在全国财政会议上，他在总结新中国成立初稳定市场物价的成功经验时指出："我们所用的方法是求得收支平衡，削减以至消灭赤字，而不是用多发钞票弥补赤字。这样，才能真正实现市场物价的稳定。"[⑥]为此，陈云一贯主张通过回笼货币，缩小或消灭赤字，实现财政收支平衡，以达到稳定市场物价的目的。

早在新中国成立初期，陈云就提出通过发行公债以减少货币发行，缩小财政赤字的办法，来避免物价的急剧波动。而且对公债的发行数量、发行对象、发行时间、偿还期限、利息标准等都做了详尽的规划，考虑得十分周到。1949 年 11 月 18 日，在政务院第六次政务会议上，陈云作了关于物价问题的报告。他向与会同志介绍了全国物价上涨情况，深刻地指出，物价问题已成为新中国成立后面对的全局性问题，而且随着军队和其他公职人员数量的不断增加，随着新中国各项建设的全面展开，物价问题依然相当严重。会后，陈云立即抓紧研究、制定具体的实施方案，起草了《关于发行人民胜利折实公债的决定（草案）》，请求中央人民政府批准。中共中央和毛泽东对这一问题十分慎重，提出了发行多少、如何折实、利

①④　参见：中央文献编辑委员会：《陈云文选》第 3 卷［M］. 北京：人民出版社，1995 年版，第 59、50 页。

②③⑤⑥　参见：中央文献编辑委员会：《陈云文选》第 2 卷［M］. 北京：人民出版社，1995 年版，第 114、114、6、114 页。

息分期等问题，陈云等一班人对方案进行了反复研究和修改。12月2日，在中央人民政府第四次会议上，第一项议程就是听取陈云关于物价问题和发行公债的报告。在会上，陈云指出，饱受困难的中国人民对新中国、对人民政府充满了期望，“考虑到人民的这种希望，在政府的财政措施上，不能单一依靠增发通货，应该在别的方面寻找出路”①。尽管政府机关和部队、学校积极增加生产、厉行节约，但是，“所有上述这些还不能大量减轻政府的财政负担，而且生产自给也不能立即生效。为此，政务院向中央人民政府委员会提出了一个提案，提请中央人民政府发行一次公债”②。通过发行公债来弥补一部分财政赤字。

陈云也意识到购买公债必然对人民生活造成影响，为此，他对这种公债的性质也作了入情入理的解释说明。他说：“人民购买公债，在全国经济困难情况下，也是一种负担。但是这种负担，比起因增发钞票、币值下跌所受的损失来说，是比较小的。因为币值下跌的结果，其下跌部分是全部损失了的，而购买公债，在一时算来是负担，但是终究可以得到本息，不是损失。”③ 因而，不发行公债表面看少了一种负担，但看远一点，损失将更大。接着，陈云又满怀信心地展望了这次公债发行的前景，他指出：“如果发行公债缩小赤字的结果，使明年的币值与物价情况比今年改善，则不但对全国靠工资生活的劳动人民和军政公教人员有好处，而且对于工商业的正常经营也是有益的。所以从全体人民的利益说来，发行公债比之多发钞票要好些。”④ 同时，为了保证在物价不稳的情况下，人民不至于买公债而使利益受损，他强调指出：“这种公债的购买与付还，都以折实计算。”⑤ 也就是按各个时期不同的价格，折实收款，又按各个时期不同的价格折实还债。针对发行公债带来银根收紧、物价大跌问题，陈云向中央提出了对策，即“发行公债时适度增发新钞，使银根不过紧，以达到既推销公债，回笼货币，又避

---

①②③④⑤ 参见：中央文献编辑委员会：《陈云文选》第2卷［M］. 北京：人民出版社，1995年版，第35-36、36、36、36、36页。

免物价下跌，工商受困的目的”①。解决了工商界的顾虑。

经过充分讨论，中央人民政府正式通过了《关于发行人民胜利折实公债的决定》。这次的公债发行工作，由于符合国家和人民的长远利益，加上考虑周到、准备充分、措施得力、宣传到位，得到人民群众和社会各界的理解和支持。人民群众踊跃认购，原定共发行两期，第一期就发行了百分之七十点四，超额完成任务，第二期因国家财经状况已基本好转就没再发行。

在发行公债的同时，陈云也清醒地认识到，“发公债也不能解决全部问题，还要努力搞好整顿税收、精简节约、调剂物资等方面的工作”②。发公债的收入，在1950年的财政概算中只占很小的百分比，因而，在发行公债的同时，他积极要求增加城市的工商税收。他说：“税收是国家财政的主要收入之一，是全国财政开支、经济恢复所需现金的最大来源。”③“假如税收发生了问题，整个国家的财政就要发生动摇。”④ 增加税收和多发钞票，都是解决财政赤字的办法，到底有什么不一样呢？陈云分析指出：“多收税少发钞票，还是少收税多发钞票？路子只有这两条。少收必得多发，想少发必得多收，不是多收便要多发，此外别无出路。有人要求少收，而又要物价稳，这办不到。”⑤ 那么，在目前条件下，哪一种办法是可行的呢？陈云指出：“收税和发钞这两者比较，在可能限度内，多收一点税，比多发钞票，为害较小。”⑥ 陈云进一步指出滥发钞票所带来的弊端，“假如只走前一条路，继续多发票子，通货膨胀，什么人都要吃亏。实际上有钱的人，并不保存很多的现钞，吃亏最大的首先是城市里靠薪资为生的人，其次是军队，以及党政机关的人员”⑦。而且，多发钞票必然引发物价波动，而如果“物价波动大，任何人也不愿拿出钱去经营工业，资金都囤积在物资上，或放在家中不用，劳动者也跟着没有活干了。这样，势必造成资金和劳动力的浪费，使生产受到严重影响”⑧。而“少发行多

①②③④⑤⑥⑦⑧ 参见：中央文献编辑委员会：《陈云文选》第2卷［M］. 北京：人民出版社，1995年版，第38、7、65-66、179、58、58、6、58页。

收税，负担是重了一些，但物价平稳，经济逐渐发展，则不失为一种前进的办法”①。

同时，陈云还充分考虑了增加税收的现实可能性，他说：“过去大城市多数不在我们手里，农业税占总收入的四分之三，现在我们有了大城市，情况有了改变。”②这种情况的变化，使得通过增加税收来平衡财政收支具有可行性。但同时，陈云也清醒地意识到增加工商税还面临着许多困难和问题。一是新中国成立初期，新老解放区各地在税制、税目、税率等税政上没有统一标准，即使在老解放区，税政也不完全一致，导致各地税负不一，差别很大。二是当时人们不能正确理解税务工作的意义，即使是税务干部也错误地认为，向老百姓收钱是不体面的工作。甚至有人把新中国的税收工作，看成和国民党多如牛毛的税收一样，不愿从事税务工作。三是许多税务干部还没有充分认识到，目前增加税收的重要性和迫切性，在税收问题上，还存在着片面的群众观点和仁政观点。认为“向老百姓要钱越少越好，向国家要钱越多越好”。从而导致工作中积极性不高、自觉性不强。针对以上问题，陈云专门到财政部视察，分析其错误根源，作了一次重要讲话。他充分强调了税收工作的重要性，以及目前增加税收的必要性，也毫不客气地批评了税务干部中存在的主张轻税等错误观点，明确地指出今后税收工作的重点和方向。

通过发行公债、增加税收，减少了财政赤字、回笼了货币、调节了现金，不仅巩固了稳定物价的成果，而且对物价的持续稳定，起到了决定性作用。除了发行公债、增加税收以外，陈云还主张“要采取一切办法制止通货膨胀”。银行要“严格管理现金，节约现金支出。”“能不用的钱一定不用。要恢复银行严格管理现金的制度，严格的程度要超过第一个五年计划时期”。③ 通过不断压缩信

①② 参见：中央文献编辑委员会：《陈云文选》第2卷［M］. 北京：人民出版社，1995年版，第58-59、9页。

③ 参见：中央文献编辑委员会：《陈云文选》第3卷［M］. 北京：人民出版社，1995年版，第201页。

贷和可能压缩的开支、吸收定期存款等措施，来减轻市场压力。所有这些都“对回笼货币，稳定市场物价，起了很好的作用”①。

3. 通过行政手段，加强对市场的监督和管理。除了经济手段以外，陈云还重视通过必要的行政手段，加强市场管理，规范市场交易行为，严禁投机倒把、非法交易，整顿市场秩序，从而有效地打击投机活动，维护正常的流通秩序，稳定市场物价。

上海作为全国经济、金融、贸易中心，1949 年 5 月解放后，除了剧烈的物价上涨风，还面临着金融秩序的混乱。要想稳定市场、平抑物价，首先必须稳定金融秩序。上海在解放第二天，市军管会就发布了《关于使用人民币及限期禁用金圆券的规定》。但十多天时间过去了，人民币依然无法在上海立足。上海的旧经济势力利用人们长期以来形成的担心钞票贬值的心理，掀起了银元投机风潮。人民币与银元的兑换比例，短短几天由一百元人民币兑一块银元，突涨至一千八百元人民币兑一块银元，而且涨势仍在继续。银元成为上海市场上实际使用的本位币，人民币只起辅助作用，投入市场流通的近二十亿元人民币，大部分却浮在市面上。人民币只能购买小额货物，无法买到整批货物。有的商号还拒绝以人民币做商品标价，人民币被排斥在市场之外。6 月 8 日，中共中央下发了由陈云主持起草的《关于打击银元使人民币占领阵地的指示》。在实施必要的经济措施和宣传攻势的同时，还采取了强有力的政治手段，上海市查获了二十六家地下钱庄，处罚了一百四十家滥开空头支票的行号，包围查封了银行投机的大本营——上海证券交易所，二百多名银元投机操纵者被逮捕。武汉、广州、北京等地也同时采取行动，有力地打击和遏制了投机资本在金银方面的投机活动，为日后稳定市场物价，以及经济的恢复和发展创造了良好的开端。

1956 年 11 月，针对自由市场开放以后管理跟不上的情况，陈云明确指出：“自由市场开放以后，并不是一点管理也不要了，还

① 参见：中央文献编辑委员会：《陈云文选》第 2 卷［M］. 北京：人民出版社，1995 年版，第 97 页。

需要有管理。要组织集镇上的市场管理委员会。当然不是像从前管得那么死。不该管的完全不管，该管的还是要管。”① 同时，“管理委员会要吸收各个经济部门的人，特别是要吸收农业生产合作社有关的人，因为只有商业机关，没有管理农业生产的单位参加，是搞不好的。”②1962年2月，他再次强调“要通过市场管理、税收、运价等办法把自由市场管起来”③。

4. 制定切实可行的价格政策，以利于生产生活。在陈云看来，遭受了长期的通货膨胀，“因此全国人民害怕物价波动，要求物价稳定，这是完全可以理解的。但是我们必须看到，不适当的价格政策，必然不利于生产”④。所以，陈云强调指出：“价格政策很重要，必须注意研究掌握。”⑤

首先，“稳定物价”但不“冻结物价”。冻结物价固然是抑制通货膨胀的最简单、最直接的办法，但它不能真实地反映供求关系，不利于经济的健康发展。所以，陈云指出，不能把“稳定物价简单地看成是必须‘统一物价’，或者‘冻结物价’”⑥。稳定物价绝不是不能调整物价，两者并不矛盾。陈云认为，物价的变动作为一种复杂的经济现象，受多方面的因素制约，“有生产的多少，需求的状况，运输的条件，以及时局的、心理的因素等等”⑦。所以，物价绝对不涨是不可能的，单纯的控制、降低物价也未必是一件好事。1953年8月，在全国财经会议上，陈云指出：“简单的降低物价，并不能达到有利人民的目的。有时物价下降，消费者并不能受益。”所以，“在物价问题上，决不能草率从事。”⑧

如果在物价的管理范围、层次、品种、时间等方面管得过分的话，必然要影响市场供应，阻碍经济发展。陈云指出：“过去稳定物价是一个很大的成就，但是做得过分了些，就是好货不能提价，坏货不能降价，现在应该改变。”⑨为此，在一些重要副食品的价格

---

①②③④⑥ 参见：中央文献编辑委员会：《陈云文选》第3卷［M］. 北京：人民出版社，1995年版，第26、26、202、10、10页。

⑤⑦⑧⑨ 参见：中央文献编辑委员会：《陈云文选》第2卷［M］. 北京：人民出版社，1995年版，第18、119、194、301页。

上，陈云充分尊重并运用商品经济的基本规律——价值规律。1957年，他提出为了保障人民生活需求，对一些生活必需品的价格，必须用统一的办法以求稳定，如粮食的价格。而一些“品质优良、成本较高的产品的价格，要适当地提高”①。比如猪肉、食油等副食品，因其社会生产率普遍比较低、因而价值较高，同时，因其生产不足导致一时供不应求。在这种情况下，如不提高收购价，既不能增加生产，也无法保证城市的供应。所以，必须有计划地提高此类商品的收购价和销售价。但是，为了保证群众实际生活水平不致下降，国家可以给予消费者一定的价格补贴。为此，国家规定市场指导价格，各地市场可以围绕指导价格上下浮动。为了防止地方在调价过程中出现混乱，他强调指出：“提价的范围，只能限于那些收购价格过低影响生产发展的农产品。这是必须严格掌握的原则。经济作物的提价，必须考虑粮食和经济作物的比价，防止经济作物提价过多而挤了粮食，以至被迫再提高粮价，造成轮番提价、全面提价的危险。”② 总之，陈云的稳定市场物价，不是片面的“冻结物价”，而是要遵循市场规律、根据人民群众的生活需求灵活地调控物价。而对物价的调控，必须遵循“政府物价政策的基本出发点”，“历来就是首先保证人民必需的主要商品价格的稳定，因为这些商品是全国所有的人经常大量需要的，占家庭支出的主要部分”。③

其次，价格政策要有利于生产，有利于人民。在领导经济建设的过程中，陈云始终强调：“必须使我们的价格政策有利于生产。”④ 他举例子指出，过去在东北，当时规定十二斤粮等于一斤棉花，结果农民都不种棉花了。第二年改为十三斤粮等于一斤棉花，还规定了种棉花免缴公粮，农民便积极种棉花。所以，在陈云看来，物价是促进生产发展的有力杠杆。如果“不同品质的产品差价很小，优质得不到优价。这种价格政策，不能鼓励产品质量的提高，只能助长产品质量的下降”⑤。为此，几十年来，陈云在领导

---

①②③④⑤　参见：中央文献编辑委员会：《陈云文选》第3卷［M］. 北京：人民出版社，1995年版，第10、54、60、9、10页。

制止物价暴涨过程中，多次灵活运用物价政策，巧妙地掌握涨落，调节市场供求矛盾，促进了生产发展，改善了人民生活。

资本主义工商业改造后期，统购统销带来一个新的问题，就是大多数企业都愿意生产大路货，不愿意把主要精力放在提高产品质量和增加新的品种上。市场上，一方面人们生活必需品供不应求；另一方面货不对路，商品滞销积压。从而使得“工业品的品种规格减少。有许多东西减少得很多，只剩下几种大路货。……许多有特色的东西都没有了。现在大胖子买不到袜子，小孩子买不到皮鞋”①。陈云认为，商品质量降低、品种减少的原因，“一是工厂都愿意生产得多，生产得快，如果产品的样式多，经常换机器、原料，生产的就会少，就会慢。所以，有些工厂总是怕麻烦，只生产大路货，只管自己生产的方便，不顾消费者的需要。二是没有利润的刺激了，东西造好了是这样，造不好也是这样”②。而工厂之所以会这样，“就是产品都由政府包下来了，结果大家都不大注意提高质量、增加品种”③。同时，陈云还深刻地指出：“应该看到，商品的质量下降是最大的涨价。”④

如何解决质量降低、品种减少的问题。陈云认为：“现在是好货、坏货价钱差不多，这个办法不好。”⑤所以，“在某些消费品质量下降的情况下，提倡优质优价，实际上是降低物价。”⑥价格要放活些，要充分运用价格杠杆来调节生产。他说：“对有些商品，如百货中的一部分，国家不再统购包销。好的，国家要；不好的，就不要。不好的不要，这叫‘将’你一‘军’。不好的不要，就要跌价，跌价工厂就要亏本。一亏本，工资都发不出，管理人员就要动脑筋，想办法提高质量，增加品种。”同时，还要实行“优质优价”的原则，“好货好价钱，质量好的价高，不好的价低”⑦。针对某些消费品品种规格减少的情况，为了鼓励新产品的研发和推广，

---

①②③⑤⑦ 参见：中央文献编辑委员会：《陈云文选》第2卷［M］. 北京：人民出版社，1995年版，第333、300、300、301、301页。

④⑥ 参见：中央文献编辑委员会：《陈云文选》第3卷［M］. 北京：人民出版社，1995年版，第10、10页。

对这些产品，陈云指出："因为初制的时候成本高，只要消费者愿意购买，应该允许它在初销时期有一定程度的提价，等到成批生产而成本降低以后适当降价。"①

在陈云看来，科学合理的价格政策，"可以使应该涨价的商品适当涨价，不应该涨价的商品不涨价，保持市场物价的基本稳定，这对保障国家建设和人民生活是必要的"②。总之，制定价格政策，要有利于生产，还要有利于人民生活的改善。

（三）管住大商品、放开小商品，计划与市场相结合

新中国成立后，鉴于当时的国情，在苏联的帮助下，我国实行了高度集中的计划经济体制。随着经济形势的发展，苏联模式的许多弊端开始显现。陈云从商业工作的实际出发，以务实的态度，冲破"左"的思想束缚，提出了要重视发挥市场调节的积极作用。早在20世纪50年代，陈云就开始了对计划经济领域引入市场机制的初步探索，主张实行"大计划"、"小自由"，"管住大商品、放开小商品"，以发展经济，搞活市场，满足人民群众的多种需求。在党的八大上，他系统地提出了"三个主体、三个补充"的经济体制新模式，这是对苏联发展模式的重大突破，也是对适合中国国情发展道路不懈探索的重大成果。十一届三中全会前夕，他进一步强调以"计划经济为主，市场调节为辅"的经济体制改革方针。1982年底，针对改革开放后出现的摆脱国家计划的倾向，陈云提出了在宏观调控下把微观搞活的"鸟笼经济"思想，这是对新时期计划与市场关系的更深层次的思考。陈云在长期实践中，对经济体制改革的艰辛探索和卓越成就，对我国经济体制改革道路的选择产生了深刻影响，对社会主义市场经济理论的形成和体制的确立起了引导作用。

1. "大计划、小自由"——对市场机制的初步探索。从1953年开始，新中国进入大规模的经济建设时期，第一个五年计划开始

①② 参见：中央文献编辑委员会：《陈云文选》第3卷［M］. 北京：人民出版社，1995年版，第10、60页。

实施。随着大规模经济建设的进行，供需矛盾日益突出，国家不得不采取统购统销政策。统购统销政策的实施，使经济运行中的计划经济机制不断加强。1954 年 2 月，党的过渡时期总路线得到了中共中央七届四中全会的批准通过，这表明，多元经济成分并存的所有制结构，随着社会主义改造的不断推进，开始向单一的所有制结构转变。较之于国民经济恢复时期，“在所有制结构、经济运行方式、市场结构等方面都发生了重大转变。在所有制结构上，以国营经济为主五种经济成分并存被国家、集体单一的公有制形式取代；在经济运行方式上，计划与市场并存被高度集中的国家计划取代；在市场结构上，由国家市场与自由市场并存被单一的国家垄断市场取代。”① 表现在商业领域，国营商业对整个市场的垄断日益强化，这在客观上加速了社会主义改造，使社会主义成分和国家资本主义经济成分不断增大。但是，商业市场也随之出现新的变化：“从 1954 年初的三个月来看，零售贸易的公营比重猛增百分之十五至百分之二十，而且是批发和零售两条线并进。”② 与此同时，私营经济比例日益缩小。截至 1955 年 6 月，总体来看，在大中城市中，“四分之三是社会主义和半社会主义的，纯粹私营的只有四分之一”③。在农村集镇中，“国营和合作社营商业已占零售总额的百分之六十一，经销、代销占百分之十，农民贸易占百分之十一，纯粹私营的只占百分之十八，较城市的比重更小”④。而就批发商业的比重来看，“国营和合作社营已占了百分之九十一，私营只占百分之九”⑤。私营批发商大都没有了货源，集镇私商和城市零售商的经营面临着困境。城乡交流不畅，农村市场萧条，许多小商贩没有了生活出路。而小商贩作为解决当时就业的一个重要途径，这又直

---

① 迟爱萍：《陈云“主补”体制模式思想形成论析》［J］.《党的文献》2008 年第 3 期。

② 中央文献研究室：《陈云文集》第 2 卷［M］. 北京：中央文献出版社，2005 年版，第 521 页。

③④⑤ 参见：中央文献编辑委员会：《陈云文选》第 2 卷［M］. 北京：人民出版社，1995 年版，第 281、281-282、282 页。

接导致失业人口大量增加。

其实，早在新中国成立初期，对公营经济排挤私营的过快发展，以及由此产生的消极影响，陈云对此已有所警觉。他认为，在我国当时生产力水平低下的基础上，“私营商业的存在是不可避免的”，“对将来搞社会主义也有利”。在1950年6月全国政协一届二次会议上，陈云就指出：“人民政府是保护民族工商业的”，“在工业落后的中国，在一个时期内，民族资本家发展工业，向工业投资，是带进步性的，是对国家和人民都有利的。……私商的存在是不可避免的。为着发展商品的交流，国家允许私人资本经营商业，这也是对于国家和人民都有利的”。① 1951年7月20日，陈云在中央统战部讨论工商联工作时讲到对私营工商业的政策时说：“我们欢迎的，是有利于国计民生的私营工商业的发展。这种发展不但对新民主主义经济有利，对将来搞社会主义也有利。”② 为此，他多次明确提出在土产收购上，不要挤掉私商，要保留农村的粮食自由市场等。

而针对当时更加严峻的形势，陈云再次提出要保留少量自由市场、允许个体经营长期存在，采取适当方式引入竞争机制等主张。1954年7月，在给中央起草的指示中，陈云指出：“目前大城市中有十余万从业人员的私营批发商，因为得不到货源而没有买卖可做。集镇的私商，因为主要农产品和农业副产品由国家扩大收购，营业额已经日益缩小。在城市中，由于粮食和食油的计划供应，减少了私商的销货量，还由于国营商业和合作社商业扩大了经营范围，再加上不适当地过多地扩大了零售额，私营零售比重迅速下降，私营零售商已经惶惶不安。”③ 而对全国坐商和摊贩共计七八百万人的私营商业的从业人员，“对他们盲目地加以排挤，一律不给安排，不给生活出路，势必增加失业人口，造成社会混乱。这是必须防止和纠正的”④。而且，陈云还进一步认识到，“这些分散在居民区中的小商贩是我国商业中今后长期需要的一种经营服务形

①②③④ 参见：中央文献编辑委员会：《陈云文选》第2卷［M］. 北京：人民出版社，1995年版，第103、149、248、248页。

式。如果把它们统统收缩起来，合并组成集中的公私合营商店和合作商店，那就不便于居民的消费”①。因此，陈云多次提出，要保留私商，国营贸易和供销合作社不宜再进，甚至于可以稍退一步。陈云指出：“国营商业和合作社商业对某些商品的经营比重，在零售方面，可以作适当的退让……”② 也就是说，“国营商业应该采取分配货源、搭配热门货、调整批零差价、逐步统一公私售价等办法，保持私营零售商一定的营业额，使他们能够维持生活”③。

1956年伴随着“三大改造”的完成，社会主义制度已经确立，借鉴苏联的经验，我国实行计划经济体制，公有制一统天下的格局基本形成。在当时百废待兴、经济力量薄弱的情况下，它是必要的，也是正确的。实践证明，计划经济对于在较短时间内集中有限的力量，迅速恢复国民经济，顺利实现国家的初步工业化，迅速奠定社会主义建设所必需的物质技术基础，功不可没。但是在随后的领导经济建设实践中，陈云意识到，单一的计划使得经济缺乏活力。如何在国家计划之下，重视发挥市场的作用，陈云开始了艰难的探索。

1956年初，听了姚依林讲的东来顺的羊肉、全聚德的烤鸭和酱园的酱菜做得不好吃了。陈云已经敏锐地意识到，公私合营后不好吃的直接原因是改变了原来的生产经营办法，而根本原因是缺少市场竞争的推动。他说：“不能保持好的品种、好的质量的情况，在统购包销以后就发生了，因为我们没有什么竞争，统统是国家收购的，结果大家愿意生产大路货，不愿意生产数量比较少和质量比较高的东西。公私合营以后，这种情况很可能进一步发展。”④ 此时的陈云已经明确地认识到市场的作用和竞争的重要性，这是非常难能可贵的。

诚然，统购包销政策在一定程度是排斥了市场竞争，为此，陈云在一届全国人大三次会议上关于商业工作与工商关系问题的发言

---

①②③④ 参见：中央文献编辑委员会：《陈云文选》第2卷［M］. 北京：人民出版社，1995年版，第312、251、250-251、296页。

中，明确地指出了统购包销政策的弊病。他说：“我们还必须看到，加工订货、统购包销的办法，在执行中有很多毛病。”① 其中一个主要弊端“就是产品都由政府包下来了，结果大家都不大注意提高质量、增加品种”②。之所以出现这种情况，陈云认为，“道理很简单，因为产品质量好也发不了财，不好你也统购包销，所以就不注意质量了”。从而导致“实行加工订货、统购包销以后，产品质量普遍下降。”“工业品的品种规格减少。有许多东西减少得很多，只剩下几种大路货”。而且，“货不对路”。同时，“市场卡得太死，没有活动的余地。过去延安的新市场，锅、碗、马鞍等什么东西也有卖的。现在专行专业，不许跨行跨业，搞得太死。”③

当然，尽管统购包销政策有许多弊病，但这些并不表明统购包销政策是错误的。作为特定历史时期的一个特定的政策，陈云认为：“统购包销是为了稳定物价，防止投机倒把，这很必要。”④ 而问题在于，在实施统购包销这一宏观政策的同时，我们如何能做到扬长避短，通过市场机制来不断限制它的不利方面。陈云认为，主力军需要有游击队配合，国家市场需要有自由市场配合，大工业需要有小工业配合。农业社内个体经营作为集体经营的组成部分，油坊、酒坊都要恢复起来。他说：“有的同志说，资本主义生产处于无政府状态，大范围不合理，但小范围合理；我们现在是大范围合理，小范围不合理。这句话，我觉得有点道理。”⑤

针对统购包销、统一经营、过于集中等计划经济体制下的弊病，在不断地探索中，陈云大胆地提出改进计划经济体制，并已形成了明确的改革思路。首先，在商品销售和价格上，对于一部分商品可以变统购包销为选购自销，变统一价格为放开价格。比如，他提出商业部门除对人民需要的大宗商品仍实行统购包销外，对工厂生产的日用百货要按照质量好坏和市场需要进行选购。商业部门选购剩下的商品，工厂可以委托商业部门代销或者自销。国营商业、

---

①②③④⑤ 参见：中央文献编辑委员会：《陈云文选》第2卷［M］. 北京：人民出版社，1995年版，第322、300、333、300、333页。

供销合作社内部的上下之间，地区之间的业务往来，必须是自下而上的选购关系，而不是自上而下的派货关系。实行选购和工厂自销，是否会导致物价波动？针对人们的疑问，陈云非常自信地指出，现在，“社会主义经济已经在市场上占了绝对的领导地位”，这种改革仅仅是社会主义企业内部产销关系的一种改变。“一切有关国计民生的商品，像粮食、布匹等等，仍然由国家计划分配。在我们这里没有通货膨胀。所有这些，都说明我们是在巩固的社会主义基础上实行一定程度的自由推销和自由选购，也就是在计划经济许可范围内的自由市场。”正是在这样的基础上，陈云才坚信：“我认为，实行选购商品的价格，一般会在国家批准的幅度内摆动，不会造成全国物价的波动。”①

其次，在生产和经营的管理形式上，逐步改变过于集中和统一计算盈亏的管理形式。生产和经营活动的组织管理形式的集中统一，虽然对稳定金融物价起了重大作用，但这种组织管理形式不能适应市场需要，直接妨碍了企业独立经营管理，导致市场不活，影响经济发展。对此，陈云认为，这些制度必须改革。1956 年 8 月 23 日，陈云召集国务院相关部门负责人举行座谈会，重点解决改进工商业组织形式。会上，陈云指出，无论是工业、商业，还是手工业，盲目搞集中，搞统一计算盈亏，都是错误的。最低限度是大多数不应该搞大的。手工业百分之七八十不应该搞大社，不要统一计算盈亏；地方工业一般也不要搞大的，就是重工业也不一定都要搞大的。

再次，在农业生产调整上，给农民更多的生产自由，允许经营副业，通过农村个体经济的发展来补充、完善集体经济。陈云之所以在此提出农业、农民、农村问题，是因为陈云历来重视三农问题。在他看来，农村占土地面积的绝大部分，农民占人口的绝大多数，农业是国民经济的基础产业。1956 年 9 月 11 日，陈云主持国

---

① 参见：中央文献编辑委员会：《陈云文选》第 2 卷［M］. 北京：人民出版社，1995 年版，第 327 页。

务院第三十七次全体会议讨论《中共中央、国务院关于加强农业生产合作社的生产领导和组织建设的指示》。在会上他指出，社会主义经济要大计划、小自由，要做到在大范围内合理和小范围内也合理。他说："事无大小，统统计划不行。个体生产是集体所有制的补充。这种自由市场只有百分之二十五，百分之七十五都是国家统购。如果没有这个百分之二十五的自由就搞死了，这个百分之二十五的自由是必要的。现在，就是要在社会主义经济基础上，恢复1953年的情况，搞死了不行。应该是大的方面计划，小的方面自由。资本主义国家是小计划、大自由。他们是大的方面生产力和生产关系不相适应，而小的方面比如一个工厂却是有计划的。我们是大的方面有计划，小的方面常碰头。我们要大计划、小自由，目前大小都要计划不行。"① 因此，在农业方面，"除粮食、棉花及其他主要经济作物由国家掌握外，其他都可由农民自由经营，可以到自由市场出售。由于中国劳动力多，土地少，这样做是适合我国情况的"②。为了保证自由市场的社会主义性质，陈云强调指出："这种自由市场不同于资本主义国家的自由市场，因为它不是盲目的市场，而是国家市场的助手。"、"是国家市场的补充"③。

总之，在陈云看来，"市场管理办法应该放宽。现在从大城市到小集镇大部分都管得太死，放宽后，害处不大，好处很多"。当然，陈云同时指出："这并不是说完全不要市场管理，不要社会主义计划经济的领导，而是说要改变过去对资本主义工商业利用、限制、改造的那一套办法。"④ 随后，全国很多地方对农村集镇上的市场，不像以前管的那么死了，也逐步开放了一部分自由市场。尤其是小土产自由市场开放后，很快显示出它的优越性：一是从前因市场管得太死，农民已经停止生产的，现在恢复了生产；过去生产少的，现在增加了生产。二是城乡的物资交流活跃了，物资供应充

---

①②③ 中央文献研究室：《陈云文集》第3卷［M］. 北京：中央文献出版社，2005年版，第74、101、99，86页。

④ 参见：中央文献编辑委员会：《陈云文选》第2卷［M］. 北京：人民出版社，1995年版，第335页。

足了。三是避免了国营商业和合作社商业人浮于事的弊端，减少了中间环节，坚持按经济路线走，极大地促进了城乡商品交流，推动了生产力的发展。

这样，在不断的探索中，陈云初步形成了自己的一套观点：在所有制结构上，以国家和集体经营为主，但又要保留部分个体经营；在经济运行体制上，引入了市场机制，初步提出了“大计划、小自由”的观点；在市场格局上，提出“国家市场需要有自由市场配合”① 的观点。

2. “三个主体，三个补充”——社会主义经济体制的新思路。 在八大筹备过程中，陈云深刻地反思统购包销、统一经营、过于集中等计划经济体制的弊病。在反思苏联经济管理模式的过程中，陈云明确提出以苏联为鉴，要走出一条适合中国国情的社会主义建设道路。他说：“过去，我们财经贸易有些章程，搬苏联一套，经过几年实际工作，应该从中得出教训。”② 表现在经济体制模式上，“我们国家实行计划经济，学习苏联是对的，但是也要学习和吸取我们自己的好东西”③。陈云指出，苏联十月革命后，市场完全死了，我们今天也把市场搞得很死，若不注意解决这一问题，天下就会大乱。至此，从 1953 年以来，在对一系列经济问题的探索中，陈云的思路逐步明朗、认识更加深化。至八大召开时，将这一设想由政策层面上升为国家经济体制模式。

1956 年 9 月 15 日，党的八大隆重召开。作为新中国成立后召开的第一次党的全国代表大会，八大的一个主要内容就是分析了社会主义制度在我国基本确立之后，我国国内的主要矛盾，以及全国人民的主要任务。而要解决当时的主要矛盾，完成主要任务，必须大力发展社会生产力。而要发展生产力，实现工业化，逐步满足人民日益增长的物质文化需要，一个重要方面，就是要改进计划经济体制。经过长期的思考、酝酿、调研和实践，在八大上，陈云关于

①②③　中央文献研究室：《陈云文集》第 3 卷［M］. 北京：中央文献出版社，2005 年版，第 101、50、94 页。

改进计划经济体制的思想已经成熟。

在中共八大上，陈云将自己在经济体制改革方面的一些成熟的想法，开始系统化地提出来。9 月 20 日，陈云作了“社会主义改造基本完成以后的新问题”的报告，提出了“三个主体、三个补充”的社会主义经济体制的新思路。

陈云在讲话中，分析指出工商业管理方面存在的、妨碍国民经济进一步发展的、带有原则意义的问题。其中，他提道：“市场管理办法限制了私商的采购和贩运。这些办法使农产品、农业副产品实际上成为由当地供销合作社或国营商业独家采购，而没有另外采购单位的竞争。因此，当供销合作社和国营商业对于某些农产品、农业副产品没有注意收购或者收价偏低的时候，这些农产品和农业副产品就会减产。”①

针对存在的问题，如何“改变过去为限制资本主义工商业所采取的办法，并有效地纠正在社会主义改造过程中由于缺乏经验而发生的一些错误”。陈云提出了五项措施：第一，改变工商企业之间的购销关系。把商业部门对工厂所实行的加工订货办法，改为由工厂购进原料、销售商品的办法。实行统购包销与直接选购、工厂自销、委托代销等多种方式相结合。第二，工业、手工业、农业副产品和商业的很大一部分必须分散生产、分散经营，纠正从片面观点出发的盲目的集中生产、集中经营的现象。从而，在生产经营形式上，实行集中生产、集中经营与分散生产、分散经营相结合。第三，在市场管理上，必须取消那些原来为了限制资本主义工商业投机活动而规定的办法。工商管理办法中今天已经不适用的部分，都必须加以改变。实行统购统销与自由收购、自由贩运相结合，以保障货畅其流。第四，价格政策必须有利于生产，实行稳定物价与自行议价相结合，做到按质论价、优质优价。第五，在计划管理上，适当变更某些产品的国家计划管理方法，实行国家指令性计划指标

① 参见：中央文献编辑委员会：《陈云文选》第 3 卷［M］. 北京：人民出版社，1995 年版，第 5 页。

与按市场自定计划指标相结合。

通过以上五项措施，目的就是要把我国的资本主义工商业、手工业和个体农业，改造成为“有利于人民的社会主义经济”。同时，针对人们的疑问，陈云也做了明确地回答：“所有这些，是否将使我国的市场退回到资本主义的自由市场呢？绝不会这样。采取上述措施的结果，在我国出现的绝不会是资本主义的市场，而是适合于我国情况和人民需要的社会主义的市场。”①

在中共八大上，陈云对“三个主体，三个补充”思想做了完整的表述：“我们的社会主义经济的情况将是这样：在工商业经营方面，国家经营和集体经营是工商业的主体，但是附有一定数量的个体经营。这种个体经营是国家经营和集体经营的补充。至于生产计划方面，全国工农业产品的主要部分是按照计划生产的，但是同时有一部分产品是按照市场变化而在国家计划许可范围内自由生产的。计划生产是工农业生产的主体，按照市场变化而在国家计划许可范围内的自由生产是计划生产的补充。因此，我国的市场，绝不会是资本主义的自由市场，而是社会主义的统一市场。在社会主义的统一市场里，国家市场是它的主体，但是附有一定范围内国家领导的自由市场。这种自由市场，是在国家领导之下，作为国家市场的补充，因此它是社会主义统一市场的组成部分。”② 在“三个主体，三个补充”思想中，第一个主体第一个补充和第三个主体第三个补充，是对我国社会主义所有制结构和经营方式的设想；第二个主体第二个补充是对我国生产计划体制的设想。

陈云提出的关于“主补”体制模式的思想，是伴随着新中国经济发展的实践，在对新的矛盾和问题不断分析和反思基础上提出来的。是对适合中国国情的社会主义发展道路的探索。它从理论和实践上突破了苏联高度集中统一的单一的计划经济模式，为中国的经济体制改革作了创造性的贡献。陈云“主补”体制模式不仅在20世纪

①② 参见：中央文献编辑委员会：《陈云文选》第3卷［M］. 北京：人民出版社，1995年版，第13、13页。

“60年代初期的经济调整工作中起了重要的作用”，而且“是1978年以后进行的改革的先导”①，为以后经济体制改革理论的探索提供了初步的、也是基本的路径，对20世纪80年代，推动全党解放思想，突破我国高度集中的计划经济体制，曾经产生过深远的影响。对20世纪90年代，社会主义市场经济理论的形成也提供了重要的思想基础。正如胡锦涛总书记《在陈云同志诞辰100周年纪念大会上的讲话》中指出，陈云的“主补”体制模式“是结合我国实际、突破苏联经济模式的一种新构想，在当时是十分难能可贵的。”②

3. “计划经济为主，市场调节为辅”——经济体制改革的重大方针。陈云“主补”体制模式探索的方向，就是国家宏观计划要与市场机制相结合。在随后的社会主义建设实践中，陈云不断地运用并发展这一思想。20世纪60年代初，在经历了严重的自然与社会灾难之后，针对经济衰退，商品短缺的现状，陈云提出开放自由市场、开放高价商品等一系列措施。陈云认为，我们“应该‘两条腿走路’，即有些商品可以实行凭证分配的办法，有些商品应该是只要有钞票就可以买”③。其实质还是利用市场手段来回笼货币、调整与恢复经济。

20世纪70年代末期，中国迎来了改革发展的阵阵春风。陈云作为这次伟大改革的主要倡导者和推动者之一，针对高度统一的计划经济体制所暴露出来的弊端，不断发展和完善过去的观点。

1979年3月8日，陈云撰写了一份关于《计划与市场问题》的提纲。提纲指出，苏联和中国在革命胜利后，领导本国的社会主义经济建设中，都是按照马克思所说的有计划按比例办事的，这样做是完全正确的，但是为什么在建设实践中却出了问题呢？陈云指出，这主要是因为苏联和中国“没有根据已经建立社会主义经济制

① 《胡绳全书》第3卷（上）[M]. 北京：人民出版社，1984年版，第114页。

② 胡锦涛：《在陈云同志诞辰100周年纪念大会上的讲话》，《隆重纪念陈云诞辰100周年文辑》，中央文献出版社，2005年版，第4页。

③ 参见：中央文献编辑委员会：《陈云文选》第3卷[M]. 北京：人民出版社，1995年版，第142页。

度的经验和本国生产力发展的实际状况，对马克思的原理（有计划按比例）加以发展”①。从而导致计划经济运行中出现了问题。陈云一针见血地指出：“六十年来，无论苏联或中国的计划工作制度中出现的主要缺点：只有‘有计划按比例’这一条，没有在社会主义制度下还必须有市场调节这一条。”② 他进一步指出：“现在的计划太死，包括的东西太多，结果必然出现缺少市场自动调节的部分。因为市场调节受到限制，而计划又只能对大路货、主要品种作出计划数字，因此生产不能丰富多彩，人民所需日用品十分单调。”③ 这是陈云在总结我国三十年计划经济实践的基础上，对我国在计划与市场关系问题上所存在的错误认识的揭示和批评，也是对计划与市场关系问题的新发展。

在这份提纲中，陈云概括出两个重要观点：一是整个社会主义时期必须有两种经济：（1）计划经济部分（有计划按比例的部分）；（2）市场调节部分（即不作计划，只根据市场供求的变化进行生产，即带有盲目性调节的部分）。这两部分的关系是，“第一部分是基本的主要的；第二部分是从属的次要的，但又是必需的”，“是有益的补充”。④ 后来，陈云又进一步明确地将这些思想概括为：“计划经济为主，市场调节为辅。”二是计划经济与市场调节的比例不是一成不变的，它们都是服从并服务于整个经济发展需要的。陈云认为：“在今后经济的调整和体制的改革中，实际上计划与市场这两种经济的比例的调整将占很大的比重。不一定计划经济部分愈增加，市场经济部分所占绝对数额就愈缩小，可能是都相应地增加。”⑤

观点一与“主补”模式中计划与市场关系“一主一补”的思想一脉相承，而且不断发展、延伸。在改革开放初期曾引起人们广泛关注。观点二已经超越“主补”模式思想，陈云指出，计划经济与市场调节这两种经济在不同部门应占不同比例。其中已经包含了

---

①②③④⑤ 参见：中央文献编辑委员会：《陈云文选》第3卷［M］. 北京：人民出版社，1995年版，第244、244-245、245、245、247页。

计划与市场都只是有益于经济发展的手段的思想，为随后的改革指明了方向。随着改革开放的发展，这一观点不断引起人们的重视。

陈云不仅在理论上不断创新，而且在实际工作中积极推进经济体制改革。1979 年 5 月，针对政企不分的僵化模式，陈云指出，体制改革势在必行，扩大企业自主权是必要的。他旗帜鲜明地支持农村经济体制改革，同年 6 月，对农村正在兴起的包产到户，他明确表示："我双手赞成"。[①] 1982 年，他在中央政治局会议上指出："现在搞的责任制，大大超过了我一九六二年关于个体经营、合作小组应长期存在的意见。打破'铁饭碗'是一场革命，其意义不下于公私合营。"[②]

4. "鸟笼经济"思想——经济体制改革的进一步深入。1982 年底，针对改革开放中出现的摆脱国家计划的倾向，继"主辅论"之后，陈云在计划与市场关系方面，又提出了一个引人关注并具有一定理论意义的观点。他通过一个形象直观的比喻来生动、科学地阐明了一个异常复杂的经济问题。即把国家宏观计划控制和放开市场、搞活经济的关系比作"笼子"和"鸟"的关系。

陈云的"鸟笼经济"思想认为，搞活经济是对的，但必须在计划的指导下搞活。也就是说，在实行搞活经济的政策、发挥市场调节的作用的同时，要防止出现摆脱国家计划的倾向。其中包含了两层含义：第一，用鸟和笼子的关系来说明，国民经济要在宏观计划控制下通过市场调节搞活微观。1982 年 12 月，陈云指出："搞活经济是在计划指导下搞活，不是离开计划的指导搞活。这就像鸟和笼子的关系一样，鸟不能捏在手里，捏在手里会死，要让它飞，但只能让它在笼子里飞。没有笼子，它就飞跑了。如果说鸟是搞活经济的话，那末，笼子就是国家计划。"[③] 在陈云看来，鸟是需要飞的，就像微观经济需要搞活，但脱离了宏观计划控制的单纯的市场

---

①② 中央文献研究室：《陈云年谱（1905-1995）》（下卷）[M]. 北京：中央文献出版社，2000 年版，第 248、311 页。

③ 参见：中央文献编辑委员会：《陈云文选》第 3 卷 [M]. 北京：人民出版社，1995 年版，第 320 页。

调节，就像断的风筝一样、就像脱缰的野马一样。因此，“无论如何，总得有个‘笼子’。就是说，搞活经济、市场调节，这些只能在计划许可的范围以内发挥作用，不能脱离开计划的指导。”①1985年9月23日，在党的全国代表会议上，陈云再次强调：“计划是宏观控制的主要依据。搞好宏观控制，才有利于搞活微观，做到活而不乱。”② 第二，计划与市场作为搞活经济的两个手段，相辅相成，要根据实际情况不断地调整计划。随着改革的深入，引入更多的市场机制固然是深化改革的办法，但不能通过一成不变的计划来束缚、限制市场。深化改革也包括调整宏观计划，这需要根据实际情况而定。在陈云看来，“鸟笼经济”不是通过“笼子”来限制“鸟”的发展。为了让鸟儿有更广阔的合理的驰骋空间，他说：“‘笼子’大小要适当，该多大就多大。经济活动不一定限于一个省、一个地区，在国家计划指导下，也可以跨省跨地区，甚至不一定限于国内，也可以跨国跨洲。另外，‘笼子’本身也要经常调整，比如对五年计划进行修改。”③

“鸟笼经济”思想是陈云针对改革开放后出现的摆脱国家计划的倾向，对计划与市场关系的进一步思考，是对陈云以往经济体制改革思想的突破性发展。它深刻地揭示了经济发展的客观规律，曾在国内外引起很大反响。一个国家经济的发展，离不开合理的计划指导，当然也无法摆脱客观的市场规律。诚然，计划有计划的弊端，市场有市场的缺陷。我们要既能摒除计划经济过于僵化的不利的一面，又能避免市场经济自发性、盲目性和滞后性的一面，那就需要“鸟笼经济”。“鸟笼经济”思想启示我们：计划与市场都是管理经济的手段，计划与市场有机结合才是管理国民经济的最优选择，而科学、合理的比例关系才是两者能有机结合的前提。我们只有不断完善市场机制，改善计划经济方式，才能不断深化经济体制改革，保证社会经济生活持久、健康、有序地发展。无论是社会主

---

①②③　参见：中央文献编辑委员会：《陈云文选》第3卷［M］. 北京：人民出版社，1995年版，第320、350、320页。

义国家，还是资本主义国家，经济发展的经验和教训都证明了这一点。尤其是1997年的东南亚金融危机和2008年席卷全世界的美国金融风暴之后，“鸟笼经济”思想更被广泛重视和研究。重新审视“鸟笼经济”，我们能更深刻地体会到，我国之所以能有效地应对这两次金融危机，不能不说，得益于我国社会主义国家强有力的宏观调控。只有这样，我们才能更深刻地理解陈云“鸟笼经济”思想，真正了解其内涵和在陈云经济体制改革思想发展中的位置，以及它对经济体制改革的启示作用。

陈云为完善我国社会主义经济运行体制，从20世纪50年代提出的“大计划，小自由”，发展到“三个主体，三个补充”完整的构想，再从新时期提出的“计划经济为主，市场调节为辅”的经济体制改革方针，到在宏观调控下把微观搞活的“鸟笼经济”思想，清晰地反映出陈云在长期实践中，对未来社会主义经济体制模式的构想和对经济体制改革道路的艰辛探索。① 他的这些思想观点，作为中华民族的宝贵财富，对中国共产党探索经济体制改革道路的理论与实践都产生了重要而深远的影响。

四、发展对外贸易，解决国内商品短缺问题

新中国成立后，中央人民政府设立了贸易部，主管国内外贸易。为了加强国内外贸易，1952年8月，贸易部撤销，成立了商业部和对外贸易部，分管国内贸易和对外贸易。作为新中国经济工作的主要领导人，陈云对外贸工作极为重视。在陈云看来，对外贸易作为经济活动的一个重要方面，与民生关系密切。发展对外贸易，与世界上其他国家进行商品贸易，可以互通有无，调剂余缺，优化资源配置，有利于解决国内商品短缺的困难。同时，可以吸收和引进世界先进的科技成果，促使企业不断更新技术，提高劳动生产率，增强我国的经济实力，不断推进社会主义现代化建设。

---

① 迟爱萍：《陈云与新中国经济论纲（下）》[J].《党的文献》2010年第4期。

（一）研究资本主义是搞好外贸工作的前提

新中国成立后，由于以美国为首的西方敌对势力的军事包围、经济封锁，新中国不得不实行“一边倒”的外交政策，即主要面向苏联、东欧。因此，20 世纪 50 年代，中国主要是在社会主义阵营内部开展贸易和接受部分外援。进入 60 年代，在资本主义国家封锁中国的同时，中苏关系却不断紧张。在国际局势严峻的同时，国内“文化大革命”的爆发，又导致我国的对外开放工作走向了最低谷。对外贸易从 1967 年开始连续三年停滞、徘徊和几近中断。纵观整个 60 年代，中国处于一个非常不利的外交环境中，这对我国的社会主义建设、人民生活的改善以及整个社会的稳定都是十分不利的。

进入 70 年代以后，就国际而言，由于美苏两个超级大国争夺世界霸权，整个世界格局发生重大转变。随着中美关系不断缓和，西方国家纷纷与中国建交，相对较好的外交环境，为发展外贸创造了良好的条件。而此时的国际政治、经济形势的发展呈现了一些新的特点：首先，第三次科技革命的成果需要转化为生产力，经济的发展客观上要求，在全世界范围内交换商品，配置资源，互通有无，取长补短，国与国之间的经济依存关系不断加深。因此，世界范围内的平等互利的经济技术合作和贸易往来成为一种趋势。其次，资本主义国家在二战之后，虽然经历了一系列的危机，但通过对生产关系的不断调整，逐步摆脱危机。这表明，腐朽的资本主义并不会在短时间迅速灭亡，它还具备一定的发展潜力，占有较强的经济优势，进入一个新的发展机遇期，和社会主义长期相对和平与竞争的共存状态基本形成，我们不能无视它的存在。再次，原有的社会主义和资本主义两大阵营内部经济协作体系逐步瓦解，代之而起的是发达国家和发展中国家之间日益增多的经济往来。发达国家与广大发展中国家，在国际交往中既存在着尖锐的对立和冲突，又有着共同的利益追求，表现在经济上直接的剥削与被剥削的关系正逐步改变，相互利用的趋势不断增加。发展中国家需要利用发达国家的资金和技术来发展经济；而发达国家则希望凭借自己的经济实力，从发展中国家谋求更大的发展空间，攫取更多的利润。

就国内而言，1971 年林彪事件以后，周恩来总理主持中央工作，在随后复出的陈云等人的支持下，开始批判和部分地纠正“文化大革命”初期“左”倾错误。这不仅打破了外贸领域闭关自守的局面，还初步形成了新的外贸格局。这使得中国具有了以西方国家为主要经济交往对象的必要性与可能性。

陈云敏锐地捕捉并把握这一有利的国际和国内发展新形势。他认为，所有这些都使得中国的对外贸易必须由原来主要面向苏联和东欧转而主要面向资本主义国家。列宁曾指出：“社会主义共和国不同世界发生联系是不能生存下去的，在目前情况下应当把自己的生存同资本主义的关系联系起来。”① 所以，陈云认为，此时“和资本主义打交道是大势已定”②。1973 年 6 月 7 日，陈云在听取中国人民银行负责人工作汇报时指出：“过去我们的对外贸易是百分之七十五面向苏联和东欧国家，百分之二十五对资本主义国家。现在改变为百分之七十五对资本主义国家，百分之二十五对苏联、东欧。……这个趋势是不是定了？我看是定了。”③ 然而，要百战不殆，必须知己知彼。我们要做好外贸工作，要和资本主义国家做生意，就必须对资本主义有一个全面、深刻的认识和了解。因此，“我们对资本主义要很好地研究”，“不研究资本主义，我们就要吃亏。不研究资本主义，就不要想在世界市场中占有我们应有的地位”。④ 而长期以来尤其是“文化大革命”开始后，林彪、江青集团煽动砸烂对外经济研究机构、废弃规章制度的极“左”思潮，无论是在思想观念上，还是制度体制上，都严重地束缚并阻碍着外贸工作的开展。“左”的思想一方面认为帝国主义是腐朽的、没落的、垂死挣扎的，是很快要灭亡的，已经没有利用的必要；另一方面，受长期的冷战思维影响，为了防止资本主义的复辟，抵御资本主义

---

① 《列宁全集》第 32 卷［M］. 北京：人民出版社，1985 年版，第 303 页。

②③④ 参见：中央文献编辑委员会：《陈云文选》第 3 卷［M］. 北京：人民出版社，1995 年版，第 219、217-218、218 页。

腐朽思想的侵蚀，对资本主义唯恐躲之不及，不敢接触资本主义。从而导致我们对资本主义高度发达的现代科技成果，不是熟视无睹，而是知之甚少。在与资本主义国家的交往中也常常处于被动的不利地位。

对此，陈云非常忧虑，1973 年他出来工作不久，就首先提出要很好地研究资本主义。他说："过去没有百分之七十五对资本主义国家的问题，现在形势变了，有些同志没有看到，所以要向他们解释这些。"① 同时，明确而又具体地提出了一系列恢复对资本主义研究的措施。

1973 年 5 月 5 日，陈云在听取外贸部负责同志工作汇报时，即提醒他们对资本主义经济危机规律中的各个因素，如次数、周期变化，要好好研究。这对我们的外贸，特别是进口贸易很有帮助。6 月 7 日，当听银行的同志说到，"文化大革命"前银行专门研究国际金融问题的金融研究所，在"文化大革命"开始后被撤销了，陈云立即指示要恢复建立中国人民银行的金融研究所，他指出："供求关系、货币关系的变化通通反映到外贸上来了，不搞研究机构怎么能行。"他还指出："机构搞起来之后，要研究包括像尼克松国情咨文那样的东西。……像康纳利、舒尔茨、德斯坦的讲话材料都要看，都要研究。"② 8 月 4 日，在外贸部价格小组会议上，他要求新华社等新闻单位可同人民银行、外贸部合作，不断增加关于商情的报道，外电有关商情的报道要充分利用，一些重要国际经济会议的发言要全文译出来。

陈云认为，对资本主义国家的商品交易所和期货市场，我们也要学习、研究并利用。1973 年 10 月 10 日，他在为国务院起草的报告中指出："国际市场上的交易所是投机商活动场所，但也是一种大宗商品的成交场所。"它具有两重性，"作为一种迂回的保护性措施，是为了使我们不吃亏或少吃亏。"所以，"对于商品交易所，我

---

①② 参见：中央文献编辑委员会：《陈云文选》第 3 卷［M］. 北京：人民出版社，1995 年版，第 219、218 页。

们应该研究它，利用它，而不能只是消极回避。”① 外贸部门过去在国际市场上购买货物时，不能有效地利用价格涨落的时间差，只求完成任务，有时价格越涨越要买，而精明的外商常常乘机抬价，让我方蒙受重大经济损失。在陈云的指示下，外贸部门改变了过去的做法。有一次，外贸部所属中国粮油公司接到购入原糖四十七万吨任务后，不急于购入现货，而是于当年 4 月购入期货二十六万吨，然后再购入现货四十一万吨。待到 5 月砂糖价格大幅度上涨后，卖出多余的期货。这样，不仅完成了购买砂糖任务，而且还为国家赚取了二百四十万英镑的外汇。

这一时期，陈云不但要求外贸、银行、新闻部门的同志注意对资本主义的研究、报道，他自己也身体力行。在听取银行工作汇报时，他亲自拟定了十个问题，希望他们围绕这十个问题帮他搜集资料，供他研究。这十个问题包含的内容广泛而深刻，从主要资本主义国家近几年的货币发行量、外汇储备、黄金储备，到资本主义国家摆脱危机的方法，从美国的对外赤字到资本主义国家经济上的主要矛盾。其中，既有掌握世界经济形势所必须了解的黄金、货币、投资、赤字等基本数据方面的静态材料，又有分析判断西方各国之间经济矛盾及解决办法的动态问题；既有对过去若干年主要资本主义国家财经活动的规律性总结，又有对近期世界经济、金融形势的估计和预测。从陈云严谨细致的工作中可以看出，陈云对资本主义的研究是认真的、是科学的、是实事求是的。这些问题不仅对“文化大革命”前期的金融贸易的恢复工作有重大价值，即使在今天，也仍是研究资本主义世界经济活动规律的重要参考。

根据银行提供的资料，陈云对当时的资本主义经济进行了深入的研究，写出了《目前经济危机与一九二九年危机的比较》、《对目前世界经济危机的看法》等笔记。遵照陈云的指示，中国人民银

---

① 参见：中央文献编辑委员会：《陈云文选》第 3 卷［M］. 北京：人民出版社，1995 年版，第 222 页。

行对国际货币、金融变化趋势、西方各国间的经济矛盾及缓和办法、美国的经济状况及国际收支状况，做了许多调查研究，有力地支持了对外经济贸易工作的开展。

陈云关于要很好地研究资本主义的指示、要求和身体力行的实践，在一定程度上，冲破了外贸领域“左”的思想束缚，消除了人们的顾虑，解放了人们的思想。对外贸工作的恢复、开拓起到了重要作用。为十一届三中全会后的对外开放提供了思路，积累了经验，培养了人才。

（二）大力发展进出口贸易，不断促进商品和技术交流

1. 不断加强进口贸易，积极引进国外先进技术设备及管理经验。陈云指出：“对外开放，引进国外先进技术和经营管理经验，为我国社会主义建设所用，是完全正确的，要坚持。”① 在陈云看来，我们之所以要“引进来”，主要在于“目前国内生产不足，或者不能生产，必须从国外购进。”为此，“应该列入国家年度进口计划，并确实保证所需要的外汇。”②

1972 年 2 月，国务院批准了国家计委关于进口价值四亿美元的十四套化纤、化肥成套设备的报告。次年 1 月，国家计委又向国务院提出在今后三五年内引进四十三亿美元的成套设备的报告，这一方案被称为“四三方案”，获得批准。同年 9 月，中央又批准从美国引进彩色显像管成套技术项目。这是新中国成立以来第二批大规模的引进，对打破“文化大革命”中对外引进停滞局面和加强对外经济技术交流有重大意义。但是“四人帮”集团，对这次大规模引进设置重重障碍，极力阻挠引进工作。他们蔑称对外引进是“屈从于帝国主义的压力”、是“崇洋媚外”、是“假洋鬼子”、是“修正主义路线”。在他们的阻挠破坏下，许多引进项目被迫中断。

此时的陈云，正协助周恩来负责引进工作。面对阻挠，他没有退却，迎难而上，他以一个革命家的魄力和胆略坚定地表示：“如

①② 参见：中央文献编辑委员会：《陈云文选》第 3 卷［M］. 北京：人民出版社，1995 年版，第 355、151 页。

果有人批评这是‘洋奴’，那就做一次‘洋奴’。”① 他要求大家把眼光放长远一些，在引进国外设备的同时，连同必需的附件、配件一起进口，并提出了许多积极而稳妥的意见和措施。1973 年 10 月 12 日，陈云在听取外贸部负责人汇报时指出：“正在订货的那套三亿多美元的轧钢设备，有关的附件要一起进口。这套设备投产后，每年可以生产钢板三百万吨，两年就是六百万吨。如果缺了零配件，国内解决不了，就要推迟投产，耽误一年就少生产三百万吨钢板，很不合算。”②

除了引进现代化建设急需的机器设备外，特殊困难时期，为了保障人民生活，陈云还提出了对粮食等重要生活物资的进口。1961 年 5 月，陈云在外贸专业会议上讲道：“稳定市场，关键是进口一些粮食。……把粮食拿进来，这是关系全局的一个重大问题。进来粮食，就可以向农民少拿粮食，稳定农民的生产情绪，提高农民的生产积极性。”③ 经过多方面努力，1961 年至 1965 年，国家每年进口粮食五百万吨左右，保证了困难时期人民群众的基本生存问题。1978 年 12 月，陈云在《关于当前经济问题的五点意见》的讲话中，第一条就是讲进口粮食。他说：“在三五年内，每年进口粮食可以达到两千万吨”，“要先把农民这一头安稳下来……粮食进口多一些不要紧，农民稳住了，事情就好办了。……这是大计”。④

在引进机器设备、粮食等“硬件”的同时，陈云还同样重视对技术、专利及资本主义的一套管理经验和手段等“软件”的借鉴和利用。他说：“就引进工作来讲，我认为既要买工厂，又要更多地买技术，买专利。”⑤ 在他看来，“引进技术比引进先进设备重要得多”⑥。而且他还主张将技术引进和技术开发创新结合起来。引进是促进技术创新的重要手段，固然重要，但更重要的是我们要在引进的基础上，提升产业结构和产品结构，不断培育具有自主知识产

①②③④⑤ 参见：中央文献编辑委员会：《陈云文选》第 3 卷［M］. 北京：人民出版社，1995 年版，第 224、224、156-157、236、262 页。

⑥ 中央文献研究室：《陈云文集》第 3 卷［M］. 北京：中央文献出版社，2005 年版，第 520 页。

权、自主品牌的商品和服务，并增强我国自主研发能力和科技创新能力。

此外，为了解决社会主义现代化建设资金不足的问题，陈云提出："资金不够，可以借外债，这是打破闭关自守以后的新形势。"① 为了加大对外开放的力度，设立对外开放的前沿窗口，中央决定办经济特区，陈云对此大力支持，他极为关注特区的建设。针对特区这一新生事物，他指出，由于我们经验不足，难免会出现这样那样的问题，因此，"特区要办，必须不断总结经验，力求使特区办好。"②

2. 搞好出口商品基地，不断扩大出口贸易。一个国家，仅仅靠进口贸易，这个国家国民经济的发展是畸形的，所以，还必须发展出口贸易。只有"走出去"，才能获得更大的发展空间。受尽了百年屈辱的中国人民，在掌握了国家政权以后，我们面临的一项重要任务，"就是要改变我们国家经济的落后状态。这就是说，我们必须进口大量的机器装备，来建立我国的工业基础，以便在若干年以后，把我国改造成为一个高度工业化的国家"③。而在一个在相当长的时期内，在有限的条件下，要进口机器装备，加快实现工业化，我们只有用出口物资去换回外汇。1973 年，陈云在考察广州秋交会后指出，扩大出口，可以增加外汇收入，事关国计民生。对国家来说，可以增加机械和成套设备进口的支付能力；对于老百姓来说，可以增加收入，改善生活。因此，我们在发展生产、繁荣市场的同时，陈云提醒大家，"外贸也不能放松。能出口的东西要尽量出口，先搞好外贸这一头"④。

而作为一个农业国家，我们"能够出口的主要物品是农产品"⑤。

---

①④　参见：中央文献编辑委员会：《陈云文选》第 3 卷［M］. 北京：人民出版社，1995 年版，第 276、156 页。

②　中央文献研究室：《陈云文集》第 3 卷［M］. 北京：中央文献出版社，2005 年版，第 516 页。

③⑤　参见：中央文献编辑委员会：《陈云文选》第 2 卷［M］. 北京：人民出版社，1995 年版，第 257、257 页。

这主要是因为，“我们的工业品，在国际市场上同资本主义国家竞争，打开销路不容易，出口数量有一定限度”①。同时因为“港澳同胞和东南亚华侨，都爱吃爱用祖国的农副土特产品，销路比较有保证，而且这些产品生产周期短，见效快，可以争取多出口”②。因此，“除粮食、油料等物资特殊规定限量出口外，其他物资在今后一个相当长的时期内，国内市场的销售应服从出口的需要。有些商品如肉类，应压缩国内市场的销售，保证出口；有些商品如水果、茶叶和各种小土产，应尽先出口，多余的供国内市场销售。只有这样，才能保证必要的出口，以换回国家建设所必需的工业设备。”③“如果在国内消费方面，不能节省出农产品去出口，那末，我们就不可能进口机器装备来进行工业建设。”④因此，“全国人民应该自觉地节省凡属可以节省的消费品，以便供应出口……出口有余，再来供应国内需要。”⑤

陈云认为，在出口问题上，我们必须处理好眼前利益和长远利益的关系。虽然对大家来说，减少消费，是一件“不舒服的事情”，但是“暂时减少可以减少的消费，以便完成国家工业化，由此来建立我国能够进一步地发展农业和轻工业的基础，使我们有可能在将来迅速地增加各种消费品的产量”。否则，如果我们“尽其所有在国内消费掉，因而不能建设工业，使我国经济长期处于落后状态”。⑥

当然，“为了保证人民的需要，国家对于粮食、油料、肉类只准许一定数量的出口，”⑦虽然为了更多地出口，陈云主张，“出口的东西要放宽尺度，凡是能够出去的东西，不管鸡毛蒜皮都可以出。”⑧但是，我们所出口的主要都是在我国有剩余的、非主要的农副产品，将这些产品用于出口，既不影响国内需求，又可以换回国家建设和人民生活需要的物资，这是在我国工业基础落后的情况

---

①② 参见：中央文献编辑委员会：《陈云文选》第3卷［M］. 北京：人民出版社，1995年版，第155-156、156页。

③④⑤⑥⑦⑧ 参见：中央文献编辑委员会：《陈云文选》第2卷［M］. 北京：人民出版社，1995年版，第253、257、257、257、257、94页。

下，从全局出发而制定的方针。因此，“国内市场也要留一些，保证城市最必需的供应。……要注意改善农民生活，调动农民生产积极性。”① 否则，竭泽而渔，不仅会使广大群众失去眼前利益，而且必然由于劳动力再生产的中断而影响扩大再生产的实现，使广大群众的长远利益也无从实现。

为了在出口贸易中占有优势，更好地“走出去”，陈云要求：“必须根据国际市场的要求组织生产，搞好出口商品的基地。”② 他指出，我们过去的许多名牌，如全聚德的烤鸭，东来顺的涮羊肉，张小泉的剪刀，苏州的檀香扇，杭州的绸伞等等，之所以能够经久不衰，一个重要原因在于它们“都有比较固定的原料供应的基地。基地出产的东西，生产稳定，产量大，质量好，成本低。我们现在把这一套都打乱平分，是不合乎经济原则的。这种办法，是不能持久的。如不迅速恢复，出口就做不到既经济又稳定”③。为此，“我们要用一年半的时间把出口商品基地搞起来。凡是总值在二三十万美元以上的出口商品，生产多少，出口多少，留下内销多少，原材料如何供应等，都要逐项讨论，并且开专业会议进行安排，每一项都要有着落。同时，还要研究和实行产销直接挂钩，组织外贸部门同人民公社或者工厂直接挂钩。”④

陈云指出，要扩大出口，多得外汇，必须树立竞争意识。他说：“在国际市场上做生意，不只是我们一家，而是有许多家。”⑤ 所以，我们的“商品价格必须有竞争性。要大力推销换汇率高的商品，但决不放弃可以推销的换汇率较低的商品，目的是为了多得外汇”⑥。要想在竞争中立于不败之地，必须强化质量意识、诚信意识和服务意识，要想方设法降低成本。他指出：“在彼此竞争中，哪一种商品质量好，价格便宜，那一种商品就有销路。”⑦ 所以，“对出口的商品，一定要建立严格的质量检验制度，不合标准的一律不准出口。”“要包换包退，建立信用。”“这样做，不仅今后三

---

①②③④⑤⑥⑦ 参见：中央文献编辑委员会：《陈云文选》第3卷［M］．北京：人民出版社，1995年版，第156、157-158、158、158、157、228、157页。

四年有好处，而且从长远来说也是有好处的。只有这样，我们的出口贸易才能巩固和发展”。[①]

在陈云上述思想的指导下，我国的对外贸易工作得以有效开展。1973 年我国进出口贸易总额首次突破百亿美元大关，达到一百零九亿八千万美元，是 1970 年的二点四倍，其中出口额超过了进口额。出口创汇额的迅速增长，有力地支持了对国外先进技术和设备的引进，也促进了国内基础工业，特别是化肥、化纤和冶金工业的发展，有效改善了与民生相关的农业与轻工业等产业。

陈云虽然没有明确提出过“引进来”与“走出去”的概念，但他的对外开放思想和“引进来”、“走出去”是一脉相承的。在陈云看来，一个完整的对外贸易，应该是既要有进口贸易，又要有出口贸易，既要“引进来”，又要“走出去”。“引进来”和“走出去”两者是相辅相成的，只有“走出去”，才能“引进来”；也只有“引进来”，才会更好地“走出去”。作为一个农业国，1951 年陈云就指出，我们要卖出去的是猪鬃、桐油，买进来的是国家建设所必需的机器、设备，“为了进口机器装备，我们必须用出口物资去交换”[②]。1961 年 5 月 30 日，陈云在“做好外贸工作”的讲话中，再次指出：“进口粮食，就要下定决心拿出东西来出口，先国外，后国内。”[③]这叫“为进而出”。1954 年 9 月，他进一步指出：“我们必须进口大量的机器装备，来建立我国的工业基础。”[④]这就是说，我们要“师夷长技”，用进口的先进的机器设备来建立我国的工业基础，从而大量生产和出口先进的工业设备。1984 年 8 月 20 日，在听取国家计委主任宋平关于钢铁工业建设汇报时，他更加明确地指示相关部门可以考虑对国外要倒闭的钢铁企业进行投资，搞合营，他说：“我赞成这个办法，这个办法好。”“对外开放不一定都是人家到我们这里来，我们也可以到人家

①③ 参见：中央文献编辑委员会：《陈云文选》第 3 卷［M］. 北京：人民出版社，1995 年版，第 158、156-157 页。

②④ 参见：中央文献编辑委员会：《陈云文选》第 2 卷［M］. 北京：人民出版社，1995 年版，第 256、257 页。

那里去。”① 这就是“为出而进”。

陈云的这些思想，对于我国后来制定“引进来”和“走出去”相结合，并最终形成利用国内国外两个市场两种资源的对外开放新格局，产生了积极而深远的影响。

（三）坚持对外开放与自力更生相结合的方针

1. 对外开放，必须立足国情、国力。 新中国的对外开放是一件前无古人的创举。在对外经济交往中，陈云始终强调对外开放必须从中国的实际出发，不能脱离中国的国情，不能照抄照搬，也不能急于求成。这是事关对外开放成败的重要前提。1980 年 12 月 16 日，他在中央工作会议上强调指出：“我们是十亿人口、八亿农民的国家，我们是在这样一个国家中进行建设。……我们必须认识这一点，看到这种困难。”② 所以，我们的对外开放必须结合这样的国情：人多地少，资源匮乏、资金不足、技术落后，走一条有中国特色的对外开放之路。每个国家的历史不同、环境不同、基础不同，别国的经验可以参考、借鉴，却不能照抄、照搬。陈云提醒大家要清醒看到内、外条件的不同，在对外经济交往中要考虑国情，反对照抄照搬。针对不顾国情、盲目引进外资的倾向，他严厉地批评道：“有些同志只看到外国的情况，没有看到本国的实际。我们的工业基础不如它们，技术力量不如它们。有的国家和地区发展快，有美国的特殊照顾。只看到可以借款，只看到别的国家发展快，没有看到本国的情况，这是缺点。”③

“文化大革命”结束以后，人民群众长期被压抑的生产积极性充分发挥出来，工农业生产得到恢复性增长，急于求成的思想又重新滋长起来。当时，在工业生产建设中，片面追求高速度和不切实际的高指标，基本建设规模过大，战线过长。由于盲目引进国外设

① 中央文献研究室：《陈云文集》第 3 卷［M］. 北京：中央文献出版社，2005 年版，第 537 页。

②③ 参见：中央文献编辑委员会：《陈云文选》第 3 卷［M］. 北京：人民出版社，1995 年版，第 281、252 页。

备，导致设备利用率低，有许多产品一方面库存大量积压，一方面不顾实际大量引进。在“左”的思想指导下，1978 年 7 月至 9 月召开的国务院务虚会议提出，要组织国民经济新的“大跃进”。在对外经济关系上，出现了超越国情、国力的“洋冒进”。仅 1978 年，就和国外签订了二十二个大型引进项目，共需人民币三百九十亿元，加上国内配套工程投资二百多亿元，共需六百多亿元。一些部门和行业试图通过大规模的举借外债和引进外国技术设备，能够在很短的时间内实现现代化。陈云对此深感忧虑，他说：“不按比例，靠多借外债，靠不住。”① 他深知，尽管 1977、1978 两年出现了快速恢复性增长，但基础不稳，经济增长有虚假成分，潜在的矛盾甚至危机的确是存在的。他告诫大家，要脚踏实地，“决不要再作不切实际的预言，超英赶美等等”②。

在对外经济问题上，陈云的态度是既要积极又要稳妥。在对外引进上，要合理地确定引进的项目、布局、重点、规模等。该不该引进、引进什么、引进多少，什么时候引进，这些都得立足国情，要结合中国的国力和技术结构，不可盲从，不可冒进，也不能长官意志，要做到科学、有序。因此，“一切引进项目，都必须有专家参加，必须是领导干部和专家共同商量。……要注意和考虑各方面专家的意见。”同时，“必须作出几个比较方案，择优选用。”③“因为不同意见的讨论，只会使我们的步骤更加稳妥，更加合理。”④

陈云指出：“利用外资和引进新技术，这是我们当前的一项重要改革措施。不过要头脑清醒。”⑤ 对于利用外资，陈云历来主张要慎重，要警惕。他说：“我们必须清醒地看到，外国资本家也是资本家。他们做买卖所得的利润，绝对不会低于国际市场的平均利润率。……世界上没有一个愿做低于平均利润率买卖的资本家。”⑥有人曾经提出借外债、引进技术设备可以和国内的财政“脱钩”，因而主张引进的规模越大越好，而不去考虑国家的配套资金和偿还

---

①②③④⑤⑥ 参见：中央文献编辑委员会：《陈云文选》第 3 卷［M］. 北京：人民出版社，1995 年版，第 252、281、280、282、277、277 页。

能力。陈云总结了国内外的经验教训，认为这种主张是危险的。他指出："借外债必须充分考虑还本息的支付能力，考虑国内投资能力，做到基本上循序进行。"① 他说："我之所以要提出这样的问题，丝毫没有不要利用外资的意思，只是敲敲警钟，提醒那些不很清醒的干部。"② 在陈云看来，引进项目要循序渐进，不要一拥而上。"外债可以借，但要尽量少借。借外债，要用得好，还得起。"③ 这些意见，对指导当时的具体工作，都发挥了重要作用。

基于以上认识，作为一个长期从事经济工作的领导者，对于"洋冒进"这一事关国民经济发展的重大原则问题，陈云再次坚持了一贯倡导的"建设规模要和国力相适应"的观点，他及时向中央提出，压缩引进规模，消除国民经济中的不稳定因素，对国民经济进行调整。在具体分析、论证了引进规模要与国内的偿还能力和配套资金相适应的问题后，他明确指出："很明显，这种买机器设备的外债的使用，不决定于我们的主观愿望，而决定于国内有多少财政拨款用于配套。"④ 如果不考虑国内配套资金这个制约条件，就必然造成基本建设规模超过国力负担的问题，它不仅影响财政收支平衡，而且冲击整个国家计划，也会使引进项目投资效益降低，从而造成更大的浪费。

当然，陈云还指出，从表面上看，"调整意味着某些方面的后退，而且要退够。"但是实际上，"这次调整不是耽误，如不调整才会造成大的耽误。"所以，"不要害怕这个清醒的健康的调整"⑤。在陈云等领导人的不懈努力下，中央随后确定了"调整、改革、整顿、提高"的八字方针，调整工作在争论中艰难地向前推进着。通过这次调整，"我们会站稳脚跟，继续稳步前进"⑥。正如陈云所言，历经三年的经济调整，虽然使中国大规模引进的步伐推迟了几年，但它缓解了我国经济长期形成的结构性矛盾及由此引发的社会危机，使我国经济走上了良性运行轨道，为以后国民经济持续、平

①②③④⑤⑥　参见：中央文献编辑委员会：《陈云文选》第3卷［M］. 北京：人民出版社，1995年版，第248、277、367、276、282、282页。

稳、快速发展奠定了坚实的基础。

2. 对外开放，必须坚持自力更生。历史发展的实践证明，关起门来搞建设是不可能成功的。因此，陈云强调说，我们的社会主义建设必须对外开放。但像我们这样的大国，搞建设又不能不立足国内、坚持自力更生。陈云认为："我们必须建设若干大厂，但外汇不足，设备不能全靠进口，要以自力更生为主。"① "四个现代化怎么化法？主要靠自力更生。"② 因此，在对外开放的过程中，要保持清醒的头脑，始终把维护国家主权和人民利益放在第一位。任何时候、任何条件下，都要坚持自力更生的原则，决不牺牲国家主权和人民利益，决不屈服于任何压力。改革开放新时期，陈云又提出发展经济主要依靠国内市场的思想。1989 年 3 月 7 日，陈云同对外经贸部负责人谈话中明确指出："中国发展经济，主要还是靠国内市场。"③ 这说明了我们的发展需要国际市场但不能过分依赖国际市场，经济发展必须立足国内。

要坚持自力更生，必须处理好自力更生和对外引进的关系。在陈云看来，自力更生依靠本国力量发展经济，这没有错，但自力更生并不等于闭关锁国，它与利用资本主义并不矛盾。对资本主义，我们要利用而不依附。陈云指出，一个国家要实现现代化，从根本上来说要依靠自己的努力，要自力更生。但对外引进又是完全必要的，中国要实现社会主义现代化，必须要利用国内国际两个市场两种资源。对外引进只是手段，其目的还是要增强自力更生能力，加快民族工业发展的速度。所以，自力更生和对外引进并不是截然对立的关系，而是相辅相成、相互促进的，在实际工作中，要正确处理自力更生和对外引进的关系。

但是，"文化大革命"期间，林彪、江青集团推行极"左"路线，严重歪曲了自力更生的方针。他们打着自力更生的幌子，反对

---

①② 参见：中央文献编辑委员会：《陈云文选》第 3 卷［M］. 北京：人民出版社，1995 年版，第 57、262 页。

③ 中央文献研究室：《陈云年谱（1905-1995）》（下卷）［M］. 北京：中央文献出版社，2000 年版，第 420 页。

对外开放。他们攻击引进技术是“崇洋媚外”、“爬行主义”，称出口创汇是“出卖资源”、“外汇挂帅”。他们还把与外国做买卖诬蔑为“右倾迁就”、“丧权辱国”、“叫洋人牵着鼻子走”，攻击对外贸易部为“卖国部”。在这种情况下，人们谈“资”色变，正常的对外工作受到严重干扰。同资本主义国家正常交往和利用资本主义国家的资金、技术等是否符合自力更生的方针和路线，是否符合既无内债又无外债的精神，成了人们争论的焦点。

当时我国的社会主义建设急需资金，而西方国家由于经济危机大量的资金被闲置，能否利用国外信贷资金成为我国外贸领域面临的一个重大问题。陈云本着实事求是的精神，同“左”的思想进行了针锋相对的斗争，他明确提出要把一些界线划清楚，“不要把实行自力更生方针同利用资本主义信贷对立起来”①。1973 年 6 月 7 日，银行的同志在向陈云汇报工作时，提到我方可以从外国银行得到十亿美元甚至更多的贷款，但是却担心这样做是否符合自力更生方针，而且在制度运作上也遇到障碍。陈云明确指出：“你说的，一个是合法不合法的问题，一个是规章制度问题。我看，首先要弄清是不是好事。只要是好事，你们就可以找出一个办法——一个变通办法来让大家讨论。”② 陈云进一步引导大家要解放思想，他说：“只要承认是好事，就可以找出理由来……我们做工作不要被那些老框框束缚住。”③ 陈云接着分析道：“这和过去上海、天津那些银行、钱庄一样，看到哪家生意做好了，就找上门来了，无非是要些利润。这就是马克思讲的平均利润率。”④ 陈云一席话对当时盛行的“左”的思想无疑是一个有力的反击，给处于困惑中的人们指明了方向。“文化大革命”中、后期，在陈云的支持下，中国银行开办了对国内企业的外汇贷款业务，虽然数量不大，却产生了很好的经济效益。

利用国外资源，进行来料加工，是国际贸易的一种常见形式。

---

①②③④　参见：中央文献编辑委员会：《陈云文选》第 3 卷［M］. 北京：人民出版社，1995 年版，第 219、219、219、219-220 页。

70年代初，国际上的产棉大国美国、英国、日本因本国劳动力价格高，搞棉布加工成本较高，已经形不成优势；印度、埃及、巴基斯坦等国因纺织工业技术水平不及我国，出口的棉布在国际市场上缺乏竞争力。比起美国、英国、日本等国，我国有丰富而又低廉的劳动力资源，有价格优势；比起印度、埃及、巴基斯坦等国，我国有先进的纺织工业，有技术优势。所以，我国进口棉花加工棉布搞出口，在国际上很有竞争力，对我国非常有利，实践证明这样做是正确的。但进口棉花加工成棉布再出口，是否坚持了自力更生，它再次受到“左”的思想阻挠。1973年10月，陈云在听取外贸部同志工作汇报时，对这个问题作了明确指示。他说：“我们是要坚持自力更生的。但是，现在国内棉花不够。……国内棉花要做到自给有余，完全用自己的棉花加工棉布出口，可能要用很长时间。我们要利用这段时间，进口棉花加工棉布出口，不这样做就是傻瓜。”① “我们是利用国内丰富的劳动力，生产成品出口，这个道理是容易讲通的。”② “如果三年或五年中有一年买不到棉花，其他年份能买到，还搞不搞？我看还是要搞。要长期搞，这样搞是合理的。我们有劳动力，可以为国家创造外汇收入。这样做，归根到底是为了加快国家的工业建设。”③ 陈云不仅主张进口棉花加工再出口棉布，他还提出要进口钢材，加工小五金产品出口。

正是由于陈云等人正确地处理了自力更生和对外开放的关系，“文化大革命”中、后期，我国不断冲破“左”的束缚，在坚持自力更生的同时，对外引进方面取得了较大的进展。1972年至1977年，中国从西方十几个国家引进了大量的技术和成套设备，签订了包括化肥、化纤、石油、化工、轧钢、采煤、火电、机械制造等方面的二百二十二个进口项目，不断促进了国家的工业化建设。

3. 对外开放，必须坚持社会主义方向。中国的发展离不开世界，我们需要对外开放。但对外开放像一把双刃剑，它在给中国经

---

①②③ 参见：中央文献编辑委员会：《陈云文选》第3卷［M］. 北京：人民出版社，1995年版，第223、224、224页。

济发展带来活力的同时，也带来了许多消极、负面的影响。陈云指出，我们在利用资本主义发展自己的同时，必须保证社会主义方向，要防止被资本主义所利用、所控制。如借债时要考虑偿还能力，要清醒地认识资本家唯利是图的本质，“你信誉好的时候人家找上门来，不好的时候就要逼债”①。以防我们被动，受制于人。

在对外开放的过程中，陈云多次呼吁要抵制资本主义腐朽思想的侵蚀，要坚持对外开放的社会主义方向。他反复强调，中国的对外开放姓“社”不姓“资”，“我们进行的事业，是社会主义事业”②。我们的对外开放是为了更好吸取世界文明成果，不断发展、完善社会主义，而不是要否定或取消社会主义。1983 年 10 月 12 日，陈云在中共十二届二中全会上指出：“对外开放，充分利用外国有用的东西加快国内建设，这是完全正确的。”但是，我们又“必须充分看到对外开放后带来的问题。……但现在看来，防止消极后果的工作还做得不够。”③从有利于社会主义现代化建设事业的高度出发，他明确指出：“我国实行对外开放政策之后，仍然是在搞社会主义，不同于资本主义。”④ 然而，一些人在打开国门之后，思想意志薄弱，理想信念淡漠。“看见外国的摩天大厦、高速公路等等，以为中国就不如外国，社会主义就不如资本主义，马克思主义就不灵了。”⑤他提醒全党要清醒地认识到：“对外开放，不可避免地会有资本主义腐朽思想和作风的侵入。这对我们社会主义事业，是直接的危害。”⑥因此，他特别强调，在对外开放的过程中，对资本主义思想的侵入要有清醒的认识，高度的警惕。对全体人民，特别是领导干部，要加强共产主义理想信念教育。这些都有力地保证了中国的对外开放在复杂的国际国内环境下，始终沿着正确的方向前进。他满怀必胜的信心，自豪地宣告：“我们相信，马克思主义、共产主义的真理，一定会战胜资本主义腐朽思想和作风的

①②③⑤⑥ 参见：中央文献编辑委员会：《陈云文选》第 3 卷［M］. 北京：人民出版社，1995 年版，第 220、347、332、332、355 页。

④ 中央文献研究室：《陈云年谱（1905-1995）》（下卷）［M］. 北京：中央文献出版社，2000 年版，第 358 页。

侵蚀。”①

第四节　从社会角度看，稳定和谐的社会环境是人民安居乐业的保障

社会的稳定与和谐，直接影响老百姓的生活。陈云高瞻远瞩，在领导经济建设的过程中，采取一些切实有效的措施，将创建稳定和谐的社会环境与保障人民的生活需求紧密结合起来。

一、就业是民生之本

时至今日，就业问题依然是一个困扰各国的世界性难题。新中国成立之初，党的工作重心由农村转入城市，工作的重点也由战争转向恢复生产，巩固政权，安定人民生活。而此时的中国，新旧两种社会制度更替引发的一系列深层次矛盾和问题开始凸显，其中，城市中大量失业现象的出现，就是一个尤为突出的问题。根据全国总工会的估计，1950 年 3、4 月间全国新增失业职工约十万人，全国各大城市的失业人口约三十八万至四十万人，全国失业人口总数已达一百一十七万人。② 作为全国最大城市和经济中心的上海，失业问题更为严重。据统计，1949 年 5 月上海解放时，失业人数高达二十五万人，占当时职工总数的百分之二十点四。到 1950 年 4 月又新增失业人数近二十万，如果加上失业者的家属和半失业者，共有六十余万人生活没有着落。其中建筑行业尤为严重，有百分之九十五的工人失业。1950 年 4 月 14 日，《中共中央关于举行全国救济失业工人运动和筹措救济失业工人基金办法的指示》中，描述了当时的状况：“失业工人的生活极为困难，已连续发生因生活无出路而自杀的现象，同时也就发生了一些不满的情绪。美蒋特务分子

① 参见：中央文献编辑委员会：《陈云文选》第 3 卷［M］. 北京：人民出版社，1995 年版，第 355 页。

② 参见：中央文献编辑委员会：《陈云文选》第 2 卷［M］. 北京：人民出版社，1995 年版，第 88 页。

乘机造谣煽惑，企图挑拨工人群众来反对我们，在个别地方已有部分工人受其欺骗煽惑反对工会，殴打我们干部的事实，这是异常严重的问题。"① 严峻的就业形势，使刚刚执掌国家政权的中国共产党，面临着前所未有的挑战和考验。陈云的就业思想主张主要就体现在这一时期。

（一）充分认识解决就业问题的重要性

就业是民生之本，是人民群众生存发展的重要依托。"对工人来说，在业无论如何苦，总比失业好。"② 陈云认为，作为一个重要的社会问题，就业率的高低，是衡量一个国家政权稳固和社会稳定的重要指标。一个劳动者如果失去了劳动的权利，当然也就没有了收入来源，也就失去了维持自身及家庭成员基本生活的经济基础，如果再没有救济，其基本的生存就无法维系，其生活就会陷入困境。失业现象的大量存在，不仅直接影响人民的生活，而且事关国民经济的恢复和发展，也必然威胁到社会的稳定和政权的稳固。由此可见，失业不仅仅是一个经济问题、社会问题，更是一个关乎政权存亡的重大政治问题。对此，陈云有着深刻的认识，他说："现在是我们管理国家，人民有无饭吃就成了我们的责任。这个问题，一定要采取慎重的政策。"③

作为安邦之策，如何有效地控制失业人数，不断解决就业问题，减轻因失业而引发的社会动荡，进一步巩固民主政权，逐步安定人民生活，陈云进行了积极的探索。

（二）采取各种措施，积极解决就业问题

陈云始终践行实事求是、注重调查研究的工作作风，针对失业现状，他在调研的基础上，分析了造成失业的原因，并有针对性地采取措施。陈云认为，之所以存在如此庞大的失业群体，虽然不能否认有失业者自身懒惰、生理缺陷等主观因素，但更多地却是因为

① 《建国初期社会救济文献选载》［J］．《党的文献》2000 年第 4 期。

②③ 参见：中央文献编辑委员会：《陈云文选》第 2 卷［M］．北京：人民出版社，1995 年版，第 21、15 页。

重大的社会转型所引发的阵痛而导致的。比如，新旧社会制度的更替使一些私营工商业无法适应而经营困难，以至于破产倒闭；西方敌对势力和蒋介石集团出于对人民政权的仇视，实施经济封锁政策，加剧了工商业的困难；过去依靠帝国主义、官僚买办资产阶级、上流社会人士赚钱的一些高消费的奢侈行业，因社会经济结构调整在解放后被淘汰，从而引发工人失业。弄清原因之后，陈云提出了以下思想主张。

1. 大力发展经济，增加就业岗位。长期的经济工作实践使陈云深刻认识到经济发展对就业的拉动作用。只有生产的充分发展、经济的逐步繁荣，才能给劳动就业提供必要的物质支撑。在他看来，解决工商业困难的首要办法就是“重点维持生产”。[①] 但新中国成立之初，私营工商业的发展却困难重重。除了他们自身的原因外，在我们党内，还存在着置私营工商业困难于不顾，甚至想挤垮他们的“左”的思想和做法。对此，陈云进行了批评和纠正。在他看来，目前的私营经济在促进生产、增加就业，方便人民生活中还发挥着重要作用，绝不能对其进行压制和取消。1950 年 5 月，在七大城市工商局长会议上，他讲到五种经济为什么要统筹兼顾时，指出：“因为私营工厂可以帮助增加生产，私营商业可以帮助商品流通，同时可以帮助解决失业问题，对人民有好处。”[②] 如果我们忽视了目前的生产力状况和私营经济的作用，强行消灭私营经济，单纯依靠国营经济并不能一下子解决失业问题，必须统筹各方，鼓励有利于国计民生的私营工业发展，“既照顾到我们这一边，也照顾到他们那一边。否则资本家的企业就会垮台，职工失了业就会埋怨我们”[③]。党的七届三中全会决定调整工商业，陈云积极领导并参与了对工商业的调整，通过对私人工厂实行加工订货、调整税收等政策，仅仅几个月时间，调整工作就取得了成效。私营工商业户从歇业多、开业少，转变为开业多、歇业少，极大地缓解了失业状

①②③ 参见：中央文献编辑委员会：《陈云文选》第 2 卷［M］. 北京：人民出版社，1995 年版，第 90、92、93 页。

况。“总之，我们要正视目前生产上的困难。只要工人阶级和政府一致起来想办法，困难是一定能够克服的。”①

2. 实施就业安置，关注不同群体。在巨大的社会变革过程中，要想方设法安排好各类人员的就业问题，以保障他们的基本生活，减缓因社会变革而带来的社会动荡，减少不安定因素，维护社会稳定。如果对于工厂的倒闭，工人的失业，像有些人说的“倒就倒吧，迟倒不如早倒”。陈云认为：“这是不负责任的态度。”② 因此，陈云要求各业务部门必须注意，“在掌握国营经济发展计划时，能同时考虑可能发生的失业问题，并预作布置。”③ 我们的就业安置政策，应该注重对各种社会群体的关注。对于工人和其他一般人员的就业，陈云主张通过生产自救、以工代赈和鼓励失业人员向劳动力短缺地区流动等方式予以安置。

对大量的私营批发商、小商小贩的生活，陈云始终予以关注。在他看来，“小商小贩也是一笔财富”，④ 也要予以安排，为此，陈云在为中央起草的指示中强调：“中国私营商业的从业人员数量很大(坐商和摊贩共有七八百万人)，对他们盲目地加以排挤，一律不给安排，不给生活出路，势必增加失业人口，造成社会混乱。”⑤ 因此，必须防止和纠正。要“采取各种办法，使各地的各类小商贩都能获得必需的收入。同时，要把安排小商贩，作为安排全部商业工作的重要部分”⑥。针对小商小贩“因为得不到货源而没有买卖可做”，⑦ 陈云主张通过“让商人搞代理店”⑧，使他们能维持基本生存。

即使对国民党军政机关的工作人员也采取“包下来”的政策。陈云指出：“这些人员中除了少数高级职员，或因本身是官僚，或因在旧社会有特殊地位，不愿为人民服务，或因作恶过多为工人痛恨不能留用者外，其余凡愿为人民服务、忠于职务、不作破坏活动者，都应给以工作。”⑨ 只要他们回到人民的怀抱，作为新中国的

---

①②③④⑤⑥⑦⑧ 参见：中央文献编辑委员会：《陈云文选》第 2 卷 [M]. 北京：人民出版社，1995 年版，第 23、21、189、338、248、312、248、216 页。

⑨ 参见：中央文献编辑委员会：《陈云文选》第 1 卷 [M]. 北京：人民出版社，1995 年版，第 357 页。

一员，新政府都要采取负责任的态度，让他们能生活下去，给他们以出路。

同时，对旧企业的职工和资本家及其家属应该全部安置，给他们饭吃，一般的工资不降低，“不应该让有经营能力的资方实职人员坐‘冷板凳’，而要尽可能地使用他们”①。所以，陈云指出：“对旧人员要训练、改造和使用，这个包袱不能不背，不能光从财政着想。”“全部接收在旧政权下工作过的人员，财政上负担很大。但是，裁了这部分人，让他们失业，没有饭吃，问题更大”。② 同时，他还指出：“包下来的人员，亦不应采取消极的包饭态度，应该有步骤地加以改造和合理使用。”③

3. 加强教育培训，提高职业素养。一是思想政治教育。工人阶级是我们的领导阶级，但同时又是失业的主体，如何能提高他们的思想政治觉悟，理解政府所面临的困境，领会和掌握党的路线方针政策，发扬工人阶级的优良传统，和全国人民一道，众志成城，共渡难关。陈云认为，首先必须教育工人要正确对待私营工商业主。长期的劳资矛盾，使工人对资本家有着强烈的仇视心理，如今当家做了主人，对于还有利于国民经济恢复的民族资本企业，仍然习惯于通过斗争的方法以争取政治权利和维护经济利益。一些私营企业的工人，因不满私营工商业主的剥削，主动辞职，希望到国营企业、大型工厂去工作。这种“左”的思想的存在，一方面使劳资对立更加尖锐，加剧了本已严峻的就业压力；另一方面，使私营工商业处境艰难，影响了国民经济的恢复和发展。为此，陈云做了大量的宣传引导工作。他教育工人“私营资本是中国新民主主义经济的不可缺少的部分”。要求工人“不能单从个人来看，要看整体利益”。工人要尽自己应尽的义务，虽然“教育工人尽义务，要比教育工人享受权利难，但我们一定要这样做”④。工人阶级，尤其是上海的工人阶级没有辜负陈云的期望，他们坚持和党同心同德，政

①②③④ 参见：中央文献编辑委员会：《陈云文选》第2卷［M］. 北京：人民出版社，1995年版，第286、15、64、22页。

治觉悟不断提高，主人翁意识普遍增强。在战胜严重经济困难的斗争中，表现出了高度的政治觉悟和无私的献身精神。在业工人除积极向失业工人捐献钱物外，针对企业资金短缺、原料匮乏、产品积压等困难，主动向资方提出减薪减奖金的方案，使企业逐渐走出困境。

二是专业技能培训。在陈云看来，劳动者的失业，一方面固然和社会转型的阵痛、经济结构调整等客观因素有关；但是，另一方面也和劳动者自身的文化程度、专业水平、业务能力等整体素质普遍较低有关。“要建设好我们的国家，提高广大人民的生活水平，需要发展工业，这就需要技术。”① 而如何使工人很快地掌握技术，“这就要求我们大大地加强培训工人的工作”②。针对第一种情况，陈云认为，随着市场需求和公私关系的改变，“私人方面要有加有减，有的行业要发展，不合社会需要的行业要倒台，要转业”③。企业的转业必然需要职工的转业。根据生产和建设的需要对职工进行转业培训，拓宽其就业技能，以胜任新的工作。针对第二种情况，陈云认为职工要适应大规模经济建设，“一定要用先进的教学方法来训练他们”④，尽快提高其业务技能。对企业生产需要的大量技术人员、熟练工人的缺乏，他指出：“熟练工人现在也不够用了。开个工厂，一定要有一些熟练工人，所以要进行训练。”⑤虽然条件还不具备，暂时还不能举办专门的学校，但“现在可以先办一些训练班、补习班、补习夜校”⑥。要培训，就需要资金的支持，对培训经费的短缺，他深感忧虑：“这两年教育经费很少，长此下去很难维持。”⑦培训工作不可能一劳永逸，所以，陈云指出：“今后凡是有间隙时间，就应该进行整训。”⑧他还结合行业

---

①③④⑤⑦ 参见：中央文献编辑委员会：《陈云文选》第2卷［M］. 北京：人民出版社，1995年版，第46、176、183、137、137页。

②⑧ 参见：中央文献编辑委员会：《陈云文选》第3卷［M］. 北京：人民出版社，1995年版，第118、118页。

⑥ 参见：中央文献编辑委员会：《陈云文选》第1卷［M］. 北京：人民出版社，1995年版，第385页。

特点和岗位要求，针对不同的工种提出了不同的培训办法，提高了就业培训的针对性和实效性。陈云关于就业培训的一系列政策主张，不仅提高了职工的技术水平，缓解了新中国成立初期技术人员缺乏的状况，也为推动我国工业化建设提供了重要的人才支持。

4. 进行失业救济，保障基本生存。失业问题的解决是一个复杂的系统工程，它最终必须借助于生产的发展，经济的繁荣，但在经济不可能短时间恢复并发展的情况下，救济工作虽为治标之策，但其意义却非同寻常。新中国成立初，针对严重的失业问题，党和政府多管齐下，在积极实施就业安置的同时，也不遗余力地开展失业救济。1950 年 6 月，政务院颁布《关于救济失业工人的指示》，要求各级政府和工会组织采用以工代赈、生产自救、发放救济金、组织转业教育训练等多种方式救济失业工人。1950 年 5 月，在上海等七大城市工商局长会议上，陈云就提出："对于失业工人，我们都要给以救济，不要使他们闹架。救济也花不了多少钱，市场恢复以后他们就会找到职业。"① 陈云提出的失业救济并不是单纯的物质救济，而是将救济工作与经济的恢复与发展结合起来。1950 年 6 月，在政协一届二次会议上，他指出政府应该"有重点地举办失业救济，尽量把失业者组织起来参加国家公共工程，例如兴修水利、修建市政工程等"②。除此而外，一般性的失业救济应该由工人、工会、资本家共同协商解决，"对那些一定要倒的工厂，工人、工会、资本家要好好协商，如何协助失业工人渡过困难"③。

陈云始终以负责任的态度来对待失业救济，救济的对象不仅包括现在失业的，也包括新中国成立前失业的，甚至还包括资方人员的家属。他说："资方家属原来在企业中参加辅助劳动的，现在企业要尽量录用，用不了的由专业公司想办法，组织厂外加工或做一些临时工作。如果还不能解决，政府应与工商联、专业公司一起共

①②③　参见：中央文献编辑委员会：《陈云文选》第 2 卷［M］. 北京：人民出版社，1995 年版，第 181、104、21 页。

同商量，找出办法，专门进行救济，解决困难，不能让小孩子没有饭吃。”① 为了使失业救济有足够的经费保证，陈云强调指出，要在全部失业救济金使用完后，“不足之数，可以把劳动就业金调用一部分”②。

经过新中国成立后两年多的努力，失业问题得到了较好的解决。但是，陈云同时依然强调指出：“中国的失业问题我看还没有完全解决。是不是可以想一个干脆的办法，一下子解决这个问题呢？不可以。”③在此，陈云清醒地意识到，我国失业问题的彻底解决，还需要一个长期的过程，任重而道远。

二、减轻民负是社会稳定的首要一环

中国是一个传统的农业大国，在中国各阶层中，农民的负担向来最重。历朝历代的农民起义，无一不是统治者横征暴敛的结果。农民作为中国革命的主力军和无产阶级最坚强的同盟军，陈云曾动情地说道：“现在要研究有什么利可让农民得，农民有什么利益要我们去保护。”④ 这里的减轻民负，主要就是减轻农民的负担。具体措施表现在以下几个方面。

（一）减少农业税

无论是中国革命的成功，还是新中国成立后的社会主义建设，农民阶级都为此付出了巨大的代价。在陈云看来，这是一件非常无奈的事情。新中国成立初期，他曾说道：“现在我们国家的经济还很困难，干了二十多年革命，还要苦一段时间。农民的负担，不但不能减少，还要增加一点。这都是不得已的办法。”⑤同时，陈云又不无担忧，他指出：“过去在税收工作中，对税率的大小是否超过人民的负担能力，也就是说轻重是否适度，没有过细考虑。”⑥而这些税收“大部都落在农民头上，农民会不会不满意？这是必须考虑

①②③⑤⑥⑦ 参见：中央文献编辑委员会：《陈云文选》第2卷［M］. 北京：人民出版社，1995年版，第305、190、176、115、95、118页。

④ 参见：中央文献编辑委员会：《陈云文选》第1卷［M］. 北京：人民出版社，1995年版，第324页。

的"[7]。所以，在尽可能的条件下，不断减轻农民的税收负担，是我们在今后的工作中必须予以重视的。

陈云一向认为，向农民征税必须考虑农民的支付能力，不能影响农业生产。1952 年 4 月 19 日，陈云在《关于财政经济问题的报告》中指出，将来的税收究竟征多少，这就首先要考虑农民的支付能力。1950 年 6 月，在全国政协一届二次会议上，他明确提出："为着照顾目前农村经济的情况，鼓励农民的生产积极性，适当地减轻农业税。""只向主要农产品征税，凡有碍发展农业、农村副业和牲畜的杂税，概不征收"。[1] 而且还提出，农业税应以通常产量为固定标准，实现单一的定额农业税。对于农民努力耕作而超过标准的部分不应加税，做到增产不增税。对农村中的交易税，应确定恰当的起征点，很小数量的交易，如农民养鸡、养羊，卖几个鸡蛋，则不应征税。这样就可以减轻农民负担，鼓励农民生产的积极性。"至于税率，我看在三五年内，一般的不提高，一部分还可能略为降低一点。"[2]

陈云认为，不断减轻农业税收负担，不仅仅是一项单纯的经济工作，而且是一项重大的政治工作。农业税从表面看是一个税收问题，实际上反映了国家与农民在农业剩余产品上的分配关系，说到底，这是一种利益关系，它体现了国家对待农民的政策取向。所以，我们必须从广大农民的切身利益出发设计税制。正是在陈云轻税思想的指导下，"一五"期间我国的农业税负担逐步减轻，并且保持相对稳定。

(二) 缩小工农业产品价格的剪刀差，确定合理的农产品价格

在一个农业大国进行工业化建设，庞大的建设资金从哪里来？有的同志提出，通过扩大工业品与农产品交换的"剪刀差"来筹集资金，但这势必加重农民的负担，影响到农民的利益。对此，陈云坚决反对。陈云认为，在旧中国，农民的粮食作为商品粮食和工业原

---

①② 参见：中央文献编辑委员会：《陈云文选》第 2 卷［M］. 北京：人民出版社，1995 年版，第 108、95 页。

料，曾经是地主、商业高利贷资本和帝国主义实行压价收购的对象，"'丰收成灾'、'谷贱伤农'，是中国农民历来的痛苦"①。新中国政府是人民的政府，应该保护农民的利益不受侵害。新中国成立前夕，陈云已经从政权建设高度认识到价格政策的重要性，他说："讨论价格政策，最重要的是工农业产品比价。工农业比价实质上是无产阶级领导的人民政权同农民的关系问题。"② 所以，"价格政策很重要，必须注意研究掌握。"③ 而"剪刀差"现象作为工农业产品价值的不等价交换，陈云认为这实际上是对农民的一种掠夺。"剪刀差"不仅不应扩大，相反还应缩小。"至于缩小工农业产品价格的剪刀差，这是我们的目标，共产党的政权必须这样做，不能忘记。"④通过缩小"剪刀差"，有效地保护了农民利益，增加了农民收入。

在农副产品的收购上，陈云还指出，国家要确定合理的价格，因为"农产品的收购价格——是指挥农业生产的一个工具。——对农民来说，收购价格应该是合理的、适当的。不要使农民感到又要计划收购，又是杀价"⑤。为了保证在农产品丰收以后，不因价格波动而使农民利益受损，进而挫伤农民生产的积极性，他强调指出："如果因为一时供过于求而各个收购单位企图压价，供销合作社应该以正常价格照常收购，使农民不受压价的损失。"⑥

（三）多留少取，让农民休养生息

新中国成立初期，为了真实了解老百姓的疾苦，1952 年，陈云曾委托北京师范大学附中的一名学生于暑假期间，在青浦县小蒸乡对农民负担情况进行社会调查，结果表明由于接连三年农作物歉收、征粮比率过高和人多地少，造成农民生活普遍困难的情况。陈云将材料报送毛泽东，引起了毛泽东的高度关注，专门给时任中共

①⑤　中央文献研究室：《陈云文集》第 2 卷［M］. 北京：中央文献出版社，2005 年版，第 284、459 页。

②③④　参见：中央文献编辑委员会：《陈云文选》第 2 卷［M］. 北京：人民出版社，1995 年版，第 17-18、18、194 页。

⑥　参见：中央文献编辑委员会：《陈云文选》第 3 卷［M］. 北京：人民出版社，1995 年版，第 9 页。

中央华东局主要负责同志发电，要求调查农民公粮及其他负担的实情，并召开会议讨论解决。对过去因负担太重无以为生的农民，必须切实解决救济问题；同时，要求粮食征购上，坚决不能超过中央规定的比率，从而大大减轻了民负。

20世纪60年代初，受“大跃进”和人民公社化运动的影响，再加上连续的自然灾害，农业大面积减产，农民负担再次加重，生活极度贫困。在粮食等农产品收购问题上，陈云坚持认为，松一点比紧一点好。“宁可少购一些，给农民多留一些”，① “收购农产品，手不要太狠，要注意改善农民生活，调动农民生产积极性。”② 同时，陈云指出，在主要农产品粮食的收购上，为了减轻农民负担，应该进口一些粮食。他说：“进来粮食，就可以向农民少拿粮食，稳定农民的生产情绪，提高农民的积极性。”③ 中央采纳了陈云的建议，决定从1961年进口粮食。“文化大革命”结束后，面对国民经济严重衰退的局面，为了减轻农民负担，让农民休养生息，1978年，陈云再次建议进口粮食。对农民负担的减轻，满足了农民群众基本的生存需求，也稳住了农民这一大头。

三、实施灾荒救济，减缓社会震荡

新中国成立伊始，百废待兴，还顾不上医治战争创伤，天灾又接踵而至，尤其是水灾最为严重。长期的战争破坏，使水利设施大部被毁，大大减弱了抗灾能力。上千万公顷农田受灾，成千上万的灾民流离失所。频频发生的自然灾害，严重威胁着人民群众的生命财产安全，也影响着新生政权的稳固。在长期领导经济建设的实践中，陈云始终把灾荒的防治与救济作为民生关怀的首要一环。他说：“像中国这样大的国家，水灾可能每年都会有，在预算里头每年都要列上一笔救灾经费。”④ 陈云指出应该采取政府救济

---

①②③ 参见：中央文献编辑委员会：《陈云文选》第3卷［M］. 北京：人民出版社，1995年版，第155、156、157页。

④ 参见：中央文献编辑委员会：《陈云文选》第2卷［M］. 北京：人民出版社，1995年版，第141页。

和组织人民生产自救的方式，最大限度地减少各种灾害带来的损失。

（一）政府救济

针对新中国成立前历次大灾都会引起大量的灾民死亡的情况，陈云确定了救灾工作的基本底线，“我们的方针，力争不饿死人”①。以保证人民的生命安全。在陈云的救灾措施中，首要的最紧迫的就是保证最重要的救灾物资——粮食的供应。为此，在陈云的直接领导下，实施了跨地区的全国性粮食大调运。他认为，“只要统一调度而又谨慎从事，则全国主要地区的粮食市场，是可以稳定的”②。粮食大调运主要从去年收成较好又有余粮的省区，或因有余粮但交通不便的地区，在保证当地粮食需求的基础上，动用各种方法运出公粮接济灾区和大城市。运费成本很大，几乎和粮价持平，但运费不少都被灾民和农村的剩余劳动力取得了，这同时实现了“一面运粮，一面救灾”。只有通过这样的调度和部署，“才能供应全国的粮食需要”。而且，“对全国有必要，对余粮区的农民也有利。”③然而，有的地方领导从局部利益出发，阻止粮食外运。陈云严厉指出：“现在，若湖南粮食不调出，江西粮食不调出，灾区就可能出乱子。”在这非常时期，为了维护人民利益，他主张采取非常手段，“谁阻止粮食外运，就砍谁的头”。④ 由于陈云的高度重视和严密的组织部署，灾区的粮食救济取得了显著成效。据统计：1950 年用于救济灾民的粮食共计十五亿三千二百六十四万斤。⑤“国家以如此大量的粮食供应城市，这在中国历史上还是第一次。”⑥同时，陈云未雨绸缪，居安思危，他说：“我常常想，我们在粮食方面要做一点保险工作。”他主张在丰年的时候，“为了应付水旱灾害，要注意储备粮食”，⑦以保障老百姓有稳定的生活。

---

①②③⑥⑦ 参见：中央文献编辑委员会：《陈云文选》第 2 卷［M］. 北京：人民出版社，1995 年版，第 43、159、81、82、141 页。

④⑤ 中央文献研究室：《陈云传》上卷［M］. 北京：中央文献出版社，2005 年版，第 672、672 页。

（二）生产自救

除了政府救济外，陈云还鼓励灾民积极开展生产自救。1949年12月，政务院颁布《关于生产救灾的指示》，强调在灾害已经形成时，生产救荒比单纯的调运粮食、赈济更加有效。对此，陈云明确指出："我们救济灾民，重点是组织灾民生产自救。政府的救济粮食是用在协助灾民进行各种生产上面，而不是只管发放不管生产的单纯救济办法。"① 各地要结合当地实际，"靠山吃山、靠水吃水"，充分利用现有资源，引导灾民不要盲目外出逃荒，而要开展多种形式的副业生产，积极实施生产自救。

除了治标的应急救济之外，陈云认为，要抵御自然灾害，增强农业的抗灾能力，保证农业丰产又丰收，满足城乡物资交流，应把大力发展基础设施建设作为治本之策，尤其是水利设施和交通运输。1951年4月4日，陈云在《一九五一年财经工作要点》中指出："我们在水利方面花了很多钱，这是应该的，因为人民的政府就应该使荒年比从前减少。"② 而且，"今后搞水利，要既能防止水灾，又可灌溉，又利交通，又能发电。"③ 同样，还要大力发展交通运输，因为"运输是全国经济的杠杆。我们要重视水路运输，支援铁路运输的恢复和发展。……要不惜人力财力保证完成。"④ 为此，他把大力加强水利设施建设和发展铁路交通运输作为政府工作的重点常抓不懈。

四、改善社会福利，构筑保障民生安全网

陈云曾在1932年主持全总党团工作，1933年出任中共苏区执行局福利部长，1948年担任中华全国总工会主席。无论是领导白区的农运、工运工作，还是负责苏区的工会工作，在有限的历史条件下，陈云都十分重视维护职工的福利待遇。新中国成立后，他在领导经济建设的实践中，尤其重视职工福利的改善，形成了丰富的

---

①②③④ 参见：中央文献编辑委员会：《陈云文选》第2卷［M］．北京：人民出版社，1995年版，第82、130、135、17页。

社会福利思想。

（一）加强副食品供应，保障基本的民生之需

肉类、蛋类、鱼类、豆类和蔬菜等副食品能给人体提供丰富的蛋白质、脂肪、维生素和无机盐等营养物质，对人体健康有重要的作用。为了给人民提供必须的、营养卫生的食品，陈云强调，除了狠抓粮食生产和供应外，“今后必须增加副食品的生产”①。1953 年 11 月，陈云在给中央的报告中写道，过去在迫不得已的情况下，国营商业部门将经营重点放在粮食、纱布、重要百货等主要的、基本的生活必需品上，对副食品的经营重视不够，而“今后随着经济发展，人民生活水平提高，国营商业除继续重视粮、布、主要百货外，对城市副食品的经营要有计划地管起来”②。因为，在陈云看来，“副食品的供应，关系广大劳动人民的日常生活”③。“如果放松了对副食品的经营和对市场的管理，便会发生供求失调，价格波动，直接影响居民生活。”所以，“加强副食品的经营，已成为国营商业急不可缓的任务。”④ 那么，如何才能搞好副食品的生产和供应呢？陈云指出，农业部门“在不影响粮食增产的前提下，应适当增加畜产品、蔬菜、水果等的生产，并应加强对猪疫的防治”⑤。为此，农业部应作专门的调查研究和部署安排。而对商业部门来说，“必须把副食品列为经营重点之一，与合作社密切结合起来，逐步增大副食品的批发、零售及经营品种，达到足以保证城市及工矿区的供应”⑥。同时，要成立统筹副食品供应的专业机构，“中央商业部应成立全国食品公司，负责统筹副食品的收购、市场供应和出口”⑦。

社会主义改造基本结束以后，我国进入全面建设社会主义的新时期，人们更多注意工业生产和基本建设，只想多盖工厂，发展工业，而忽视群众生活，陈云对此充满了担忧。1957 年，陈云在十三省、市蔬菜会议上作了《一定要把蔬菜供应问题解决好》

①②③④⑤⑥⑦　参见：中央文献编辑委员会：《陈云文选》第 2 卷［M］. 北京：人民出版社，1995 年版，第 229、227、227、223、229、227、227-228 页。

的专题讲话，他深刻地指出："只注意建工厂，不管职工吃的，那怎么行？……我看，蔬菜和其它副食品的供应问题，其意义决不在建设工厂之下，应该放在与建设工厂同等重要的地位。"① 在陈云看来，"吃菜的问题是个大问题。吃粮食解决了，吃肉解决了，蔬菜也是个大问题"②。为此，他强调指出："保证蔬菜供应，稳定蔬菜价格，是城市人民的普遍要求。购买力愈低的人，对这个问题就愈关心。"③因此，为了保障蔬菜的生产和市场供应，他提出，要不断改进各大城市、工矿区的蔬菜供应。一是"每一个城市都要按照人口的需要，维持相当的蔬菜播种面积。"④其中，大中城市除了靠郊区生产蔬菜外，还必须另有蔬菜生产基地，保证各地蔬菜要做到自给自足。二是在经营方式上，减少蔬菜购销的中间环节，"让农民和城市里的菜贩子直接交易"。⑤三是"菜贩合作化以后，合作的单位要小。"⑥做到自主经营、自负盈亏，以提高他们经营的积极性。陈云还特别强调要保护菜农的利益，不能"菜贱伤农"，要使农民有利可图。"总之，城市的蔬菜供应是件大事，我们要千方百计把这个问题解决好。"⑦

除了狠抓蔬菜的生产和供应外，对事关百姓生活的猪肉、油脂、蛋类、鱼类的生产和供应，陈云也格外关注。1956 年底，为贯彻落实八届二中全会关于解决猪肉供应紧张的问题，陈云做了以下三方面的工作：一是发展养猪生产；二是调整猪肉供应办法；三是减少猪肉出口，以解决猪肉问题。为了满足人民的食油供应，在八届二中全会上的报告中，陈云提出，要通过各省之间的食油调配、增加农业合作社的油料播种面积、加强土榨油坊的技术改造以提高出油率、减少油脂的出口等措施，不断缓解油脂的供应。其实，早在 1953 年 11 月，陈云在给中央的报告中，就指出："食油供应紧张，不是一时的现象，而是较长时期带根本性的困难问

---

①③④⑤⑥⑦ 参见：中央文献编辑委员会：《陈云文选》第 3 卷［M］. 北京：人民出版社，1995 年版，第 64、64、22、22、23、67 页。

② 中央文献研究室：《陈云文集》第 3 卷［M］. 北京：中央文献出版社，2005 年版，第 473 页。

题。”[①] 当时，陈云就认识到，“解决今后食油困难的根本办法，是增加生产。为此，应积极提高各种油料作物的单位面积产量，并扩大菜籽的播种面积，充分利用未耕沙地多种花生。对不影响粮食产量的油料，如茶油籽、葵花籽、大麻籽等，应尽可能增加生产。”[②] 为此，要求农业部提出具体办法，并加强对增产油料作物的领导。商业部需酌量提高油料的收购价格。

在提出以上措施缓解猪肉、食油供应紧张问题的同时，陈云还提出从其他副食品方面想办法。比如，“增加鸡、鸭、鹅、兔子、鱼这些不用粮食或者少用粮食的家禽和鱼类的养殖。”通过建造一些冷藏仓库，“调整副食品的季节供应”，[③] 调剂余缺。将旺季容易变质的鸡蛋、鱼、水果等收购后冷藏起来，以保障淡季供应。

20 世纪 60 年代初期，国民经济遭遇严重困难。由于缺少肉、蛋、油脂和其他副食品，城市居民普遍营养不良，许多人患上浮肿病，陈云忧心如焚。针对这一问题，陈云在广泛调查研究基础上，多次召集有关食品营养方面的专家进行座谈，寻求解决办法。最后大家普遍认为，在有限的条件下，黄豆是解决浮肿、补充营养的最佳食品。而我国东北又盛产黄豆，可以满足全国大中城市的六千万人每人每天一两大豆。但人的营养仅靠植物蛋白远远不够。为了能补充动物蛋白，1962 年 3 月 7 日在中央财经小组会议上，陈云提出：“可不可以拨一点钢材，制造一些机帆船，增添一些捕鱼网具，让水产部门出海多捕一些鱼?”[④] 让每人每月有半斤鱼吃。为了保证这一政策能落到实处，他进一步指出：“增产鱼的指标和措施，必须从今年开始列入年度计划。这个问题，只要切实安排，是可以解决的。”[⑤] 除了每人每月补充半斤鱼外，他还指出：“到明年年底，大中城市的六千多万人，每人每月可不可以增加半斤肉?”[⑥] 为此，必须一要保证猪的收购；二要合理分配，哪怕是“压缩一部

---

①② 参见：中央文献编辑委员会：《陈云文选》第 2 卷［M］. 北京：人民出版社，1995 年版，第 218、220 页。

③④⑤⑥ 参见：中央文献编辑委员会：《陈云文选》第 3 卷［M］. 北京：人民出版社，1995 年版，第 22、209、209、209 页。

分出口”。这样的话，鱼、肉两项，五口之家一个月就有五斤，基本可以满足人民的需求。

陈云的一生始终关注老百姓最基本的民生之需，尽管经过多方努力，取得了一定的成效，但他依然指出：“一定要看到，副食品供应紧张，将是一个比较长期的问题。”① 即使到晚年，他仍然关心人民群众的吃饭问题。1985 年 6 月，在听取了有关人员对食品工业生产的研究情况汇报后，欣然题词：“民以食为天，向人们提供营养、卫生、方便、实惠的食品，有利四化建设。”② 以此勉励食品工作者以增进人民群众的营养和健康为己任，不懈努力。1988 年 2 月 28 日，陈云又为《吃的选择》一书题词：“民以食为天，人民吃的如何是关系国运昌盛的大事。”③

（二）注重医疗卫生，加强疾病防治

陈云除了关心人民的饮食外，还特别注重加强对各种疾病的防治，以保证人民身体健康。这一点突出表现在对“血吸虫病”的防治上。血吸虫病是旧中国遗留下来的、严重危害人民身体健康、甚至吞噬人民生命的“瘟神”，人民群众深受其害。1955 年，党中央发出了消灭血吸虫病的号召。1957 年 3 月 28 日，陈云到江南农村了解灾情，调研血吸虫病的防治工作。他的家乡青浦是全国十个血吸虫病严重流行县之一，他此行的第一站就是青浦。在认真听取地方领导的汇报后，陈云语重心长地告诫大家：“我们共产党员要关心群众疾苦，消灭血吸虫病，为子孙后代做好事。如果让血吸虫病蔓延下去，会影响民族的繁荣和群众的生产、生活，合作社也不能巩固，这是政治问题。”④ 临别时他反复叮咛地方上的同志，防治血吸虫病的工作一定要做好。家乡人民没有辜负陈云的殷切期望，

① 参见：中央文献编辑委员会：《陈云文选》第 3 卷［M］. 北京：人民出版社，1995 年版，第 22 页。

② 中央文献研究室：《陈云年谱（1905-1995）》（下卷）［M］. 北京：中央文献出版社，2000 年版，第 380 页。

③ 《人民日报》［N］. 1988 年 12 月 18 日。

④ 《缅怀陈云》［M］. 北京：中央文献出版社，2000 年版，第 704 页。

开展了一场围歼血吸虫病的人民战争。1983 年，青浦彻底消灭了血吸虫病。1984 年国庆期间，陈云为地方病防治工作题词：“做好地方病防治工作，提高民族素质，为民造福。”除了重视疾病防治之外，陈云还十分重视对人民群众进行健康知识的普及教育。1987 年 9 月 23 日，在人民卫生出版社建社三十五周年之际，陈云要求该出版社努力做好保健知识的宣传工作，并为之题词：“做好医药卫生的出版工作，为四化建设服务”。①

（三）重视教育，提高教师的地位和福利待遇。

百年大计，教育为本，陈云深刻地认识到教育的重要性。他说：“办好中小学教育是关系到提高中华民族素质的一项根本大计，是与祖国繁荣富强联系在一起的。现在中小学教育办得怎样，将决定二十一世纪中国的面貌。”②

为了搞好教育，陈云主张加大对教育的投入。教育作为一种智力投资，收效缓慢，不会立竿见影，但却是一个民族的百年大计，它所带来的经济价值要到若干年后才能体现出来，它的回报比任何其他投资都高。1983 年，政协委员千家驹将自己的一篇文章《把智力投资放在第一位》邮寄给陈云，建议国家应加大对基础教育的投资力度，将全部民办小学改为公办小学，民办教师改为公办教师，以保证义务教育的实施。陈云对此非常赞同，也非常重视，当即批转主持中央和国务院工作的领导同志。并在批注中指出，这个建议十分重要，很有远见，希望计委、教育部等有关部门加以研究，提出方案，在中央书记处会议上专门讨论。③ 在陈云等人的积极推动下，国家逐步加大了对教育的投入。

重视教育，还要不断提高教师的社会地位和福利待遇。1984 年 9 月，《人民日报》登载了一篇文章《值得忧虑的一个现象》。文中指出，由于教师的地位和工资待遇不高，导致教师这一职业在社会上并不受欢迎，高中毕业生在填报高考志愿的时候，很少有人

---

①②③　中央文献研究室：《陈云年谱（1905-1995）》（下卷）[M]. 北京：中央文献出版社，2000 年版，第 405、392、319 页。

把师范院校作为第一志愿。这篇文章对陈云触动很大，他认为，日本和西德两个二战的战败国能够迅速崛起，根本原因在于对教育的重视，对教师的尊重。于是，他委托秘书朱佳木转告中央有关领导同志，“要继续想办法帮助教师主要是中小学教师解决一些实际问题，提高他们的社会地位，使教师真正成为社会上最受人尊敬，最值得羡慕的职业之一”。① 他曾利用春节邀请中小学和幼儿园教师代表到家中做客，也曾鼓励被分配在国家机关工作的女儿重回教师岗位，以实际行动激发每一位教师对职业的热爱，唤起全社会对教师的尊重。在对国务院关于国家机关和事业单位工资改革方案送审稿的批示中，他郑重指出：“对中小学教师，不仅要有工龄工资，而且要使他们的工资标准，比同等学历从事其他行业的人略高一点才好。”② 陈云的批示得到了有关部门的高度重视，中央财政拨出十几亿元专项资金，从1985年1月1日开始，为全国几百万中小学教师增加工资。1985年9月10日，全国的教师们也终于迎来了属于自己的节日——“教师节”。

（四）重视劳动福利，维护劳动者的基本权益

陈云曾经说过，“在人民企业中，一切劳动者都是企业的主人翁”③。而在一个人民当家做主的国家里，“工人不仅是工厂的主人，又是国家的主人”④。要体现劳动者是企业的主人、国家的主人，就必须保障劳动者必要的福利待遇，维护他们的合法权益。

一是让劳动者“劳有所居”。我国长期实行计划经济，住房上没有实现商品化，而是采取集中建房或买房，再以实物形式分配给

---

① 转引自《回忆陈云同志晚年对知识分子和教育事业的关心》《教学与研究》2005年第5期。

② 中央文献研究室：《陈云年谱（1905-1995）》（下卷）［M］. 北京：中央文献出版社，2000年版，第364页。

③ 参见：中央文献编辑委员会：《陈云文选》第1卷［M］. 北京：人民出版社，1995年版，第358页。

④ 参见：中央文献编辑委员会：《陈云文选》第3卷［M］. 北京：人民出版社，1995年版，第380页。

职工使用。这种住房分配制度适应了我国当时经济发展的状况。改革开放初期，国家用于住房补贴一年共计有二百多亿元。有人认为，应取消或减少住房补贴。对此，陈云有自己的看法，我国实行的低房租、高福利的住房分配制度，“从微观经济看，这是不合理的，似乎是不按经济规律办事。但我国是低工资制，如国家不补贴，就必须大大提高工资”①。陈云认为，低房租、高福利和高房租、高工资“究竟哪种办法好？我看现在还是国家补贴、低工资的办法好。不补贴，大涨价，大加工资，经济上会乱套”②。在他看来，从中国目前的实际出发，住房补贴必须保留。1980 年，陈云就明确提出，“按经济规律办事，这是一种好现象。我们国家是以计划经济为主体的。对许多方面，在一定时期内，国家干预是必要的。”③ 1990 年 6 月，在同中央负责同志谈话的时候，他又说到，从根本上取消补贴是不可能的，即使是发达的资本主义国家，对某些产品也是实行补贴的。而“在我国，还是低工资、高就业、加补贴的办法好。这是保持社会安定的一项基本国策”④。对于现代化建设需要的有专长的人才，陈云非常关心他们的住房问题，指出：“尽管国家现在有困难，也要花点钱，编一个经费概算，主要用于整理和印刷费用，包括解决办公室、宿舍等费用，为专门人才创造较好的工作条件和生活条件。”⑤

二是让劳动者“劳有所得”。必要的劳动报酬是对劳动者劳动成果的尊重，是调动劳动者积极性的前提，是维持劳动力再生产的基础。陈云早在中央苏区时，就深刻地指出，苏区党和工会内忽视工人经济斗争，“是由于他们不了解，只有工人的经济地位改善了，才能提高工人的觉悟，发挥工人参加革命的积极性”⑥。为了更好

---

①②③④ 参见：中央文献编辑委员会：《陈云文选》第 3 卷［M］．北京：人民出版社，1995 年版，第 278、278、278、376 页。

⑤ 中央文献研究室：《陈云年谱（1905-1995）》（下卷）［M］．北京：中央文献出版社，2000 年版，第 273 页。

⑥ 参见：中央文献编辑委员会：《陈云文选》第 1 卷［M］．北京：人民出版社，1995 年版，第 8 页。

地领导工人运动，他经常到基层工会进行调研，广泛听取工人们的意见。在斗争中，他既反对脱离实际，片面要求提高工资的“左”倾错误，又坚决抵制忽视工人经济斗争，忽视改善工人生活的右倾错误。1948 年 8 月在东北工作期间，他在给中央的报告中，指出：“东北在公营企业中犯过的主要错误，不在过高的工人待遇，相反的，注意工人必要的待遇还不够。”① 由于东北粮价飞涨导致工人实际收入下降，在讨论提高职工工薪标准问题时，他要求必须充分考虑到职工的家属和所处的地域环境等客观条件。他说：“工资问题需要妥善解决。沈阳（连抚顺、本溪）有公教职工约十五万人，如不注意工资问题，则人心不定。”② 为此，在陈云领导下，一方面积极采取措施抑制物价上涨；另一方面，通过提高工薪的实物支付比例，以保障职工的生活水平不受物价上涨的影响。1950 年 6 月，用于支付的实物开始降价，又导致工薪阶层的实际收入减少，生活水平下降。针对这种情况，陈云又提出以货币工资制取代实物工资制。

新中国成立后，如何解决旧社会遗留下的大量“资方人员”的生存问题，陈云指出：“我们认为，所有原来在企业中吃饭的人，还应该允许他们继续工作，要有饭吃，这是必需的。”③ 在社会主义改造时期，要保障合作化以后，公私合营、合作企业的职工劳动收入，不低于入社以前的，陈云指出：“应该在努力生产、改善经营的基础上，做到比合作化以前的劳动收入有所增加。”④ 针对有些合作社提取公积金过多，而使社员收入比入社前有所减少的现象，陈云认为，要避免这种情况，“就应该减少公积金来增加社员的工资。……把工资增加到适当的程度”⑤。针对社会主义改造以

①② 参见：中央文献编辑委员会：《陈云文选》第 1 卷［M］. 北京：人民出版社，1995 年版，第 370、377 页。

③ 参见：中央文献编辑委员会：《陈云文选》第 3 卷［M］. 北京：人民出版社，1995 年版，第 37 页。

④⑤ 参见：中央文献编辑委员会：《陈云文选》第 2 卷［M］. 北京：人民出版社，1995 年版，第 317、317 页。

后，出现的公私合营企业和国营企业在工资标准问题上的不统一现象，1956年6月18日，在一届人大三次会议上，陈云指出，有关部门应在当年的下半年，制定出一个方案，并确定调整的方针是"公私合营企业职工的工资同当地同类国营企业职工的工资相比，高了的不降低，低了的根据生产情况和企业的可能，分期地、逐步地增加"①。根本原则是不能因为工资的调整而使职工的生活水平下降。

对于有一定专长的技术人员，陈云非常重视对他们的工资及福利待遇保障问题。在陈云看来，"技术人员是实现国家工业化不可缺少的力量"，② 所以，"对技术人员要采取信任的态度，在物质上也应有必要的保证，不要使他们有家庭之累。"③ 为了调动他们的积极性，不断提高劳动生产率，陈云指出："对商品的设计人员，像工厂的工程师，时装店的设计师，要给予奖金。"他还举例指出，上海的一家皮鞋店，对设计师设计的皮鞋，每卖出一双就给五分钱奖励。如果每年卖一万双，除工资外，就可以得五百元。对此，陈云认为："这个办法很好，可以起到鼓励的作用。其他商品也都应该建立奖励制度。"④

1982年夏天，北京航空学院一位党员教师和全国政协分别做了两份调查报告，反映中年知识分子生活、工作负担重，但工资收入低，很多人健康水平下降的状况，陈云看到后，立即给中央政治局各位常委写了一封信，提出要改善中年知识分子的工作条件和生活条件。陈云郑重地指出："我认为，这是国家的一个大问题，确实要下大的决心，在今明两年内着手解决，不能再按部就班地搞。"⑤ 陈云认为，我们的现代化建设要靠他们，"生产、科研、教育、管理部门的知识分子，是任何一个工业化国家最宝贵的财富。……因此，我们把钱用在中年知识分子身上，是划得来的，

---

①②③④ 参见：中央文献编辑委员会：《陈云文选》第2卷［M］. 北京：人民出版社，1995年版，第316、45、46、301页。

⑤ 参见：中央文献编辑委员会：《陈云文选》第3卷［M］. 北京：人民出版社，1995年版，第312页。

是好钢用在刀刃上"。[1] 在陈云看来，这批人只有四百八十万，如果每人每月给他们增加二十元，要分两年提高的话，当年只需要七八亿元，今后一年也不过十二三亿元。现在一年的基本建设要用五百多亿元，所以，"改善他们的工作条件和生活条件，应该看成是基本建设的一个'项目'，而且是基本的基本建设"。[2] 而且，他还从国家和民族长远发展的大局来看待知识分子的作用。他说："应该向人民讲清楚，脑力劳动和体力劳动不一样，脑力劳动者比体力劳动者、受教育程度高的人比受教育程度低的人在工资收入上高一些，这是合乎社会主义经济规律的，也是合乎人民长远利益的。不这样做，我们的科学技术不可能上去，生产力也不可能上去。"[3]

三是保证劳动者必要的休息权。休息权对于维护劳动者的身体健康、保证劳动力的再生产至关重要。"我们应该领导工人坚持要求八小时工作和星期日休息，因为这是工人阶级的基本要求，不能放松"。[4] 为了保障职工的休息权，早在 1933 年陈云领导制定的劳动合同中，就明确提出工人"工作时间以八小时为标准"、"工人工作六天，休息一天"、"每年例假照劳动法规定执行，不扣工资"。对于在外地工作的工人，"每年另外可以回家两个月，照发工资；如不回家者，雇主津贴工资一个月"[5]。并通过劳动合同来保证休息权落到实处。新中国成立后，在全面建设社会主义时期，由于基本建设投资加大、速度加快，各单位工作中普遍存在着延长工人劳动时间的现象。1958 年 12 月 26 日，在全国基本建设工程质量杭州现场会上，他明确要求："从现在起，必须规定工人每天有八小时的睡眠时间；对高空作业的工人，在今后几个月内，必须逐步做到每日工作不超过八小时；目前还不能做到的地方，每天工作最多也不能超过十小时。如果人数不够，必须训练新工人，不能用延长工作时间的办法来解决。"[6] 对职工基本休息权的维护，既保证

---

①②③ 参见：中央文献编辑委员会：《陈云文选》第 3 卷［M］. 北京：人民出版社，1995 年版，第 312-313、312、312-313 页。

④⑤⑥ 参见：中央文献编辑委员会：《陈云文选》第 1 卷［M］. 北京：人民出版社，1995 年版，第 19、17、122 页。

了建设工程的质量，也有效避免了施工中的人身伤亡事故，维护了职工的合法权益。

此外，陈云的劳动福利主张，还表现在国家应该为劳动者提供职工食堂、理发室、休息室、托儿所、图书馆等福利设施，以及对老人、妇女、小孩等弱势群体的福利关怀上。

第三章　陈云民生思想的基本特点

陈云在长期的革命和建设实践中，始终关注民生问题，他针对不同历史时期的实际，紧紧把握时代的脉搏，遵循事物发展的规律，提出了许多富有创造性的关于民生问题的观点和主张，具有鲜明的特点。

第一节　实事求是是陈云民生思想的哲学基础

一切从中国实际出发，实事求是，是陈云民生思想形成的哲学基础，他说："从实际出发，实事求是地处理问题，这是最靠得住的。"① 陈云民生思想始终坚持实事求是的基本观点，既立足现实，从中国国情出发，又与时俱进，提出了一系列解决民生问题的新思路新方法。

一、立足国情，从实际出发解决民生问题

要解决中国的民生问题，首先要了解中国的国情。"讲实事求是，先要把'实事'搞清楚。这个问题不搞清楚，什么事情也搞不好。"② 中国最大的实际和基本国情是什么？陈云通过大量调查研究，结合自身工作实践，在不同时期从不同的角度做过表述。1951年，他讲道："我们接过来的是一个破烂的旧中国，农业经济占主

---

① 中央文献研究室：《陈云年谱（1905-1995）》（下卷）［M］．北京：中央文献出版社，2000年版，第430页。

② 参见：中央文献编辑委员会：《陈云文选》第3卷［M］．北京：人民出版社，1995年版，第250页。

要地位”，同时“中国现在有几万万农民、有几千万手工业者、有几百万产业工人，这就是中国经济的实际情况。”[①] 1957年，他又提到：“帝国主义国家的报纸说，中国的经济迟早要破产。我看，破产倒不见得，但是说我们穷，这是应该承认的。”[②] 改革开放初期，陈云再次指出：“我国社会经济的主要特点是农村人口占百分之八十，而且人口多，耕地少。”[③] 1979年3月，在政治局会议上，陈云再次强调现代化建设中必须清醒地认识我国的国情，“不少地方还有要饭的”，“一方面我们还很穷，另一方面要经过二十年，即在本世纪末实现四个现代化。这是一个矛盾。人口多，要提高生活水平不容易；搞现代化用人少，就业难。我们只能在这种矛盾中搞四化。这个现实的情况，是制定建设蓝图的出发点。”[④] 1980年，他又说道：“我们是十亿人口、八亿农民的国家，我们是在这样一个国家中进行建设。香港、新加坡、南朝鲜等地区没有八亿农民这个大问题。欧美日本各国也没有八亿农民这个大问题。我们必须认识这一点，看到这种困难。”[⑤] 综上所述，这一时期中国的基本国情可以概括为：中国是一个落后的农业国，生产力水平低下，人口多，尤其是农民多。解决中国的问题必须立足这一国情，绝不能盲目蛮干。所以，“计划机关和工业、商业部门的同志对此没有深刻的认识，如不纠正这种认识上的盲目性，必然碰壁。”[⑥]

真正了解了中国的国情以后，陈云认为，一方面，改善民生要立足国情，不能脱离实际。“我国粮食节约使用，还可以够吃够用，敞开来吃，吃和用就不够。”[⑦] 吃光用光，国家就没有希望。“因此，饭不能吃得太差，但也不能吃得太好。吃得太好，就没有力量进行建设了。”[⑧]改革开放初期，当有人脱离中国国情提出尽快实现

---

① 参见：中央文献编辑委员会：《陈云文选》第2卷［M］. 北京：人民出版社，1995年版，第128页。

②③④⑤⑥⑧ 参见：中央文献编辑委员会：《陈云文选》第3卷［M］. 北京：人民出版社，1995年版，第86、246、250、281、246、306页。

⑦《陈云同志文稿选编》（1956-1962）［M］. 北京：人民出版社，1981年版，第145页。

“人民生活现代化”时，陈云坦诚地说：“四个现代化是一定能够实现的，要提高信心。但是现在往往把‘人民生活现代化’也一起提出，这样恐怕不行。”人民生活水平是会提高的，但还不能和西方发达国家比，“因为我国人口众多，其中大部是农民，那样比是办不到的”①。另一方面，发展生产也要立足这样的国情，“决不要再作不切实际的预言，超英赶美等等”②。农业是解决衣食住行的基础产业，在“一五”期间他就多次指出，“农业已经成为建设中的弱点”③。为此，他把大力发展农业，尤其是粮食生产，作为解决我国民生问题的首选路径，并指出：“‘农轻重’的排列法就是马克思主义与中国革命的实践相结合”。④ 针对我国人多地少，农业生产力水平低下的状况，他大力倡导发展农业合作社，主张通过农家肥和化肥的使用、农业技术的推广来“提高单位面积产量”。早在1951年陈云就认识到我国水资源不足这一基本国情，指出，农业要摆脱靠天吃饭的历史，必须大兴水利，而且在水利设施的建设上要长期投资，以治本为主，标本兼治。在发展生产的依靠力量上，陈云认为，发展生产并不排斥外援，但更要立足实际，坚持自力更生。“大家喜欢建大厂，掌握先进技术。……我们必须建设若干大厂，但外汇不足，设备不能全靠进口，要以自力更生为主。”⑤

二、与时俱进，提出发展中的民生新课题

随着经济社会的不断发展，社会生活领域出现了许多新情况、新问题，人民群众在民生领域又有了新的需求。陈云指出：“现在我们国家的经济建设规模比过去要大得多、复杂得多，过去行之有效的一些做法，在当前改革开放的新形势下很多已经不再适用。这就需要我们努力学习新的东西，不断探索和解决新的问题。”⑥ 陈云密切关注国内国际社会发展的新动向，其民生思想也随之发展。在人口、资源、环境等方面，把许多事关老百姓民生发展的新问题，作为百年大计提出。1981年3月29日，陈云给陆定一的信中

①②③④⑤⑥ 参见：中央文献编辑委员会：《陈云文选》第3卷［M］. 北京：人民出版社，1995年版，第262、281、78、246-247、57、379页。

指出："像植树造林、治理江河、解决水力资源、治理污染、控制人口这类问题，都必须有百年或几十年的计划。"① 陈云提出的这些民生新话题，为解决新时期的民生问题提供了新的思路。

（一）提倡节制生育，解决人口问题

1979年6月，陈云与上海市有关领导谈话时指出："人口问题解决不好，将来不可收拾。"② 他还提出了限制人口的五项措施，其中包括通过建立较为完备的社会保障制度，来解决老百姓重男轻女、养儿防老的后顾之忧。其实，早在1957年，陈云就以他的远见卓识，意识到我国人口问题的严峻性，作为一个长效工程必须及早抓起，他告诫人们："中国人多，必须提倡节制生育，这是有关经济建设的大问题。"③ 他认为应该通过广泛宣传，引导人们有计划地生育，免费发放避孕药具，一年贴上几千万都是值得的。在随后的八届三中全会上，陈云再次强调："要提高人民的生活水平，还要有一个重要条件，就是娃娃要少生一点。"④ 1980年6月，他给时任国务院副总理兼国家计生委主任的陈慕华写信指出："限制人口、计划生育问题，要列入国家长期规划、五年计划、年度计划。这个问题与国民经济计划一样重要。"⑤1987年6月24日，陈云应邀为《中国计划生育报》题词："控制人口增长，提高人口素质。"正是在一批有识之士不遗余力的奔走呼号下，事关中华民族千秋大业的"计划生育"工作，才逐步为人们所接受，并被确立为我国的基本国策。

（二）防治污染，建设良好的人居环境

新中国在工业化过程中，起初人们并没有关注环境问题。改革

① 中央文献研究室：《陈云年谱（1905-1995）》（下卷）［M］. 北京：中央文献出版社，2000年版，第383页。

②⑤ 中央文献研究室：《陈云文集》第3卷［M］. 北京：中央文献出版社，2005年版，第460、466页。

③④ 参见：中央文献编辑委员会：《陈云文选》第3卷［M］. 北京：人民出版社，1995年版，第68、86页。

开放以后，随着经济的不断发展，环境问题变得日益突出。陈云一贯认为，经济建设的最终目的是改善人民生活，因而，经济建设就不能以牺牲人民的身体健康和生命安全为代价。其实，早在“文化大革命”期间，虽然陈云已经“靠边站”了，但他依然关注环境问题。他曾叮嘱石油战线的同志，“要注意环境污染问题，在生产设计的同时就要做好防止污染的设计，不要等到事后再解决”。[①] 在陈云看来，经济和环境必须协调发展，发展经济必须首先保护环境，“今后办厂必须把处理污染问题放在设计的首要位置，真正做到防害于先，这是重大问题”[②]。为了避免重蹈西方工业化过程中“先污染，后治理”的老路，他及时指出：“防止污染，必须先搞，后搞要多花钱。”[③] 1988 年 8 月，他看过本溪市和四川省环境污染状况的材料，得知本溪市烟雾弥漫、灰尘扑面、毒气熏人，严重污染已经波及地下水，郊区几百眼水井不能饮用，是世界上很少的几个“卫星看不见的城市”，人们疾声呼吁：救救本溪！虽然已经退出中央工作第一线，但终生以改善民生为己任的崇高的责任心和使命感，促使陈云奋笔疾书，给中央和国务院负责同志写道：“治理污染、保护环境，是我国的一项大的国策，要当作一件非常重要的事情来抓。这件事，一是要经常宣传，大声疾呼，引起人们重视；二是要花点钱，增加投资比例；三是要反复督促检查，并层层落实责任。”[④] 并告诉有关部门，这方面的材料，以后注意送给他看看。时任国务委员兼环保委主任的宋健，高度评价陈云的三点意见，“言简意深，符合国情，切中我国环境保护工作的要害”。[⑤] 在陈云的关注下，国务院很快采取措施，开始治理本溪和四川的污染问题。1988 年 8 月 25 日，为纪念第一次全国环境保护工作会议召开和我国环境保护工作开创

① 中央文献研究室：《陈云年谱（1905-1995）》（下卷）[M]. 北京：中央文献出版社，2000 年版，第 198 页。

②③④ 参见：中央文献编辑委员会：《陈云文选》第 3 卷 [M]. 北京：人民出版社，1995 年版，第 263、254、364 页。

⑤ 《人民日报》[N]. 1988 年 9 月 14 日。

15 周年，陈云题词：“治理污染，保护环境，造福子孙后代。”

（三）节约资源，实施可持续发展

长期以来，我国粗放型的经济增长方式，决定了在很多领域，GDP 的增长是建立在对资源肆无忌惮的掠夺式开采基础上的。既污染了环境，又影响了社会的可持续发展。陈云经常教导身边的工作人员，要注意节约和合理使用有限的资源，他说：“以前人们好讲我国是‘地大物博’的国家，其实我们的‘地’并不大，‘物’也不博，只是我国人口比别的国家多，我国的大地资源就这么多，大家都要节省一点用。我们这些现代人，要‘孝顺’子子孙孙的后代，我们不能吃光、用光，让子孙们‘逃亡’。”① 进入改革开放新时期，陈云希望通过经济发展以更好地满足老百姓的民生需求，但对于经济发展过程中无视客观规律，“吃祖宗饭，砸子孙碗”的“杀鸡取卵”式发展模式，又充满了忧虑，他说：“要看到，现在无论是农业生产，还是工业生产，都相当普遍地存在着一种掠夺式的使用资源的倾向，应当引起重视。”②

陈云特别注重对水资源的保护和合理利用，“水的问题始终是一个大问题，要从战略高度来认识水的问题的严重性”。③ 在经济建设中，必须合理地利用和保护水资源，工厂企业在预先选址及规划设计的时候“必须注意到用水量”。特别是各级领导部门，尤其是主管经济建设和科技开发的领导部门，“应该把计划用水、节约用水、治理污水和开发新水源放在不次于粮食、能源的重要位置上，并列入长远规划、五年计划和年度计划加以实施，以逐步扭转目前水资源危机的严重状况”④。要解决水资源紧张状况，陈云认为，要重视蓄水，要以蓄为主，蓄泄兼顾。他说：“以后我们许多地方要修水库、筑塘堰，山区更要注意种树种草、保持水土，

① 朱明德主编：《陈云人格与党的先进性建设》[M]. 北京：中共中央党校出版社，2006 年版，第 178 页。

②③④ 参见：中央文献编辑委员会：《陈云文选》第 3 卷 [M]. 北京：人民出版社，1995 年版，第 366、375、375 页。

对水一定要好好利用。"[①] 针对我国水资源分布不均衡的状况，为了平衡水资源的利用，陈云指出，有些工厂因为矿藏关系只能在靠近矿区的地方开办，但"有些工厂可以而且应该在有水的地方办"，他进而指出："即使有水资源的工厂，也应该有节约用水的办法。"[②]同时，陈云又从更高的视角来考虑水资源的平衡问题。1975 年，他去扬州视察了南水北调工程东线的枢纽工程江都抽水站，对陪同人员说："南水北调是造福子孙后代的大事，在条件允许时应当进行。……目前财力有限，工程只能分段进行。"[③]

除了注重对水资源的保护之外，陈云还提出对土地、林木、草场及其他矿产资源的保护和合理利用问题，并在有生之年身体力行。在经济和社会的可持续发展方面，陈云认为："既要照顾明年又要照顾长远。当前的生产和建设是重要的，决不能忽视。但是，也不能只顾眼前，不顾将来。"[④]他的这些主张充分体现了其民生思想是与时俱进的，是不断适应百姓需求的，与今天倡导的大力发展循环经济，树立科学发展观，努力实现自然和人类的和谐统一是一脉相承的。

第二节　陈云民生思想是其经济思想体系的核心

陈云作为新中国经济建设的开创者和奠基人，长期主持全国经济工作。在探索社会主义经济建设发展规律的实践中，形成了一套完整的经济思想体系。纵观陈云经济思想，始终贯穿着浓浓的民生情怀，其中蕴含着丰富的民生思想，并构成其经济思想的核心。

---

① 参见：中央文献编辑委员会：《陈云文选》第 2 卷［M］. 北京：人民出版社，1995 年版，第 141 页。

②④ 参见：中央文献编辑委员会：《陈云文选》第 3 卷［M］. 北京：人民出版社，1995 年版，第 263、137 页。

③ 中央文献研究室：《陈云年谱（1905-1995）》（下卷）［M］. 北京：中央文献出版社，2000 年版，第 198 页。

一、“搞经济建设的最后目的，是为了改善人民生活。”①

抗战时期，陈云在主持陕甘宁边区所在的西北地区的财经工作期间，就十分关注老百姓的生产生活。新中国成立后，陈云作为经济领域的行家里手，长期领导国民经济的恢复、发展和调整工作。在领导经济建设的实践中，陈云始终把为人民谋福利，不断提高和改善老百姓的民生状况，作为经济建设的终极目的。在党的八大发言中，他提出建设一个“有利于人民的社会主义经济”。“有利于人民”首先就应从关注民生入手。进入改革开放新时期，我国确立了“以经济建设为中心”的发展战略，陈云明确提出：“搞经济建设的最后目的，是为了改善人民生活。”② 为了完善社会主义经济制度，必须进行经济体制改革。他指出，对经济体制进行改革，也是“为了发展生产力，逐步改善人民的生活”③。对于改革，陈云是举双手赞成的，但同时他又反复提醒大家：“改革的步骤一定要稳妥，务必不要让人民群众的实际收入因价格调整而降低。”④ 因此，在经济建设实践中，为了稳定市场，避免因物价动荡而影响人民生活，陈云认为可以采取一切必要的经济或行政的手段，以保障老百姓的生活。

二、在经济建设和民生关系上，坚持“一要吃饭，二要建设”的民生理念

经济建设和民生的关系是事关国计民生的大问题。陈云认为，在有限的物力财力下，“经济建设和人民生活必须兼顾，必须平衡”，⑤ 不能以损害甚至牺牲老百姓的利益为代价来换取经济的一时发展。“经济不摆在有吃有穿的基础上，我看建设是不稳固的。”⑥ 越是在困难时期，陈云越强调把人民的生活摆在第一位。1962 年 2 月，针对当时财政经济严重困难局面，国务院召开会议，探讨克服困难的各种办法。会上，陈云指出：“增加农业生产，解

---

①②③④⑤⑥　参见：中央文献编辑委员会：《陈云文选》第 3 卷 [M]. 北京：人民出版社，1995 年版，第 280、280、350、337、29、86 页。

决吃、穿问题，保证市场供应，制止通货膨胀，在目前是第一位的问题。年产750万吨钢，2.5亿吨煤，也是重要的，但这是第二位的问题。”① 他在兼任商业部长期间，针对商业是事关百姓民生的重要行业这一特点，要求做商业工作的同志“不能单纯注意物价、利润等商业本身的问题，还要注意国家建设规模和人民生活需要的平衡问题，在这个问题上出了毛病，关系就大了”②。

三、在经济政策的制定和经济工作的实践中，坚持以民生为导向

无论是从宏观领域制定大政方针，还是在微观角度处理具体事务，陈云都把保证民生放在首位。在制定国民经济发展计划时，他指出：“我们必须使人民有吃有穿，制定第二个五年计划要从有吃有穿出发。”③对事关老百姓衣食住行等切身利益的，直接影响千家万户生产和生活的，如市场、物价、商业及粮食等工作，他都是终其一生时刻牵挂。对民生的关注和重视构成了陈云经济思想的核心和主线，足以体现他作为一位革命家、一位共产党员“真正为人民谋福利”的政治本色。

第三节　陈云民生思想中蕴含着丰富的科学发展思想

陈云虽然没有提出过“科学发展观”这一明确概念，但其民生思想中蕴含着丰富的科学发展思想。

一、陈云科学发展思想基本价值取向——以人为本

无论是革命和建设时期，还是改革开放时期，陈云的科学发展

①③　参见：中央文献编辑委员会：《陈云文选》第3卷［M］. 北京：人民出版社，1995年版，第205、85页。

②《陈云同志文稿选编》（1956-1962）［M］. 北京：人民出版社，1981年版，第29页。

思想始终坚持以人为本，关注人的发展。早在民主革命时期，陈云就指出："革命的目的是为了劳动者人人有吃有穿，而且要吃的较好，穿的较好。"① 在领导经济建设的实践中，他深刻地认识到，发展的基础是经济发展，而核心是人的发展，经济发展是要服务于人的发展的。他说："搞经济建设的最后目的，是为了改善人民的生活。"② 即使是"经济体制改革，也是为了发展生产力，逐步改善人民的生活"③。就连"搞国防建设，也是为了保障人民生活的改善"④。所以，陈云科学发展思想的首要内容，就是明确发展的目的，坚持以人为本，不断满足人民的利益和需求。他的一系列主张都是以此为立足点和落脚点。

一是"有利于人民"是其经济工作的的根本出发点。在长期领导经济建设的实践中，陈云始终围绕人民的利益和需求来领导经济建设。在党的八大发言中，他提出建设一个"有利于人民的社会主义经济"。他把群众基本的生存和生活问题作为经济工作的重点，把是否"有利于人民"作为经济工作的根本出发点，把人民是否满意作为评价经济工作的标准。

二是"先生产，后基建"——坚持以民生为先的基本建设主张。在处理人民生活和基本建设的关系上，陈云坚持认为："在财力物力的供应上，生活必需品的生产必须先于基建，这是民生和建设的关系合理安排的问题。"⑤ 不同时期，他在注重基本建设的同时，始终关注影响老百姓生活的生产行业的发展。他认为，如果我们能"首先考虑民生，基本建设就不至于摆得过大"⑥ 为此，他提出"先生产，后基建"的基本建设主张，即"物资要合理分配，排队使用。应该先保证必需的生产和必需的消费，然后再进行必需

① 参见：中央文献编辑委员会：《陈云文选》第 1 卷［M］. 北京：人民出版社，1995 年版，第 383-384 页。

②③④⑤ 参见：中央文献编辑委员会：《陈云文选》第 3 卷［M］. 北京：人民出版社，1995 年版，第 280、350、280、53 页。

⑥ 中央文献研究室：《陈云年谱（1905-1995）》（中卷）［M］. 北京：中央文献出版社，2000 年版，第 356 页。

的建设”[①]。之所以要这么做，在陈云看来，“主要是为了维持最低限度的人民生活的需要，避免盲目扩大基本建设规模，挤掉生活必需品的生产”[②]。

三是“一要吃饭，二要建设”的民生理念。在有限的物力财力下，如何处理好经济建设和人民生活的关系。陈云指出：“经济建设和人民生活必须兼顾，必须平衡。”[③] 只有“既要建设又要人民，这样的建设才是可靠的”[④]。因此，“一要吃饭，二要建设”。

二、陈云科学发展思想的核心——发展经济是解决一切发展问题的前提

陈云认为，经济发展是提高人民生活水平，解决一切发展问题的前提。他指出，要解决商品供应不足的困难，满足老百姓的民生需求，“根本办法是积极增加生产”。[⑤] 所以，陈云的科学发展思想的重要举措就是大力发展经济。早在根据地时期，陈云就特别重视通过发展生产来改善人民生活。他说：“现在革命已进入这样一个阶段，主要任务是组织人民生产。”[⑥] 新中国成立初期，陈云已经深刻地认识到：“中国几百年来受人欺侮，从根本上说，是由于经济落后。现在全国解放了，人民民主政权建立了，如果还不进行大规模的经济建设，则中国革命的胜利是没有保障的。”[⑦]为此，在党的领导下，从1953年我国开始大规模经济建设。尤其是改革开放以后，我国的经济更是取得了长足发展。改革开放几十年的实践已经充分证明，发展才是硬道理。唯有发展，才能彻底改变中国贫穷落后的面貌；唯有发展，才能真正满足人民的物质文化需求；唯

---

①②③ 参见：中央文献编辑委员会：《陈云文选》第3卷［M］. 北京：人民出版社，1995年版，第53、53、29页。

④ 中央文献研究室：《陈云文集》第3卷［M］. 北京：中央文献出版社，2005年版，第135页。

⑤⑦ 参见：中央文献编辑委员会：《陈云文选》第2卷［M］. 北京：人民出版社，1995年版，第246、183页。

⑥ 中央文献研究室：《陈云传》（上卷）［M］. 北京：中央文献出版社，2005年版，第392页。

有发展，才能使中华民族永远屹立于世界民族之林。

三、陈云科学发展思想的特征——综合平衡、统筹兼顾、协调发展

长期领导经济建设的实践，使陈云深刻地认识到，要实现科学发展，维护整个国家这一系统的平衡，就必须遵循客观规律，也就是必须按照一定的比例关系，通过综合平衡来统筹兼顾各行业的发展和各方利益。他讲："搞经济不讲综合平衡，就寸步难移。"① "如果不认真研究国民经济的比例关系，必然造成不平衡和混乱状态。"②所以，"搞经济工作，一定要多方考虑，统筹兼顾。"③

一是统筹工农业发展。在陈云看来，"国民经济的基础是农业，农业好转了，工业和其它方面才会好转。"④因而，新中国成立伊始，在国民经济的恢复中，陈云认为应该优先恢复农业。"农业生产恢复的快慢，也直接关系到工业生产恢复的快慢。"⑤新中国工业化建设"不从农业打主意，这批资金转不过来"。同时，为了避免顾此失彼，出现忽视农业的倾向，他进而指出："但是，也决不能不照顾农业，把占百分之九十以上的农业放下来不管，专门去搞工业。"⑥因为"如果农业搞不好，就一定会扯我们前进的后腿"⑦。"文化大革命"结束后，人们以满腔热情投入现代化建设之时，陈云再次明确地提醒大家："搞四个现代化，农业放在第一位，是因为农业不过关，工业就跑不快。"⑧ 所以，"工业不能挤农业，城市不能挤农村，而要让农业，让农村。"⑨

二是统筹城乡发展。在协调城乡发展方面，陈云认为，一方面，城市发展离不开农村。他说："农村能有多少剩余产品拿到城

①②④⑤⑦⑨ 参见：中央文献编辑委员会：《陈云文选》第3卷［M］．北京：人民出版社，1995年版，第211、56、164、194、79、164页。

③⑥ 参见：中央文献编辑委员会：《陈云文选》第2卷［M］．北京：人民出版社，1995年版，第98、97页。

⑧ 中央文献研究室：《陈云年谱（1905-1995）》（下卷）［M］. 北京：中央文献出版社，2000年版，第209页。

市，工业建设以及城市的规模才能搞多大。”① 另一方面，农村的繁荣需要城市的推动。他指出：“大城市如果粮食不足，迫使工业品成本提高，其结果不仅大城市人民生活会发生困难，余粮区的农民也必然因粮食贱、工业品贵而受损失。”② 如何有效地协调城乡关系，使城乡间有限的物资实现最优化的配置。陈云主张通过“城乡交流”的方式来实现。“城乡交流有利于农民，有利于城市工商业，也有利于国家。”③ “所以城乡交流是一件大事，要动员全党的力量去做。”④

三是统筹区域发展。早在1955年，陈云就深刻地认识到：“还有一种本位主义和局部观点，就是只注意本地，不注意别的地区。这在工业中是个内地与沿海的关系问题。”⑤ 由于历史原因，沿海城市工业发展早，而现在内地要发展，如何在原料供应、商品销售、工业布局等方面协调两大区域，陈云认为：“我们应该根据原料、生产、销售和运输的情况，进行综合研究，确定哪些工厂应在沿海，哪些工厂应在内地。”⑥ 所以，各地在发展经济时，国家应加大宏观指导，协调沿海和内地，以保证资源有效利用，避免不必要的浪费。为此，陈云进一步指出：“内地各省办工业时，不要使沿海城市已有的生产设备闲置。只顾沿海城市，不顾内地是不对的……但内地样样都要求自给自足，也是不对的。因此，各地基本建设项目必须经过全国计划机关的审核平衡。”⑦

四是协调中央和地方的关系。在平衡和协调中央和地方的关系上，陈云坚持把全国一盘棋与地方积极性相统一，他特别重视立足于整体和全局，协调整体和局部的关系。1957年，针对权力高度集中于中央的现状，陈云指出：“扩大地方的职权是完全必要的，”⑧因为目前的工业管理体制，“限制了地方行政机关和企业主管人员在工作方面的主动性和积极性”，⑨而且，“一般来说，当地

---

①⑦⑧⑨ 参见：中央文献编辑委员会：《陈云文选》第3卷［M］．北京：人民出版社，1995年版，第163、75、75、87页。

②③④⑤⑥ 参见：中央文献编辑委员会：《陈云文选》第2卷［M］．北京：人民出版社，1995年版，第81、127、128、284、284页。

的事情，地方比中央看得更清楚一些。体制改变以后，地方更可以因地制宜地办事。”① 因此，“在国家的统一计划以内，给地方政府和企业以一定程度的因地制宜的权力，是完全必要的。这种国家统一计划范围内的地方政府和企业的一定程度的机动权力，正是为了因地制宜地完成国家的统一计划，这是国家统一计划所必需的”。② 同时，陈云又指出：“但是职权下放以后，地方也可能发生不顾全局的倾向。”③ “要进行统筹安排，就要看大局，纠正各式各样的本位主义和局部观点。”④因此，“我们认为，分权以后，平衡工作不是应该削弱，而是应该大大加强”。⑤

五是协调经济发展同人口、环境和资源的关系。首先，提倡节制生育，协调经济与人口的关系。其次，防治污染，经济发展与环境保护并重。最后，节约资源，实施可持续发展。⑥ 陈云除了注重对水资源的保护之外，陈云还提出对土地、林木、草场及其他矿产资源的保护和合理利用问题。

六是协调改革发展同稳定的关系。陈云是位脚踏实地的实干家，同时又是位不断进取的改革者。在长期的经济工作实践中，对于促进经济发展和社会进步的改革，陈云是举双手赞成的，同时他又始终奉行这样一个原则：“经济建设要脚踏实地。”⑦ 针对急于求成的思想，他诚恳地告诫大家：“好事要做，又要量力而行。”⑧ 他指出：“我们要改革，但是步子要稳。”⑨ 人民需要的是能促进经济发展、改善人民生活的改革，而不是脱离实际、影响人民生活的瞎折腾。为此，他提出了“摸着石头过河”的改革主张。陈云告诫大家：“搞建设，真正脚踏实地、按部就班地搞下去就快，急于求成反而慢，这是多年来的经验教训”⑩ 1979 年3 月14 日，他和李先念联名写给中央的一封信中指出：“前进的步子要稳。不要再折腾，必须避免反复和出现大的

---

①②③⑤⑥⑦⑧⑨⑩ 参见：中央文献编辑委员会：《陈云文选》第 3 卷［M］. 北京：人民出版社，1995 年版，第 75、87-88、75、75、375、264、279、279、311 页。

④ 参见：中央文献编辑委员会：《陈云文选》第 2 卷［M］. 北京：人民出版社，1995 年版，第 284 页。

'马鞍形'。"[1] 改革固然需要理论准备，但同样需要在实践中从试点着手，随时总结经验，用百分之九十的时间来搞调研，用百分之十的时间来决策。在陈云眼中，"摸着石头过河"，"绝对不是不要改革，而是要使改革有利于调整，也有利于改革本身的成功。""因为我们的改革，问题复杂，不能要求过急"。[2]"摸着石头过河"的主张，通俗易懂地概括了改革和稳定的关系。既要"过河"，就要了解河的深浅，浪的大小，那就得步步谨慎，就要"摸着石头"，否则，就要"栽跟头"，就要"出危险"。这种"既要积极，又要稳妥"[3] 的改革方针，这种"渐进式"的发展模式，以人民利益为最高原则，突出了实践的观点和稳定的特点，体现了科学的思想方法和工作方法。

第四节　陈云民生思想具有鲜明的实践特征

陈云是位革命的实干家，一生务实。他的民生思想，是建立在长期革命和建设实践基础上的。他经常说的一句话是"不解决实际问题谈为人民服务，则是空话一句"[4]。马克思指出："人的思维是否具有客观的真理性，这不是一个理论的问题，而是一个实践的问题。"[5] 陈云民生思想不是闭门造车的空想，不是纸上谈兵的臆梦，也不是仅仅停留在理论的阐述、逻辑的推理上，而是更多地考虑老百姓的现实生活，真诚地关注人民利益的实现。它是在实践过程中形成的，又在实践过程中接受着检验，并不断发展，因而具有鲜明的实践特征。

---

①②③　参见：中央文献编辑委员会：《陈云文选》第 3 卷［M］. 北京：人民出版社，1995 年版，第 248、279、338 页。

④　参见：中央文献编辑委员会：《陈云文选》第 2 卷［M］. 北京：人民出版社，1995 年版，第 128 页。

⑤　《马克思恩格斯选集》第 1 卷［M］. 北京：人民出版社，1995 年版，第 55 页。

一、甘为人民“当差”，誓做人民“公仆”

要很好地服务民生，必须理顺党和人民群众的关系。陈云从唯物主义的群众史观出发，始终认为人民群众才是国家真正的主人，而“共产党及其领导的人民政府，是真正代表大家，为大家‘当差’的，是遵循工人、农民和其他人民群众的意见办事的”①。他经常告诫各级党委、政府和党员干部一定要严于自律，因为“群众常常根据我们党员的行动来测量我们的党”。“共产党员在民众运动中，应该是民众的朋友，而不是民众的上司，是诲人不倦的教师，而不是官僚主义的政客。”② 在他的认识中，人民的利益高于一切，但这不是一句空话。“党不仅要求每个党员懂得这一条，特别是要求每个党员能在实际行动和日常生活的每个具体问题上，坚决地毫不疑惑动摇地执行这一条。”③ “所以，党的区委、支部、小组的一项经常议事日程，应该是研究本区、本乡、本村群众的切身问题。群众的情绪如何，有些什么困难，有些什么要求，如何解决，都是地方党部，尤其是区委和支部，应该严重注意的。”④ 我们党领导下的政府和党员只有做到这些，“人民才会感到政府能够给他们办事，是人民很好的公仆”⑤。在实践中，无论是大政方针的制定，还是老百姓针头线脑的需求，只要符合实际，有利于人民，他就义无反顾地坚持。而一旦脱离了实际，不利于群众，他同样敢于直陈己见，并修正错误。因为“我担负全国经济工作的领导任务，要对党负责，对人民负责”⑥。体现了一个老党员、老革命家对人民事业的无限忠诚。

二、运用经济手段化解民生难题

陈云认为，改善民生必须通过发展生产才能真正实现。在领导

---

①②③④ 参见：中央文献编辑委员会：《陈云文选》第1卷［M］. 北京：人民出版社，1995年版，第380、141、139、167页。

⑤ 参见：中央文献编辑委员会：《陈云文选》第2卷［M］. 北京：人民出版社，1995年版，第139页。

⑥ 中央文献研究室：《陈云年谱（1905-1995）》（下卷）［M］. 北京：中央文献出版社，2000年版，第120页。

经济建设的实践中，陈云特别重视对经济规律的运用，充分发挥价值规律以及市场、物价等经济杠杆的作用。他说：“按经济规律办事，这是一种好现象”，① “自觉地运用价值规律，用它来刺激增加更多的产品，提高质量，降低成本，以适应人民需要。”② 而“对价值规律的忽视，即思想上没有‘利润’这个概念。这是大少爷办经济，不是企业家办经济。”③为此，陈云强调处理经济问题，要尽量运用经济手段，避免采取行政手段。

新中国成立初期，面对着复杂而又繁重的经济工作，陈云意识到：“我们是政治家、军事家，还不是企业家。外行办事总是要吃亏的。”④ 他列举了贸易公司违背经济规律的做法，比如，货物从上海出厂，转到天津、北京再到保定，然后再到石家庄。他指出：“这个路线不是按经济原则，是按着政治系统，像这样做买卖怎么能不赔账呢？这叫货物旅行。”⑤ 所以，陈云指出贸易公司“要搞的是经济，不要搞‘政治经济’”⑥。再比如，天下雪了，发去的货物却是汗衫。“私人资本家是不会这样干的。我们是依靠国家机构，按真正的经济原则来讲，统统要赔钱。”⑦ 他坦诚地告诫并要求大家，“我们是从乡村出来的，往往不大懂这一套。我们现在还不会，要从头学起。必须学会经济核算，算一算账，力求省一点”⑧。陈云在新中国成立初主持全国财经工作期间，不到半年的时间，充分运用经济手段，有效地解决了稳定物价、统一财经这两件带有全局性的大事，使多年来饱尝通货膨胀之苦的全国人民，无不欢欣鼓舞。以至于当时的红色资本家荣毅仁感慨地说：“六月银元风潮，中共是用政治力量压下去的，此次则仅用经济力量就能稳住，是上海工商界所料不到的。”⑨

---

①③ 参见：中央文献编辑委员会：《陈云文选》第3卷［M］. 北京：人民出版社，1995年版，第278、246页。

② 中央文献研究室：《陈云文集》第3卷［M］. 北京：中央文献出版社，2005年版，第99-100页。

④⑤⑥⑦⑧⑨ 参见：中央文献编辑委员会：《陈云文选》第2卷［M］. 北京：人民出版社，1995年版，第132、131、131、131、132、52页。

陈云还非常重视市场在配置资源中的重要作用。针对如何统筹兼顾合理安排农产品生产的问题，他提出要按照“市场需要”来组织生产。“将来是粮食出口，还是棉花出口？这要看国际市场需要什么。”① “为了多出口，就必须根据国际市场的要求组织生产，搞好出口商品的基地。”② 他还指出，搞经济工作必须树立竞争意识，要在竞争中获胜，必须要考虑消费者的需求。他说：“做生意的要在竞争中取胜，只能听从顾客的需要，不能由生产单位主观决定。”③ 在党的八大上，陈云再次强调了国家计划仅供企业参考，不要把企业管得太死，要根据市场来调节企业生产，充分发挥企业的活力。“让生产这些日用百货的工厂，可以按照市场情况，自定指标，进行生产，而不受国家参考指标的束缚。”④

三、事关民生，小事不小

陈云对民生问题的关注，不仅体现在国民经济发展计划、方针、政策的制定实施等宏观角度；而且更注重从小处入手，从事关人民群众切身利益的油盐酱醋做起。他说：“我们不仅要帮助群众解决大的问题，也要帮助群众解决小的问题。”⑤ 新中国成立后，陈云长期领导经济工作，十分关注老百姓的日常生活。他身边的同志经常听他念叨两句话，一句是“民以食为天，食以粮为主”；另一句是孙中山说过的“开门七件事，柴米油盐酱醋茶”。陈云认为，解决好群众柴米油盐这些“小事”，其实是事关民生的大事，因为“柴米油盐”直接关系老百姓的日常生活，联系着千家万户，“不要看不起这些，这是人民的大事。共产党必须关心人

---

① 参见：中央文献编辑委员会：《陈云文选》第2卷［M］. 北京：人民出版社，1995年版，第97页。

②③④ 参见：中央文献编辑委员会：《陈云文选》第3卷［M］. 北京：人民出版社，1995年版，第157-158、157、12页。

⑤ 参见：中央文献编辑委员会：《陈云文选》第1卷［M］. 北京：人民出版社，1995年版，第173页。

民群众的切身利益”[①]。在他看来，为人民服务不是抽象的概念，不是空洞的说教。“为人民服务就是具体地为鸡蛋、猪鬃服务。”[②]共产党员“不应该忽视群众的政治、经济、文化地位的任何细小的可能的改善”[③]。作为一名高级领导干部，在陈云的心目中，只要是服务民生，没有大官小官之分，大官也要做小事。他说：“做群众工作的干部，不论是中央委员还是区委委员，都是群众一级的干部，大官要做小事。”[④] 只要有利于民生，没有大事小事之别，再小的事也是大事。他不仅自己关心群众的小事，还告诫各级干部“要适当估计自己，不要嫌事小。做大事都是从做小事开始的。”[⑤]

陈云是这么说的，也是这么做的。在负责中财委工作期间，每隔十天左右，他都分别去一趟百货大楼、东单菜市场和天桥农贸市场，了解和考察副食等日用品的供需情况和进城农民的商品交易情况。尤其到晚年，他还关心过“儿童看戏难”、“冬储大白菜”、“大龄青年婚姻”、“北京市民烧煤难”等问题。因为陈云经常关注其他领导并不关注的事情，香港某杂志称他是“不管部部长”。对于这一称呼，陈云很感兴趣，并欣然接受。他曾风趣但又意味深长地讲道：“解放后八年来我忙什么呢？主要就是忙吃饭穿衣这个事情。”[⑥] 胡锦涛曾经指出“群众利益无小事。凡是涉及群众的切身利益和实际困难的事情，再小也要竭尽全力去办”[⑦]。在这方面，陈云堪称表率。

---

① 参见：中央文献编辑委员会：《陈云文选》第3卷［M］. 北京：人民出版社，1995年版，第33页。

② 中央文献研究室：《陈云传》（上卷）［M］. 北京：中央文献出版社，2005年版，第732页。

③④⑤ 参见：中央文献编辑委员会：《陈云文选》第1卷［M］. 北京：人民出版社，1995年版，第159、318、258页。

⑥ 中央文献研究室：《陈云文集》第3卷［M］. 北京：中央文献出版社，2005年版，第201页。

⑦《保持共产党员先进性教育读本》［M］. 北京：党建读物出版社，2005年版，第258页。

第四章　陈云民生思想的现实意义

第一节　陈云民生思想的理论价值

陈云民生思想是在长期的革命和建设实践中形成的，作为中国共产党思想宝库的一部分，具有珍贵的理论价值。

一、陈云民生思想体现了党的根本宗旨

用马列主义武装起来的中国共产党，以“全心全意为人民服务”作为根本宗旨。作为一名忠诚的共产主义战士，陈云在他七十多年的革命生涯中，始终以自己的实际行动诠释着“全心全意为人民服务”这一宗旨。他终其一生矢志不渝地维护和实现着最广大人民的根本利益。他一生都在思考着，群众最需要的“服务”是什么，人民最大的利益是什么；他一生都在实践着，为了维护民生，为了改善民生。

一是伟大的事业离不开伟大的人民，要相信群众，依靠群众。共产主义事业是共产党领导的争取人民解放和实现人民根本利益的伟大事业，这样的事业是离不开广大人民群众的。陈云民生思想继承了马克思主义唯物史观，他相信人民群众有能力自己解放自己，指出：“没有人民，就没有英雄。”① “离开群众，世上是没有什么诸葛亮的。”② 他认为，人民群众丰富的斗争经验，是我们最好的也是最重要的学习教材，所以，“共产党员要领导群众，就必须首

①②　参见：中央文献编辑委员会：《陈云文选》第1卷［M］. 北京：人民出版社，1995年版，第258、169页。

先向群众学习。”[①] 中国革命和建设是一场人民战争，要取得胜利，必须依靠群众。陈云深刻地认识到，革命年代，“要站住脚，就得有群众。……有了群众，一切好办……没有群众，一定失败，死无葬身之地。”[②] 革命胜利前夕，他又不断告诫人们，“要记得真正革命功臣是全国老百姓”[③]。在正确理解党和群众以及个人关系问题上，陈云坚信：“党离开了群众，就成了光杆子的党，这样的党也是不能存在的。”[④] 针对党内的骄傲自满情绪，在党的七大上，他指出要论功劳的话，“头一个是人民的力量，第二是党的领导，第三才轮到个人。”[⑤] 在革命和建设实践中，陈云真切地体会到：“如果我们定下了改善民生的方针，那么，这个方针的实现也要依靠群众自己起来奋斗。”[⑥] 正是基于这样的认识前提，才会使陈云在几十年的革命生涯中，始终以一颗拳拳报恩之心，为解决中国老百姓的民生问题殚精竭虑，奋斗一生。

二是关注民生就是为人民最大的“服务”。“全心全意为人民服务”是党的根本宗旨，如何才能践行党的宗旨，更好地“服务”人民呢？在陈云看来，民生问题就是老百姓最大的“利益”，解决民生问题就是对老百姓最直接、最现实、最迫切的“服务”，因为党“是遵循工人、农民和其他人民群众的意见办事的”[⑦]。面对千头万绪的群众工作，应该从何下手呢？“不是别的，就是在党的领导之下，从维护群众自己的利益出发。”[⑧] 所以，“现在人民政府为解决老百姓的困难而努力，这才是真正为人民服务。”[⑨] 在陈云民生思想中，农业和粮食生产是解决民生问题的首选路径，备受重视；副食品供应和市场物价问题，直接关系到老百姓的衣食住行，他极为关注。他说：“解决这些实际问题就是为人民服务，不解决这些实际问题谈为人民服务，则是空话一句。”[⑩] 他力戒空谈，躬身践行，毕生致力于维护群众的利益，以不断提

---

①②③④⑤⑥⑦⑧ 参见：中央文献编辑委员会：《陈云文选》第 1 卷 [M]. 北京：人民出版社，1995 年版，第 169、315、396、171、293、166、380、164 页。

⑨⑩ 参见：中央文献编辑委员会：《陈云文选》第 2 卷 [M]. 北京：人民出版社，1995 年版，第 139、128 页。

高人民的生活水平为己任，把党“全心全意为人民服务”的根本宗旨落到实处。陈云认为，我们对民生的关注不仅体现了党的宗旨，而且直接影响到党在老百姓心目中的形象。“群众有许多实际问题摆在我们面前，这些问题解决得好，群众会更信仰我们党，我们党在群众中的威信就越来越高。”① 改革开放后，针对一些人“一切向钱看”，为了一己私利，不顾国家和群众的利益，甚至违法乱纪的现象。1985 年 9 月，在党的全国代表会议上，陈云痛加斥责，他说：“现在有些人，包括一些共产党员，忘记了社会主义和共产主义的理想，丢掉了为人民服务的宗旨。”② 而“是否对人民尽了责任，可以考验谁是优秀子孙，谁是不肖子孙”③。一个合格的共产党员、一个对老百姓负责任的“优秀子孙”，应该是时刻关注民生、毕生为民服务的，应该是只求奉献，不计回报的。所以，在陈云看来，“革命党人的行动仅仅是为人民服务，决不想有任何酬报，谁要想有酬报，谁就没有当共产党员的资格”④。

二、陈云民生思想丰富了毛泽东思想和邓小平理论

毛泽东思想和邓小平理论分别是以毛泽东和邓小平为代表的中国共产党人，将马列主义基本原理同中国实际和时代特征相结合而产生的中国化的马克思主义理论成果。它的形成，并非“只存在于”毛泽东、邓小平这两位“上帝特选的人的头脑中”，它是“全党全国人民集体智慧的结晶”⑤。陈云作为第一代和第二代中央领导集体的重要成员，他关于民生方面的思想主张，促进了毛泽东思想和邓小平理论的形成、发展和深化，作为其中的重要组成部分，极大地丰富了毛泽东思想和邓小平理论。

一是丰富了毛泽东的人民利益思想。毛泽东一生始终关注百姓

---

①③④ 参见：中央文献编辑委员会：《陈云文选》第 1 卷［M］. 北京：人民出版社，1995 年版，第 172、298、396 页。

② 参见：中央文献编辑委员会：《陈云文选》第 3 卷［M］. 北京：人民出版社，1995 年版，第 352 页。

⑤ 中央文献研究室：《十四大以来重要文献选编》（上）［M］. 北京：人民出版社，1996 年版，第 13 页。

利益，充满了浓浓的民生情怀。在他看来，革命的目的就是为了改善百姓生活，他指出："为什么要革命？为了使中华民族得到解放，为了实现人民的统治，为了使人民得到经济的幸福。"① 正因为有这样的目的，因而，"我们对于广大群众的切身利益问题，群众的生活问题，就一点也不能疏忽，一点也不能看轻。"② 毛泽东认为，要提高人民生活水平，必须大力发展生产，要"立即开展经济战线上的运动，进行各项必要的和可能的经济建设事业"，③ 在此基础上，"同时极力改良民众的生活"④。只要事关百姓利益，在毛泽东看来再小都是大事，他指出："解决群众的穿衣问题，吃饭问题，住房问题，柴米油盐问题，疾病卫生问题，婚姻问题。总之，一切群众的实际生活问题，都是我们应当注意的问题。"⑤ 新中国成立后，在领导社会主义建设的过程中，毛泽东始终把人民利益摆在第一位，坚持社会主义生产目的是满足人民的需求，政策的制定必须考虑群众的物质利益。

陈云指出，无论革命还是建设，目的都是为了改善人民生活，都是为了人民利益。陈云主张通过发展生产、繁荣经济为改善民生奠定基础。陈云民生思想具有很强的务实性，关心群众切忌空谈。他认为，只要事关民生，再小的事都是大事。所有这些，都作为中共理论宝库中的一部分，丰富了毛泽东人民利益思想。

二是给邓小平理论提供了借鉴。邓小平理论对社会主义本质的概括，既包括通过大力发展生产来提高人民生活水平，展示社会主义优越性，"社会主义的优越性归根到底要体现在它的生产力比资本主义发展得更快一些、水平更高一些，并且在发展生产力的基础上不断改善人民的物质文化生活"⑥。又包括在生产关系方面的共同富裕，"我们奋斗了几十年，就是为了消灭贫困"，"使人民生活比较富裕"。⑦ 邓小平认为，解决好基本民生问题事关社会稳定和政权的

①②③④⑤ 《毛泽东选集》第1卷［M］. 北京：人民出版社，1991年版，第119、136、119、130、136-137页。

⑥⑦ 《邓小平文选》第3卷［M］. 北京：人民出版社，1993年版，第63、109页。

稳固，“不发展经济，不改善人民生活，只能是死路一条”。① “不管天下发生什么事，只要人民吃饱肚子，一切就好办了。”② 在邓小平看来，要解决吃饭问题，“农业是根本，不要忘掉”③。改善民生是执政党义不容辞的责任，邓小平多次讲道：“我们有我们的责任，要对世界上五分之一的人负责，要发展经济，使他们生活得更好。”④

陈云认为，人民生活水平的提高必须建立在生产发展的基础上，而人民政权的建立，为改善民生提供了政治前提。我们无论是夺取政权，还是建设社会主义，都是为了人民生活不断走向富裕。20 世纪 70 年代末，陈云较早提出了少数人可以先富起来的思想。1979 年 3 月，他在政治局会议上指出，让老百姓“生活水平多数达到中等，少数人可以先富起来。大体上差别不大，但是还有差别”⑤。陈云同时也深刻地认识到民生改善事关政权稳固：“现在我们面临着如何把革命成果巩固和发展下去的问题，关键就在于要安排好六亿多人民的生活，真正为人民谋福利。”⑥ 这些思想认识，都为邓小平理论的形成和深化提供了丰富的养分。

第二节 陈云民生思想的现实启示

陈云民生思想形成于中国革命、建设和改革开放的实践中，是其毕生心血和智慧的结晶，对破解我们今天所面临的民生难题必将有着有益的启示。

一、执政党要始终把维护人民利益，不断改善民生放在首位

陈云在延安时期就告诫人们：“当权的党容易只是向群众要东

①③④ 《邓小平文选》第 3 卷［M］. 北京：人民出版社，1993 年版，第 370、406、23 页。

② 《邓小平文选》第 2 卷［M］. 北京：人民出版社，1994 年版，第 406 页。

⑤⑥ 参见：中央文献编辑委员会：《陈云文选》第 3 卷［M］. 北京：人民出版社，1995 年版，第 254、210 页。

西，而忘记也要给群众很多的东西。"[①] 作为执政党，在新的历史时期，必须认真考虑如何才能更好地服务民生，改善民生。

一是党领导下的人民政府必须转变职能，建设"服务政府"。上海解放初期，陈云就曾指出："现在是我们管理国家，人民有无饭吃就成了我们的责任。"[②] 在今天的中国，我们同样处于一个重大的社会转型期，单纯物质满足的初级民生改善，并不能适应内涵更加丰富、外延日益扩展的人民群众全面化的民生需求。如何更好地适应市场经济的新形势，解决老百姓衣食住行等基本民生问题，这是摆在党和政府面前一个沉重的责任。但长期以来，机构改革对政府职能的定位，使其更多地关注经济增长，而忽视社会公共服务职能。为此，胡锦涛指出："党的理论、路线、纲领、方针、政策和工作必须以符合最广大人民的根本利益为最高衡量标准。"[③] 只有服务型的政府，才会关注民生，才会把改善民生作为自己的基本职责。只有具有服务理念的人民公仆，才会时刻把群众的冷暖疾苦挂在心头。党领导下的人民政府要转变执政理念，明确发展的目的，改变过去"全能政府"、"权力政府"、"管制政府"和"经济政府"的角色定位，把建设"服务政府"作为政府行政管理体制改革的重要目标。对各级领导干部而言，服务民生，不是喊在嘴上，贴在墙上，而是记在心上，落实在行动上，以适应市场经济发展对政府的要求。在执政过程中，不断强化民生情怀，逐步树立"解决民生问题是最大的政治，改善民生是最大的政绩"的执政理念。

二是政策的制定和制度的安排要以有利于民生为根本原则。在探索民生实践的过程中，针对有限的物资供应，陈云尤为重视通过

---

① 参见：中央文献编辑委员会：《陈云文选》第1卷［M］. 北京：人民出版社，1995年版，第173页。

② 参见：中央文献编辑委员会：《陈云文选》第2卷［M］. 北京：人民出版社，1995年版，第15页。

③《保持共产党员先进性教育读本》［M］. 北京：党建读物出版社，2005年版，第249页。

政策、计划和制度等的制定和完善，来解决民生问题。1957年，针对国民经济计划的制定，他指出："我们必须使人民有吃有穿，制定第二个五年计划要从有吃有穿出发。"① 1962年3月，在中央财经小组会上，陈云还曾指出，民生问题是关系到人民群众生活的大问题，"解决这个问题，应该成为重要的国策"。要落实这一国策，"其他方面'牺牲'一点，是完全必要的"②。为此，他把是否有利于民生问题的解决，作为执政党决策的重要依据。

今天，三十年改革硕果累累，为改善民生提供了充裕的物质前提。但日益走向富裕的中国，为何民生问题却变得更加突出了。这表明，经济指标的增长，并不代表中国民生问题已经得到全面解决。在今天的市场经济大背景下，价值主体多元化的条件下，如何合理地分配这块已经做大的蛋糕，让人民群众共享改革发展的成果，成为摆在党和政府面前一项艰巨的任务。合理的政策和完善的制度，就成为党和政府化解民生难题的必然选择。和谐社会，民生为先；改善民生，制度先行。"制度是社会公平正义的根本保证。"③ 西方国家尖锐的劳资对抗，因完善的社会保障制度而使劳资双方由对抗走向妥协、再走向合作。这样的制度安排，推动了西方社会的工业化与现代化的顺利进行。在政策制定和制度安排上，首先，必须从过去只重视经济发展，而忽视社会发展上彻底转变过来。对于改善民生具有重大影响的政策制度应加快制定和完善。其次，必须尊重公平正义这一基本的价值取向。在任何时候，社会公平都是一个普遍的规则。美国的罗尔斯在《正义论》一书的开篇写道："公正是社会制度的首要价值，正像真理是思想体系的首要价值一样。"④ 我们要"结束牺牲一些人的利益来满足另一些人的需

---

①② 参见：中央文献编辑委员会：《陈云文选》第3卷［M］. 北京：人民出版社，1995年版，第85-86、210页。

③ 《中共中央关于构建社会主义和谐社会若干重大问题的决定》［N］. 人民日报，2006年10月19日。

④ ［美］约翰·罗尔斯：《正义论》［M］. 北京：中国社会科学出版社，1988年版，第1页。

要的状况”[①]。正如邓小平所说：“我们为社会主义奋斗，不但是因为社会主义有条件比资本主义更快地发展生产力，而且因为只有社会主义才能消除资本主义和其他剥削制度所必然产生的种种贪婪、腐败和不公正的现象。”[②] 因此，作为一个社会主义国家，要促使社会公平的程度越来越高，我们的制度建设就必须不断促进生产关系和社会关系的完善。最后，还应该向弱势群体倾斜，现今许多人的弱势地位就和制度的缺陷有关，这就决定了在政策、制度的设计安排上不仅要有广泛的“覆盖性”，还必须有相应的“济弱性”。

总之，我们的政策制定和制度改革在立足点上必须强化民生意识，在价值取向上必须坚持民生改善。

二、解决民生问题是社会稳定与和谐的基本前提

民生问题不仅是一个经济问题，而且是一个社会问题、政治问题。它不仅影响老百姓的生活，而且事关政权的稳固和社会的稳定。对此，陈云一直有着清醒的认识。1956 年，全国猪肉供应全面紧张，吃肉难已经影响到老百姓的身体健康。陈云敏锐地意识到：“我们设想如果在中国发生波兹南事件的话，那末，造成这种事件的原因将会是油脂和猪肉的供应不足。”[③] 针对影响人民生活的粮食、猪肉、油脂及其他副食品供应紧张的问题，他进一步从政治高度深刻指出，这些问题“已经不单纯是一个普通的商品脱销问题，而是影响党和人民关系的一个重要问题，如果不采取有效的措施加以解决，矛盾会越来越尖锐。”[④] 1978 年，在中央工作会议上，针对七亿多农民的吃饭问题，他充满了忧患意识，认为天下大定首先要把七亿农民稳定下来。他语重心长地告诫大家：“新中国成立快三十年了，现在还有讨饭的，怎么行呢？要放松一头，不能让农

---

① 《马克思恩格斯选集》第 1 卷 [M]. 北京：人民出版社，1995 年版，第 243 页。

② 《邓小平文选》第 3 卷 [M]. 北京：人民出版社，1993 年版，第 143 页。

③ 中央文献研究室：《陈云传》（下卷）[M]. 北京：中央文献出版社，2005 年版，第 1060 页。

④ 《陈云同志文稿选编》（1956-1962）[M]. 北京：人民出版社，1981 年版，第 14 页。

民喘不过气来。如果老是不解决这个问题，恐怕农民就会造反，支部书记会带队进城要饭。”① 因此，在陈云看来，社会稳定与和谐应以民生为先。

改革开放三十年来，我国的综合国力、经济总量、外汇储备以及财政收入的迅猛增长，为改善民生奠定了雄厚的物质基础。人民生活水平虽然有了大幅度的提高，但我们又必须意识到，我国目前正处于经济发展的关键期，同时也处于矛盾问题的尖锐期。诚如胡锦涛指出的，“目前，我国社会总体上是和谐的，但也存在不少影响社会和谐的矛盾和问题”②。医疗卫生、住房、教育被称为新三座大山依然困扰着普通百姓，就业压力不断增大，社会分配不公导致贫富分化不断加剧，社会保障体系建设滞后，群众安全感普遍缺乏，生活压力增大，幸福指数下降，对现实的生存威胁和未来生活充满了担忧。尤其是生活在社会底层的普通民众，因为市场的效率优先不断加速利益分化，这些弱势群体不断被边缘化，并滋生出强烈的仇富心理，成为潜在的不稳定因素。这些社会矛盾如果不能有效及时地化解，都将成为和谐社会中不和谐的音符。纵观目前的中国，影响社会稳定与和谐的这些矛盾和问题，主要都集中在和民生有关的领域。那么，有效地解决目前所面临的民生问题，就成为社会稳定与和谐的基本前提。

1956 年 3 月，陈云就曾指出：“只有在社会主义制度下，才有大家富裕的可能。在从前的剥削制度下，多数人贫穷，少数人发财，国家是没有出路的。”③ 改革开放初期，陈云在中央政治局的一次会议上还曾提出，到 20 世纪末期，用二十年时间，使老百姓的“生活水平多数达到中等，少数可以先富起来。大体上差别不

---

① 参见：中央文献编辑委员会：《陈云文选》第 3 卷［M］. 北京：人民出版社，1995 年版，第 236 页。

② 《中共中央关于构建社会主义和谐社会若干重大问题的决定》［N］. 人民日报，2006 年 10 月 19 日。

③ 参见：中央文献编辑委员会：《陈云文选》第 2 卷［M］. 北京：人民出版社，1995 年版，第 308 页。

大，但是还有差别。”① 在当时历史条件下，为了鼓励人们解放思想，打破“大锅饭”，确实需要通过“有差别”、“少数可以先富起来”起到表率和示范作用，激励人们自觉地投身到改革实践中。尽管如此，陈云根本上还是强调“多数达到中等”、“大体上差别不大”。几十年后的今天，重温陈云的谆谆教导，如何摆脱“多数人贫穷，少数人发财”的状况，如何实现“多数达到中等”、“大体上差别不大”，最基本的就是确立公平、正义、共享的发展理念，以解决社会问题、保证社会成员的基本权利、改善社会环境、增进社会的整体福利为主要目的。要关注不同利益群体的平等的基本生存和发展权利，不能只考虑少数人或特殊集团的利益，却不顾及大多数人的基本需求。因为“我们国家的财富，不是哪一个人的，是全国人民的，并且为了全国人民的利益，把它集中使用在建设上。这正是社会主义制度优越性的表现。”② 古人早就有“不患寡而患不均”的平等观念，今天的劳动者，既是财富的创造者，也应该是财富的享有者。在教育、住房、医疗卫生、就业、收入分配、社会保障等方面，要使“所有人共同享受大家创造出来的福利”③，来建立一个人人共享改革成果的和谐社会。

三、民生问题的根本解决要靠科学发展

陈云曾经说过：“人民生活水平只能在生产发展的基础上逐步提高”④，他虽然没有提出过“科学发展观”的概念，但在陈云民生思想中，渗透着丰富的科学发展的思想，它和今天“以人为本”的科学发展观是一脉相承的，有利于我们更好地理解和贯彻科学发展观。

一是只有以人为本，才能更好地改善民生。改革开放三十年，

①④ 参见：中央文献编辑委员会：《陈云文选》第3卷［M］. 北京：人民出版社，1995年版，第254、62页。

② 参见：中央文献编辑委员会：《陈云文选》第2卷［M］. 北京：人民出版社，1995年版，第307-308页。

③ 《马克思恩格斯选集》第1卷［M］. 北京：人民出版社，1995年版，第243页。

被称为“近代以来最长的繁荣期”，为民生问题的解决奠定了雄厚的经济实力。马克思唯物史观的历史主体论告诉我们，“人是人的最高本质”，“人的根本就是人自身”，“就是要实现人的自由和全面的发展”①。马克思主义认为，在经济发展和人的发展的关系中，经济发展只是手段，人的发展才是目的。然而今天经济的高速增长一定意义上是以牺牲人的全面发展和基本的民生保障为代价，这种只见物不见人的做法，违背了以人为本的基本价值原则，使民生问题的解决出现严重失衡，许多民生难题依然困扰着我们。如何破解民生难题？陈云认为，解决民生问题“不能光从财政上着眼”，② 一切工作要围绕人民的利益和需求。无论是革命年代，还是建设时期，或是改革开放新时期，陈云始终站在政治高度，把改善人民生活作为经济工作的出发点和落脚点，把保障人民生活作为人民最大的利益需求。这就告诉我们，人民群众作为今天改革开放的实践者，也应该是经济发展的受益者。单纯物质满足的初级民生改善，并不能适应今天内涵更加丰富、外延日益扩展的人民群众全面化的民生需求，我们必须用发展的眼光来解决发展中的民生问题。为此，必须确立“以人为本”的发展理念，这就为科学发展观提供了重要思想素材。

科学发展观的核心是以人为本。要以人为本，维护人民利益，就必须首先关注民生。人民利益中，最大的利益就是改善民生。因而，以人为本首先就要以民生为本。走“以人为本”的发展之路，首先要求树立民生为本的发展理念。在中国特色社会主义建设中，坚持以人为本，在价值取向上必须强化民生意识，要确立以人民群众为价值主体的价值观，以是否有效地解决民生问题作为基本价值评价标准。所有发展归根到底“必须围绕人民群众最现实、最关心、最直接的利益来落实”③，必须从改革开放的实际出发，把民

---

① 《马克思恩格斯选集》第 1 卷 [M]. 北京：人民出版社，1995 年版，第 9 页。

② 参见：中央文献编辑委员会：《陈云文选》第 2 卷 [M]. 北京：人民出版社，1995 年版，第 15 页。

③ 《保持共产党员先进性教育读本》 [M]. 北京：党建读物出版社，2005 年版，第 258 页。

生问题作为落实科学发展观的着力点。那种只单纯注重GDP增长，不顾人的全面发展，只重视经济建设，而忽视社会的全面进步的片面发展，决不是科学意义上的发展。

二是只有全面协调可持续的发展，才是民生最重要的保障。陈云认为，解决民生问题要靠发展。首先，这种发展必须是全面的，"应该是在综合平衡的基础上全面安排"①。要关注社会不同行业、不同群体，"既要保证重点又要兼顾一般"，"否则，不仅国民经济各部门不能互相协调地向前发展，而且重点本身的发展也难以得到可靠的保证。"② 同时，又必须协调各方关系，人与自然的关系、生产与生活的关系、工业与农业的关系、城市与农村的关系、建设规模与国家财力的关系。"哪是重点，哪是轻点；哪些先办，哪些后办"，要做到"有先有后，有重有轻"③。如果不分轻重缓急，"推平头，大家打七折，这种办法将使我们一事无成，害国害民"④。只有"照顾到各方面协调地前进，这个前进是可靠的"⑤。最后，发展还必须同人口、资源、环境相协调，实现可持续发展，"既要照顾明年又要照顾长远。当前的生产和建设是重要的，决不能忽视。但是，也不能只顾眼前，不顾将来"⑥。

新中国成立六十年，尤其是改革开放三十年来，中国经济迅猛发展。但是，"城乡区域发展不平衡、经济社会发展不协调、经济发展与人口资源环境不适应等问题更加突出地摆在了我们面前。"⑦ 我们今天的发展，更多地关注了数量和速度，而淡化了质量和效益；片面地重视经济增长，而忽视了社会的全面进步，尤其是人的发展；只知道从自然界肆无忌惮的掠夺，而漠视自然环境的恶化，忽视了人与自然的和谐相处。这样的发展，并不是我们需要的发展，经济建设是难以搞上去的，即使经济一时搞上去了，最终也必然要付出惨重的代价。所以，"我们只有更加自觉地推进全面协调

---

①②③④⑤⑥ 参见：中央文献编辑委员会：《陈云文选》第3卷［M］. 北京：人民出版社，1995年版，第212、137、310、266、268、137页。

⑦ 《科学发展观重要论述摘编》［M］. 北京：中央文献出版社，党建读物出版社，2008年版，第45页。

可持续发展，才能更好化解对我国发展的各种制约因素，更好推动我国发展进程，确保实现我国发展的战略目标。”①

三是综合平衡，统筹兼顾是实现科学发展的根本方法。长期领导经济建设的实践，使陈云深刻地认识到，“建设规模的大小必须和国家的财力物力相适应”②，实际上就是从财经的角度提出了防止只重视建设而忽视民生的倾向，因此，陈云认为，兼顾、平衡、按比例发展是最快的发展。平衡、兼顾不是简单的平均，而是通过综合平衡来统筹兼顾各行业的发展和各方利益。他说：“按比例发展的法则是必须遵守的……一个国家，应根据自己当时经济状况，来规定计划中应有的比例。究竟几比几才是对的，很难说。唯一的办法只有看是否平衡。合比例就是平衡的；平衡了，大体上也会是合比例的。”③ 它要求我们在经济建设中，要实现科学发展，必须维护整个国家这一系统的平衡，必须遵循客观规律。在人与自然、生产与生活、工业与农业、城市与农村、先富与共富等一系列复杂的关系面前，必须通过综合平衡来统筹兼顾各方利益。

1950 年 6 月在谈到公私关系和工商业调整时，他认为，五种经济成分应该统筹兼顾，“既照顾到我们这一边，也要照顾到他们那一边”④。1950 年在调整工商业与稳定金融物价的关系上，他说这好比“政府挑的是‘两筐鸡蛋’，不要碰破一头”⑤。抗美援朝战争期间，一边是保证战争的需要，一边是经济建设和物价稳定，“两头重担，哪一头发生问题都不行。既要能抗，又要能稳，这是高于一切的”⑥。1953 年在农村实行粮食征购，处理国家同农民的关系，他说：“现在是挑着一担炸药，前面是‘黑色’炸药，后面是‘黄色炸药’。”⑦ 陈云正是运用了“综合平衡、统筹兼顾”的方法，一

---

① 《科学发展观重要论述摘编》[M]. 北京：中央文献出版社，党建读物出版社，2008 年版，第 45 页。

② 参见：中央文献编辑委员会：《陈云文选》第 3 卷 [M]. 北京：人民出版社，1995 年版，第 52 页。

③④⑤⑥⑦ 参见：中央文献编辑委员会：《陈云文选》第 2 卷 [M]. 北京：人民出版社，1995 年版，第 241-242、93、91、194、208 页。

个个棘手的难题，才得以妥善解决。“搞经济工作，一定要多方考虑，统筹兼顾。”① 仍然适用于今天的现代化建设。任何时候，只要坚持综合平衡、统筹兼顾，国民经济才会按比例发展，也才能实现全面协调可持续的发展。今天，我们要“善于在推进经济发展的同时兼顾各个方面的发展要求，把经济建设、政治建设、文化建设、社会建设及其各个环节统筹好、协调好，使之相互促进、相互支撑，实现良性互动”②。

陈云的科学发展思想，是在马克思主义唯物史观和认识论指导下，既立足中国基本国情，又顺应不断发展的新形势。既是对马克思主义唯物史观的继承和发展，也是对社会主义发展规律的探索和总结。在陈云看来，经济发展的核心是人的发展。而只有坚持科学发展才能更好地促进经济发展，也才能更好地维护人民利益。因而，他关注人的生存和发展，以群众的利益和需要为根本出发点，以大力发展经济为基础，以统筹兼顾、综合平衡实现经济社会的全面协调可持续发展为特征，立足中国国情，与时俱进地提出了一系列关于科学发展的思想。作为党的第一代和第二代领导集体的重要成员，陈云的科学发展思想和今天“以人为本”的科学发展观既是一脉相承的，又为科学发展观的形成和深化提供了理论借鉴。正如胡锦涛所说：“科学发展观，是对党的三代中央领导集体关于发展的重要思想的继承和发展。”③ 作为我国经济建设长期经验的总结，陈云科学发展思想对我们今天更加深刻地理解、自觉地践行科学发展观，更好地推进和谐社会建设，必将起到有益的推动作用。

在新形势下，我们党提出了全面建设社会主义和谐社会的历史任务。党的十七大报告专门提出了“加快推进以改善民生为重点的

---

① 参见：中央文献编辑委员会：《陈云文选》第2卷［M］. 北京：人民出版社，1995年版，第98页。

② 《科学发展观重要论述摘编》［M］. 北京：中央文献出版社，党建读物出版社，2008年版，第56页。

③ 《中国共产党第十七次全国代表大会文件汇编》，人民出版社，2007年版，第12页。

社会建设”。关注民生，改善民生作为和谐社会建设的切入点，应该成为社会建设的重中之重。陈云民生思想给了我们多方面的引导和启示，我们只有始终把人民群众的利益和需求作为党和国家工作的根本立足点和落脚点，通过发展经济，不断满足人民群众日益增长的物质文化需要，才能使和谐社会建设的目标落到实处，也才能“保障和改善民生，走共同富裕之路，努力形成全体人民各尽其能、各得其所而又和谐相处的局面”①。

① 胡锦涛:《继续把改革开放伟大事业推向前进》[J].《求是》杂志2008年第1期。

主要参考文献

一、文献著作

［1］《陈云文选》1、2、3卷［M］. 北京：人民出版社，1995年版。

［2］《陈云文集》1、2、3卷［M］. 北京：中央文献出版社，2005年版。

［3］《陈云年谱（1905-1995）》上、中、下卷［M］. 北京：中央文献出版社，2000年版。

［4］《陈云传》上、下卷［M］. 北京：中央文献出版社，2005年版。

［5］《陈云同志文稿选编》（1956-1962）［M］. 北京：人民出版社，1981年版。

［6］《缅怀陈云》［M］. 北京：中央文献出版社，2000年版。

［7］《马克思恩格斯选集》第1、3卷［M］. 北京：人民出版社，1995年版。

［8］《列宁选集》第4卷［M］. 北京：人民出版社，1972年版。

［9］《毛泽东选集》第1、3、4卷［M］. 北京：人民出版社，1991年版。

［10］《邓小平文选》第2卷［M］. 北京：人民出版社，1994年版。

［11］《邓小平文选》第3卷［M］. 北京：人民出版社，1993年版。

［12］薄一波：《若干重大决策与事件的回顾》［M］. 北京：中共中央党校出版社，1991年版。

[13] 曹应旺：《开国财头陈云》[M]. 上海：上海人民出版社，2005 年版。

[14] 郑功成：《关注民生》[M]. 北京：人民出版社，2004 年版。

[15] 中央文献研究室：《科学发展观重要论述摘编》[M]. 北京：中央文献出版社，党建读物出版社，2008 年版。

[16] 朱明德：《陈云人格与党的先进性建设》[M]. 北京：中共中央党校出版社，2006 年版。

二、期刊论文

[1] 邓伟志、卜佳慧：《民生论》[J].《上海大学学报》（社会科学版）2008 年第 4 期。

[2] 朱佳木：《回忆陈云同志晚年对知识分子和教育事业的关心》[J].《教学与研究》2005 年第 5 期。

[3] 迟爱萍：《陈云“主补”体制模式思想形成论析》[J].《党的文献》2008 年第 3 期。

[4] 谢冠富：《陈云的民生主体思想》[J].《毛泽东思想研究》2008 年第 5 期。

[5] 迟爱萍：《陈云与新中国经济论纲（下）》[J].《党的文献》2010 年第 4 期。

[6] 相云霞：《论陈云经济学理论的核心民生问题》[J].《华东理工大学学报》（社会科学版）2007 年第 2 期。

[7] 梁营：《论陈云“无农不稳、无粮则乱”的思想》[J].《毛泽东思想研究》2005 年第 5 期。

[8] 刘圣陶：《陈云“民生”思想论略》[J].《湖南师范大学学报》（社会科学版）2006 年第 1 期。

[9] 张凤翱：《新中国成立初期陈云的救灾思想与实践》[J].《南京理工大学学报》（社会科学版）2008 年第 2 期。

后 记

终于完成了《陈云民生思想探析》书稿的写作，放下手中的笔，不由得长吁一口气，太多的感慨涌上心头。2007年，我开始对这一课题进行探讨，从设想构思、搜集资料，再到动笔写作、反复修改，期间承受了太多的挫折和磨难。四年的时间，多少个不眠之夜，多少次困惑迷茫，多少遍暗自神伤，多少回欣喜若狂。

值此书稿即将付梓出版之际，我由衷地感谢在写作过程中给予我无私帮助的各位师长和朋友。

首先要感谢我的导师，陕西师范大学政治经济学院副院长王晓荣教授。正是在她的启发和帮助下，本书的整体构想得以确定。当我在写作中茫然困惑时，王老师的点拨让我茅塞顿开。当初稿写作完成之后，王老师又不厌其烦一次次地推敲修改。此外，王老师在百忙中还为本书写了序言。

本书的出版，还得益于华文出版社、中央文献出版社的领导和编辑吴素莲老师鼎力支持，以及我的同窗挚友王洁丽女士不遗余力的帮助，谨向他们表示真诚的感谢。

在本书的写作过程中，不仅得到了许多专家和朋友的指导，而且吸收和借鉴了部分学者的研究成果，在此一并表示感谢。

尽管在写作过程中，我格外尽心并付出了极大的努力，但对于这样一个具有挑战性的研究课题，由于资料不足，更主要由于本人学识水平有限，书中的缺点和不足还有待于各位专家和朋友批评指正。

田志杰

2011年3月28日